溯鹽桑坑溪至「白雲仙谷」，即湯姆生著名影像〈甲仙埔與荖濃間的山溪〉取景所在。

對頁

上｜台大林博雄教授指導江秀真等人在雪山設置攔截網捕霧。

下｜司馬庫斯小米教堂。

本頁

上｜走在福巴越嶺道上。旅行到最後，往往是一條走向內在探索自我的過程。

左｜台灣鎮總兵劉明燈行經草嶺古道遇陰霧瀰漫，草書「雄鎮蠻煙」摩碣，以除瘴霧。

上排｜砂卡礑林道上遇見「台灣喜普鞋蘭」與「台灣紅蘭」。
左｜台灣喜普鞋蘭　右｜台灣紅蘭
下排｜我在象山的驚喜：遇見野生蘭「紫花羊耳蒜」和「藍腹鷴」。

左上｜千元鈔上的「七葉一枝花」散見於中低海拔林道上。

右上｜位於猴硐山區、冰河期孑遺至今的稀有原生種「鐘萼木」，四、五月間盛開白花。

左下｜黃鶴頂蘭

右下｜台灣莪白蘭

大片箭竹形成「奇萊大草原」。只要我有足夠的時間，就沒有到不了的地方。

若說旅行的奧義是創造未來的回憶，北大武山「喜多麗斷崖」觀雲海就是了。

柴山的密毛魔芋高度多在一六〇至二〇〇公分之間，亦有超過兩公尺者。

左上｜測量密毛魔芋高度　右上｜密毛魔芋

下｜柴山花草以藤本植物最具觀賞性。圖為夾竹桃科「華他卡藤」，淡綠色繖型花序。

對頁｜經過千辛萬苦，終於抵達位於170林道的「撞到月亮的樹」：台灣杉三姊妹。
　　旅行的價值，從來就不是以費用來衡量，而是你為它付出的心力。

民國五十年發行的壹圓鈔，印有「象鼻隧道」。如今須透過攀岩才能抵達。

上｜作者在舊好茶部落採摘小米。

下｜「高砂族教育發祥之地」紀念碑
乃紀念一八九六年九月設立的
「豬勝束社分教場」（滿州公學校前身），
開啟日治時代原住民教育之先河，
也是台灣首次「國語」運動之肇始。
圖為背面銘文。

牡丹灣古道上的石門溪口因礫石堆積成灘堤，形成「沒口溪」地貌。

「鐘樓古道」桂竹林可見馬偕日記中記載之「藍色竹子」。

上｜魯凱族舊好茶部落「小獵人」在水源地（太陽池）。
對頁｜作者行經能高越嶺道上的檜林。
次頁｜前往小霸尖山。

徒步旅人

深入台灣20條故道
在走路與獨處中探索島嶼記憶，
與自己對話

My Way

邱一新——著

目次

推薦序　古道之必要　◎劉克襄……5

前言……9
回望來時路
My Way

輯一
探訪閾境之路
向先人提問，
追索島嶼故事的形塑史

01 樟之細路，手作之道……20
苗栗頭屋、獅潭　新竹峨眉、北埔

02 海岸山脈橫斷：徒步山海間，安通越嶺道紀行……36
花蓮玉里安通　台東長濱南竹湖

03 祖先的故事：牡丹灣古道注腳……46
台東南田　屏東旭海

04 閱讀，影響旅行方向：浸水營古道紀行……64
屏東枋寮、春日　台東大武

05 野性的洗滌：淡蘭古道拾穗……81
新北瑞芳、雙溪、貢寮、頭城

輯二
英雄的旅程
從獵人到踏查者，當代旅行者的究竟與傳承

01 神話的國度：來自霞喀羅古道的啟示……114
新竹五峰鄉、尖石鄉

02 與獵人同行：司馬庫斯的抵抗與傳承……124
新竹尖石鄉玉峰村司馬庫斯部落

03 尋找另一種狀態：走過福巴越嶺道……135
桃園復興上巴陵　新北烏來福山

04 向高山舉目：朝聖大霸尖山……146
苗栗泰安鄉

05 探訪不老傳奇：在故事中旅行……155
宜蘭寒溪

06 尋找撞到月亮的樹：走進台灣杉神殿……161
新竹尖石鄉　宜蘭大同鄉

輯三
看不見的城市
從家鄉遁逃的旅人終將領悟，一切探索的終點都將回到起點

01 家山：後印象畫派式象山……174
台北信義區四獸山

02 魔山野望：從柴山自然志出發……191
高雄鼓山區壽山

03 追尋鈔票上的風景：從象鼻隧道到台灣特有種風景……213
花蓮秀林鄉和平村　玉山、塔塔加、阿里山、陽明山、太魯閣、大鹿林道

04 林下經濟廊道：噍吧哖舊道踏查……226
台南左鎮、玉井

輯四
旅行的奧義 在旅行之外
在山林的氣味間覺察，
尋找行走的意義

01 遠山在呼喚：天狗岩、砂卡礑林道與同禮部落……240
花蓮秀林鄉

02 跟著登山家追雲捕霧：慢行雪山，找回人生的「節奏」……261
台中和平武陵農場

03 霧海上的漫遊者：能高越嶺道上「歷史的凝視」……272
南投仁愛鄉屯原　花蓮秀林鄉銅門

04 少有人走的路：踏查湯姆生影像之地……294
台南左鎮　高雄內門、甲仙、六龜、茎濃

05 高山仰止：思考人生「第二座山」，北大武山紀行……306
屏東泰武鄉

致謝……319

注：本書使用「番」（清代用語）或「蕃」（日治用語）字眼，乃配合歷史情境或引用文獻之用詞，對原住民絕無不敬之意，尚祈包涵見諒。不過，台邦．撒沙勒教授有個詮釋令人擊節：「原住民」給人文縐縐的感覺，像是已經被徹底殖民改造的人類，而「生蕃」倒還有點「我就是我」、「不甩你」的意思，比較像台灣真正的主人。壯哉斯言。

推薦序
古道之必要

劉克襄

古道之名，像稀少的特有物種，常讓喜愛登山健行的人眼睛一亮。有時，當我們有機會，得知一條古道的訊息，整個靈魂常在那一刻，便開始蓄勢待發。各種可能的想像，早已在胸臆裡積蓄，只待一個合宜的日子。

前往這類古道健行，絕對是徒步裡最具吸引力的一種。我們也明白，任何一條路，冠上古道之名，各種加值的可能便相對提高。尤其是在偏遠郊野，觀光旅遊、地方物業的經濟性活動，都會隨之而來。

因而古道的定義雖多，總是有一嚴謹法則，不宜恣意命名。最具體的條件，當為存在著既有的文獻史料之積累，提供了合宜的表述例證，加上現場的各種殘垣遺跡，庶民的生活經驗等等。再透過近代博物學的爬梳，以及各種考證、透視，呈現了多樣的交通意義。

古道不只是前人開天闢地的走過，矗立於當代文明所定義的風景。又或是在偏遠荒野，蜿蜒於豐厚的自然環境，供我們去踏訪。古道本質有一種難以述說的、宗教般的魅力，不斷地誘引我們，回顧過往。

歷史現場的殘存，比諸其他事物更充滿鮮活的立體感。一個人站在前人走過的土地，思索著未來，當下也常萌生更多的啟示。諸如霞喀羅古道、浸水營古道等已知的著名山徑，我們走過，不免會檢視其交通接駁、兩端住宿、路況內容、古蹟保存和產業推廣等等，繁複的旅遊問題。

我們很少停留於特殊和綺麗景觀的滿足，雖然那常是吸引我們前往的重要條件，但你難免想從中汲取更好的旅行養分。我們在此進行的不只是身體力行的縱走或橫越。回到這條路上，更多生活省思的元素愈容易突顯。

回頭看看來時路，人生浮白或緩慢，古道比任何一種路線都是更有意義的存在。我們無法從單一的角度去命定，卻能從現場的體驗，對歷史進行更活潑的解釋。古道延伸的絕對是兩端、甚而多端的影響。尤其是官道型的歷史舊路，值得我們採用更多面向去思索。

古道也少有名山大岳，非得登頂。更非險絕之地，多數人難以企及。生命裡有此體驗，並無法添增人生的輝煌紀錄。你只是想去目睹，朝聖般走過一段。很多人踏過的情懷，自己也參與其中。一個人以不同的情境，熱烈地展開對話。

素質良好的健行者，往往做好諸多功課，在走訪之前閱讀相關歷史故事和報導，本身亦具備博物學的好奇和樂趣。這些旅行前奏，幾乎在每次出發即愉悅地發生，不知不覺，內化成一種美好的儀式。

當你走過，獲得這樣的身心快樂，難免會有下一條的期望，如此一條銜續一條。儘管對多數人，那是缺乏實質意義的存在，你卻視如必經的歸途。

一旦踏上，沉浸於此一路徑的風景，或許不是學術踏查，也非嚴肅的地理探勘，但都無妨。你清楚知道那是你要的人生，生活裡不可缺少的一條。

這種無從名狀的信念，累積成生命旅途較為靜寂的風景，很難跟旁人述說，多數時候只能跟自己分享。你享受這種孤獨，融入孤獨。

或者，對不起，那不是孤獨，那才是真正的熱鬧，自己想要的氛圍。整個世界用再豐饒的物質，都無法跟你交換當下的滿足。

一新為什麼偏愛在古道上旅行，當我的腦海浮升這個好奇時，其實也是在探問自己。探問這個，很難只從冒險切入的問題，我因而如此小小論述一番。

本書二十篇以古道為主軸，衍生不同山林意義的踏訪，大抵有這一背後的精神。每一條路，甚而每一座山，都由個人冀望出發，終圓一夢。從他的文字敘述，我們清楚嗅聞到這種個人的執著，具體實踐的美麗。當下的他，和周遭環境擁有共同的語彙，都是全部地景的一部分。

那不只是釣魚人，長時面對遼闊大海的快樂過程；更像養鴿者，在遠方放出訓練已久的賽鴿，一路奔回家裡。

古道或許最為遙遠而艱辛，卻是最快而直接的回家之路。有一個更大的無可取代的原味，始終在前方。他熱愛享受這等曠野釋放的力量，可以在旅途悉心品茗，同樣在日後的生活裡慢慢回顧。

好多熱愛郊野活動的人都跟一新類似，但擁有淵博的知識，以及書寫的熱情，那是何等困難的工作。藉由他的視野，我們的閱讀既欣羨又歡喜，但更多的是共鳴，生活價值在其敘述裡，不時獲得召喚。

我的內心遙遠呼應著。唯有走過，我們才有堅實說話的自信。知識的自信、生活的自信，乃至工作的自信都在那裡。在健行時，那不是體力的付出，我們強調以整個人的力量去探勘。一新如是，我自己也是同一類型。

古道恆在下，我們隨時整裝待命，直到老矣，猶在路上。

（本文作者為作家、自然觀察家）

前言

回望來時路
My Way

❖ 之1、貫穿本書的「閾境之路」

不同的人在「小獵人」希吉盎身上會看到不一樣的面向，他讓我看到真正的孤獨不是沒有人陪伴，而是不被理解，但只要學會了回憶，就可以在任何境遇獨處，度過艱難的時刻。

去年底，隨池上淑瑩諸友前往屏東魯凱族「舊好茶」，探訪在廢墟之中重建部落文明的小獵人，行徑猶如山林版「魯賓遜漂流記」，唯陪伴他的不是「星期五」，而是老婆官桂英，以及兩隻沉靜獵犬。可小獵人不認為他們是孤島般的存在，而是「與祖先一起生活」，猶似馬奎斯《百年孤寂》所述「一個地方有親人埋骨，才算是家鄉」的意涵，因而對舊好茶的起源充滿興趣……

故事要追溯到很久很久以前，有一支居住在東海岸太麻里附近的魯凱族群，受到外族壓迫，便往中央山脈尋求新天地，最終落腳「鹿鳴安」（亦稱「古好茶」）。之後有對獵人兄弟在雲豹引領下，無意中來到霧頭山南側一處瀑布溪谷，兄弟倆見雲豹臥地不走，料想祖靈要他們在此建立聚落，取名「古茶柏安」——真正的意思不易考究，但有一說為「很美的地方」。後來族人增多，又擴散到阿禮、霧台、神山、佳暮等地，形成「西魯凱族群」，區別於台東達魯瑪克部落之「東魯凱族群」和高雄茂林、萬山、多納之「下三社群」。

位於部落祈靈屋遺址上方有一塊高一公尺多的長方形石柱，名「大瑪烏納勒」（意為「永恆的記號」），據云是雲豹臥地之處，俗稱「雲豹石」，族人乃以「雲豹的傳人」自豪，稱古茶柏安為「雲豹的故鄉」。

不幸的是，經過日治「文明洗禮」，再至國府山地平地化政策，部落被更名「好茶」，愈來愈受制於醫療、教育和就業需求。一九七八年乃移置南隘寮溪與好茶溪交會的河階地，稱為「新好茶」，卻屢遭水患，終至整個淹沒於二〇〇九年莫拉克颱風土石流中，不得不遷徙名為「禮納里」的瑪家農場永久屋，仍沿稱古茶柏安，成為「飛地」概念（行政上隸屬霧台鄉，卻位於瑪家鄉）的「新新好茶」，但稱發祥地為「舊好茶」。

然小獵人不願困在飛地，決意返回出生長大的舊好茶修繕家屋，夢想在脊梁間掛滿山豬、山羌、水鹿等獵物頭骨，重新做個「魯凱人」（Rukai，意為「住在高冷山上的人」），此舉自有文化溯源的象徵意義。

沿南隘寮溪床上山途中，老鷹飛翔，長鬃山羊奔行，苦花優游溪潭，山芙蓉綻放，羅氏鹽膚木結實鹽化中，我們邊走邊採野菜（山芹菜、糯米糰、假酸漿），涉溪，過懸崖，走峭壁，從海拔兩百多公尺爬升到九百多公尺，雖不致披荊斬棘，仍看得出來是一條少有人走的路。

抵達時官姊已柴燒一大鍋月桃葉水，讓我們洗塵、散發野性山林氣息。

我們看山看雲，喝咖啡，圍著烤火聊天，枝椏不時有山紅頭、黃腹琉璃、紅嘴黑鵯、冠羽畫眉駐唱，還有朱鸝翩若驚鴻，餓了就吃野菜、山肉和自己背上來的麵食，饞了就洗愛玉，飽了就在石板屋群中漫步。

或許途險路遙，二〇一六年被「世界建築文物保護基金會」列入守護計畫的舊好茶，不致淪於觀光化。

此行也遇到民族植物研究者林志忠，帶領魯凱小朋友返鄉尋根，把去年八月底栽植的小米採收回家，企望增加小米種源多樣性。我們受邀參與小米收穫祭，看著小朋友盡情歌唱，一首接一首，山谷洋溢豐收歡笑聲，時光彷彿回到六、七十年前八百多族人盛況。其時一百多棟石板屋由上而下一層層櫛比鱗次，路面都是用石板鋪成；可如今王爺葵瘋狂蔓延，幸有小獵人勉力鑿空，讓部落繼續活著。

我們跟著小獵人巡行，回望他心中保存的童年趣事、部落軼事、狩獵故事，以及心路歷程——二十多年前，小獵人在眾人懷疑的眼光中，重返舊好茶當傳統獵人，心情毋寧是壓抑而沉重的，有時悲從心來就吟唱、啜泣，可是為舊好茶的未來憂心？

這種被夾在兩個時代之間，對於過去難以釋懷、對於現在和未來充滿失落感，失去所有的理所當然，陷於尷尬境遇的哀傷苦楚，或可用一個意義深長的人類學字詞「閾境」（liminal space）來形容。

但小獵人不改其志，每天生火，溫暖石板屋，讓祖靈知道雲豹的傳人仍舊守住部落，讓舊好茶成為族群記憶的載體。族群或許失去了原有的形式和外表，但透過再記憶，「過去從來沒有死去，它甚至從未過去」（美國小說家福克納語錄），定義了你是誰，We are what we remember，永遠是雲豹的傳人！

當我望著小獵人站在「祭祀空間」，隔著谿壑遠眺對岸的排灣部落，銳利的眼神閃爍著野性光輝，彷彿化作人形雲豹守護著這片聖域，驀地想起「台灣蕃界調查第一人」森丑之助曾於一九〇五年拍攝的一張魯凱族人（見《生蕃行腳》頁一四〇），拍攝地點極可能在此地——據成大考古所教授台邦．撒沙勒考查，證據來自照片中一塊象徵被馘首後的人立石和石板堆疊的頭骨架，與現場相符。啊，能重蹈森氏踏查過的地景，令書呆子旅人雀躍。

台邦教授曾於一九九三年引領族人以「出草精神」阻止隘寮溪瑪家水庫的興建，讓我想起美國作家亨利．梭羅一篇探討政府與公民關係的演講文〈公民不服從〉，因為具有事件座標意義，附筆於此。倘若旅人的歷史意識匱乏，就會限制了對「風景」的理解。

比小獵人更早先，還有位魯凱史官作家卡露斯也踏上「回家之路」。雖然家屋門窗緊閉，我仍有異常的熟悉感——來自小說家舞鶴《思索阿邦．卡露斯》的描述——我想像作家趴在石板桌回望過往世界，在漢人的語言裡掙扎、憶寫《雲豹的傳人》的情景，而取材遙遠記憶裡的故事，讓舊好茶產生一種夢境特質。

因此，若沒有小獵人的負隅頑抗，舊好茶勢必淪為廢墟，當我看見小獵人面向祖靈居所「巴魯古安」（位於霧頭山和北大武山之間）吟唱古調，內心冉冉升起一縷憂傷——你很難不去想，小獵人接下來要怎麼辦？下一位小獵人在哪裡？

但小獵人總是以神祕的微笑回答我那些不是問題的問題，我只能意會。可透過卡露斯和小獵人的回望，我才真正看見舊好茶。是地理，也是歷史，更是某種心境，在那裡可以尋到人生中的一個夢。

本書以走入好茶人的家山作為引言，強調本書的旅行觀點：進行有意義的接觸；須知光是好山好水並不足以說服我前往，旅行觸發的自然觀察、歷史意義與其引起的省思，才是我的考量，也是本書二十篇旅次的主軸。

又本書涉及二十多條故道，多是作者列入Bucket List、認識台灣的學習路徑，如今將十多年來的「願望清單」結集，驀地發現自己不合時宜，明明生活在現代，卻老是想往已經消失的過去走，追尋島嶼記憶，關注那些被忽略的歷史軌跡，再從歷史脈絡回溯當下，反思島嶼的歷史閾境，走著走著，不免也回望自己在人生某些時間點、壓抑著傷痛走下去的生命閾境，故道因此成了貫穿本書的「閾境之路」。

是故，我在本書的種種回望，追索故道來歷，追索族群來歷，追問另種文明，追問自己的來歷，是否也是在追索台灣或自我的形塑歷史呢？

❖之2、熟悉的地方有「風景」嗎？

閱讀往往決定我的旅行方向，就像舊好茶之行源於《雲豹的傳人》，但返家後又閱讀更多原住民著作，拓寬狹隘的漢人視野，台灣的細緻與壯闊於焉展開，讓我產生某種覺察：我是個台灣人，卻對族群的來歷知之甚少，這使我覺得羞愧。

從小透過閱讀如《天方夜譚》，我就有一個認識世界的意圖，及長，心懷「詩和遠方」，常想去遙遠的異地，追尋獨特的文化經驗。可如今卻像甩出去的迴力鏢又返回原點，才發現自己的地方也有許多「地圖之外」可以探索，真應了英美詩人艾略特所述「一切探索的終點，終將帶我們回到起點，這時才算第一次認識它」。

但是，熟悉的地方有「風景」嗎？

或者先問：風景一定是山水名勝和人文景觀嗎？地方的日常，他者的故事，旅途的感觸，可不可以視為風景？

「無論我坐在哪裡，都可以在那裡住下來，而風景就以我為中心，朝四面八方延伸……」梭羅的《湖濱散記》重新定義了風景，他更主張「一個人若想活得豐足而堅強，一定要在自己的家鄉」。讓我想到美國神話學大師喬瑟夫．坎伯所言：「如果你不能在你所住之處找到聖地，你就不會在任何地方找到它。」

然而，透過閱讀，我發現我對自己所在的地方，並沒有自己想像中那麼了解，而是一座卡爾維諾式「看不見的城市」；於是，近二十年陸續將閱讀旅行的足跡刻繪在島嶼上，尤其是，散布先民足跡的故道（包括古道、舊道），但我不想以「弔唁」史跡的方式走入，而是藉故道為線索、以「提問」的方式深入。

因此，我的閱讀旅行，並不是將一本書當作指南帶去旅行，而是如同美國作家保羅．索魯所言「讀書使我成為旅人；旅行讓我回去讀書」那般，閱讀與旅行的循環，讓旅人走得更深更遠。

是以，我要感謝本書中引述的先行者及其台灣踏查著作，包括那些對我產生潛移默化影響卻沒有引述的著作。從荷據、清領、日治，乃至今日，令我得以從字裡行間穿越時空至當年場景，尤其是影響我旅行方向的楊南郡、徐如林夫婦，猶記得楊老師在一場演講中強調：「走古道，一定要弄清楚族群關係和地理形勢！」拉高了旅人的視野。的確，旅行是一種視野，拉得愈高，愈能看見世界的真實。

但閱讀來的經驗是別人給的，閱讀旅行的本質卻是行動的文學，在這個立論上，本書作者成為一位追尋先行者足跡的「意義探索者」(The Seeker)，希冀以人文地理踏查為經、以動植物生態觀察為緯，探索島嶼的深邃之處，探索個人知識的空白地帶，推進自己的知識邊界。

❖之3、你當像鳥飛往你的山去

旅行的動機，一直是我關心的課題，就像閱讀推理小說，我關心的不是誰是凶手，而是犯罪的動機。所以，我總是問自己：為什麼要進行這趟旅行呢？

美國作家亨利．米勒曾言：「旅人的目的地從來就不是地方，而是一種看待事情的新方式。」顛覆了傳統旅行的「觀國之光」，將旅行上升到意義層面，即旅行的意義在旅行之外，無論身處何方，以什麼角度看待周遭的一切，遠比在何方重要得多。所謂「旅行作為一種改變自己的方式」，實則是，改變自己看待世界的方式。

就像舊好茶之行，有好幾處人文景觀值得關注，但啟發我深思的，卻是小獵人在深山裡實踐了一個棄文明而去的夢想（狩獵採集生活），金錢在他的生活裡居然沒什麼分量。

回想當初走入山林，一開始是為了遠離職場塵囂，不想竟沉迷於大自然，尤其是植物，不僅想要認識，更想要觀察它們的「生存模式」。因此本書也稍稍碰觸「植物的智慧」（非科學定義的智慧），或可視為上本書《尋找台灣特有種旅行》進階之作。

尋找蟲林鳥獸的過程，頗似魯凱的Alupu（阿鹿捕，「狩獵」之意），按卡露斯《神祕的消失》所載，作古語詮釋就是——「尋找」一個特定的目標而不確定存在，或縱使找得到目標，也不確定能否拿得到，即使拿得到，也不一定是當初預設的目標，一切都很不確定。

就像這本書呆子的故道行走，初時在尋找蟲林鳥獸，旁及台灣自然生物調查的發展過程，不可避免地遭遇生態保育和族群來歷的拷問，最終卻是「你當像鳥飛往你的山去」（語出聖經，既有「逃離」、也有「找到人生新方向」之意）。在我認知，行走故道，重點不在於如何走過，而是走過之後的感受。這是一個走向內在探索自我的過程，卻也充滿知識樂趣，書頁間瀰漫芬多精，偶爾飄來鳥語花香，冀望讀者一起走入「以啟山林」的黑暗歲月，走出意義來。

❖ 之4、天空中沒有翅膀的痕跡，但我已然飛過

「旅行的時候，我們是一種人情的心態，但是當我們講述旅程的時候，是一種詩人的心

態，這中間是不一樣的，這中間是有矛盾的。」作家楊照在《理想的藝術家生活》中引用了夏目漱石有關「旅程」的一段敘述，提到旅行有「體驗」和「整理吸收體驗」兩階段，前者忙碌不堪，後者需要沉靜反思。

我很慶幸自己能以「詩人的心態」，透過書寫，回望十多年來的行走，整理吸收體驗，但是記憶難免被歲月磨損，幸好大文豪馬奎斯有言在先：「人生並不是一個人的經歷，而是一個人如何回憶，如何細述一切。」本書就是與記憶搏鬥之後的紀錄。

回望旅行數十載，從人生的「主菜」階段忽焉來到「甜點」階段，體能不若以往，依然嚮往山林，或許，我應該放慢腳步，多呼吸，少思考。猶記得，電影《年輕氣盛》（*Youth*）為「年輕的感覺」做了詩意詮釋，大意是「人生就像望遠鏡，從正面看，如同年輕時，看什麼都很近，那就是未來；而反過來看，如同年老時，看什麼都很遠，那就是過去。」

當哪天我看「家山」很遠時，就表示我老了，可我沒什麼好遺憾，就像印度詩人泰戈爾所言「天空中沒有翅膀的痕跡，但我已然飛過」。所以，旅行要早一點出發，探索台灣更是如此，島嶼山林愈來愈破碎難行矣。

最後，要感謝寶春師傅和團隊的支持，讓我的「閱讀旅行」應用在工作上，重新定義烘焙，一起策展了好幾個有趣主題，以麵包閱讀世界和台灣。

輯一　探訪閾境之路

——向先人提問，追索島嶼故事的形塑史

「此處所訴說的旅程，
緣起於遙遠的過去，卻也是此刻的片段和現象，
這往往是古老地景的雙重堅持——
放到過往中閱讀，在當下立即感受。」
——羅伯特．麥克法倫《故道：以足為度的旅程》（*The Old Ways*）

浸水營古道上的南洋桫欏。

01

樟之細路，手作之道

苗栗頭屋、獅潭　新竹峨眉、北埔

❖水寨下古道：依循先民路徑的走路練習曲

「楓香樹上一顆顆的是什麼？」一抬頭，果然看到樹幹和枝枒上附著許多顆土繭擠在一起。此刻我們正在土地公廟前歇腳喝水。

「四黑目天蠶蛾的蛹。」有人隨即接答：「這種飛蛾張開羽翅時，可看到四個圈狀黑色眼紋，相當迷人；又因幼蟲愛吃楓香和樟樹葉片，也稱楓蠶或樟蠶。」

「這是風鈴木，不是洋紅風鈴木，你看它葉子掉光了，是落葉性喬木，洋紅風鈴木是常綠喬木。」

「這不是土肉桂，是外來種陰香……」有人趨前檢視葉片，做出判斷。

「你們看，這裡有三葉刺五加……」真厲害，有人在邊坡灌叢間識出這種莖脈長滿尖刺、俗稱「恰查某」的藥材。不禁聯想到五加皮酒，是否添加了此種藥用植物或同屬的五葉刺五加？

因與自然觀察作家劉克襄熟識，得以參加他策畫的「石虎輕旅行」。集聚眾人經驗一起行走，本身就是很有趣的「流動風景」，除了見證家園的美好，也走出一種過去少有人體驗的情境。

以石虎之名，自然是想在石虎棲息的淺山區走動，關心石虎棲息地和當地文史環境，也有思考走路意義的意涵，摸索島嶼旅行更多的可能性。這讓我想起一次偶然機會，二〇一三年某個月黑風高夜晚，跟著「特有生物研究保育中心」林育秀在集集、濁水溪床以無線電追蹤野放的石虎，巡視紅外線自動相機是否有所獲，讓我在田野踏查中察覺到另一種旅行的可能性。如今，石虎，繼黑熊之後，成為台灣另一個保育「品牌」。

石虎輕旅行的成員來自各行業，原本都不認識，如何不約而同慕名參加，對我仍是個謎。猜想多半是認同劉克襄自然生態主張的讀者，在約定的時間地點一起搭車，結伴而行，途中常見知識討論，不同於一般商業性質的旅行。成員中有好幾位田野調查經驗豐富的植物專家，我尾隨在側，增長了不少知識。

是故，我所體驗的石虎輕旅行，有一個很大特色是，所有成員在徒步旅行過程中，分享動植物、歷史地理和人文知識，對未知做出智慧的推測，有時還醞釀出全新思維，說是索羅維基《群眾的智慧》在旅行領域的行動版亦可，或許能為制式旅遊團提供新的思考方向。的確，一大群人肯定會比一、兩位菁英（例如領隊嚮導）要來得聰明，不但能解決當下的問題，還能預測未知；但索羅維基也強調，要能發揮這項優勢，組成群眾的背景愈多元愈好，就像「石虎輕旅行」，或後來的「山貓小旅行」，成員背景需要具備一定程度的知識和獨立思考力，最終才能如該書名副標做到「讓整個世界成為你的智囊團」。

石虎輕旅行另一個特色是，以步行方式摸索鄉野、聚落，以及常民生活的痕跡，如拓墾年代遺留下來的義民廟、伯公廟，其間以步道、古道、田埂、圳溝、農路、鄉道、產業道路連結，似乎更契合先民日常生活的光景，因而突顯了徒步旅行的價值與信念。

此行除了健走嚮往已久的「水寨下古道」，也繞行明德水庫周邊聚落、農地、農舍。如今所謂「古道」，本是為了連結人與土地、與地方聚落而走出來的路徑，倘若不再行走，最終只有荒廢一途。

•••

馬偕牧師在一八七二至一八七四年間，隨著探親或移墾的道卡斯族新港社（今苗栗後龍新民里一帶）族人，穿越頭屋一帶的老田寮溪（後龍溪支流），翻越鳴鳳山隘勇線，多次深入獅潭地區行醫傳教。今新店老街的劉家老宅有棵百年龍眼樹下，相傳即馬偕為村民拔牙處。

根據《教會史話》記載，在一八八四年漢人入墾之前，新港社人和獅潭賽夏族早已締約入墾，伊能嘉矩在一八九七年至新港社田調時，便曾蒐錄到一份同治十一年（一八七二）契約書，載明新港社人憑約備銀二百一十元、大豬二十八隻及酒儀之資給賽夏族，取得拓墾權。

漢人進入獅潭篳路藍縷大約在光緒年間，由《台灣通史》所載的「台灣貨殖家」黃南球率民丁移墾，賽夏族人只好往內山顛沛流離，獅潭遂成漢人聚落，如今散布於頭屋和獅潭之間的鳴鳳山古道群，前身有賽夏族獵徑和道卡斯族移民之路，但更多的是漢人隘勇線和伐木熬腦及運茶之路。

我們一行十多人由苗栗火車站搭公車出發，沿台13線東行，經頭屋、抵明德水庫，再由葛瑞絲香草田啟程，經上庄，穿過一號吊橋，進入水庫日新島，循產業道路與山徑繞行至水庫南岸，陡上彌勒山麓一座開山於一九四三年的普光寺。見山壁釘住三塊黃色指示牌：「RSA39 007」、「福州農場0.7 km約50分鐘」、「蘧廬書院1.7 km約1小時30分鐘」。第一塊牌子儼然密碼，有人解碼了，RS為「樟之細路」（Raknus Selu Trail）簡寫，Raknus是泰雅語和賽夏語的樟樹，有樟腦與產業思考的意涵；Selu是客語的小路，有深入在地常民生活的意涵；至於A39為第39段、位置編號007。走樟之細路一定會看到類似的標示牌。

目前國家級步道樟之細路總長約三百七十公里，沿台3線散布於桃園龍潭至台中東勢之間的丘陵地帶，擁有豐富多元的自然生態和人文景觀，其中數條佚失的古道經過千里步道協會手作翻修，重新找回人與土地的關係，堪稱台灣的文化路徑。

普光寺海拔不高，視野卻極佳，可及水庫，左側山壁鑲崁了十多幅詩碑，乃苗栗詩人賴江質指導寺眾之創作，字句充滿禪意，在三界火宅中取得一方寧靜。

多年前，曾載妻來明德水庫風景區尋訪一九八九年吳念真編劇的《魯冰花》電影場景。如今水庫淤積，沒有煙嵐籠罩，也無竹筏點綴，少了片中「烟波湖上蕩煙舟」那般空靈山色，滿山茶園也消失了，難以想像此地曾以明德茶（老田寮茶）聞名全台，妻只能在腦海中重播電影主題曲，我則懷想著小說家鍾肇政一九五〇年代創作的時代背景——原著承襲日治以來批判社會與人性的台灣文學傳統，表面上訴求貧富差距的愛情悲劇，暗地裡卻極富技巧地藉由窮苦茶農小孩的悲劇來影射當時的政治和教育陋習。明德水庫完工於一九七〇年，與原著八竿子打不著，只是作為電影場景吧。

書名的魯冰花（Lupinus），又稱「羽扇豆」，固氮能力甚高，所以，桃竹苗的茶山早年會栽種魯冰花肥沃土壤，花謝後還可充當肥料。可能因魯冰花諧音「路邊花」，帶有鄙視的貶義，小說家便藉此影射社會弱勢者吧。

因興建明德水庫故，早年沿老田寮溪走出來的田野村落和古道多遭淹沒，我臆測馬偕為了行路安全和傳福音，極可能行走水庫下有人煙的古道，再沿今「神祕谷」溪溝銜接地勢稍高的「水寨下古道」往南翻山越嶺，經今福州農莊、普光寺、蘧廬書院，接北隘勇古道、鳴鳳古道，下抵獅潭新店村地區。但公路闢建後古道便荒廢了，幸賴千里步道協會以友善環境的手作步道方式，將充滿故事與歷史記憶的水寨下古道最精采的南段（普光寺至蘧廬書院）整理出來，全長二．四公里，海拔約在一五〇至四二〇公尺之間。

目前山友將水寨下古道以普光寺為中繼點，分南北兩段；我曾由明德水庫南岸道路循神祕谷道路陡上福州農莊，隻身探訪北段，雜林荊棘和蛛網牽絆，底下土石鬆散，路徑不明，勉強上到支稜領略一下便折返，真是應了客家俗諺「山歌唔唱唔記得，老路唔行草生塞」。

我們由普光寺左側指月亭拾級而上，起先是石階路，接著順邊坡危崖土石路而行，山徑轉趨狹窄，林蔭濃密，藤蔓勾勾纏，爬藤粗壯，正如《馬偕日記》所載「上面有樹藤懸掛，就像船上的帆索……」，雖未趨前檢視，疑似有鴨腱藤、飛龍掌血、風藤、血藤、菊花木散布其間。

頃刻，傳來水聲，見涓涓流水從大石壁間滲出，猜想就是水寨下古道名稱由來。客語的

「水寨」意為「瀑布」，但大雨滂沱才會形成水瀑吧，沿途山壁必然也是如此，成為一條「瀑布下的古道」，眼前溪溝巨石錯落，青苔溼滑，穿草鞋的先民可能就直接踏過去，草鞋雖然容易磨損，抓地力可比登山鞋強多了。為了安全故，路徑在此高繞，拉繩陡上，旋即之字形爬升，再陡下溪溝涉水而過，又緩上，此後路徑落葉堆疊，行來舒暢愜意。

突然，有位成員停下來，自顧自地說道：「當我走過自己修路的地方，便覺得很感動……」，原來她曾參與千里步道協會「馬偕奉獻之路：苗栗水寨下手作步道工作假期」。我們聽她緩緩道來，解說昔日在此維護古道的故事，例如腳踏處原本是一灘落葉爛泥巴，起初她在周遭採集搬石頭，敲碎填補路面，但經手作步道師檢視，建議在不同路況要有不同解決方案，必須順應步道所在氣候、地質和生態因地制宜，如同先民的作法，此處可將爛泥巴刮除，做出一個略傾斜的緩下坡路面，便不會積水，若要鋪碎石，也無需整片鋪，鋪一小塊墊腳石即可。其實沿途還採用好幾種繁瑣的修繕工法，如浮築路、砌石護坡、砌石階梯、橫木護坡，只是都不著痕跡，行走者沒有特別留意是不會發現的，就像一路走來看見許多船索般藤蔓在上方交織，其實是被刻意吊掛提高，藉以保護原生態景觀和行路安全，而這位女志工也透過手作之道，讓自己的生命與先民路徑有了奇妙的連結。

出口便是蘧廬書院所在的象棋坪，表示昔日此地樹杞成林，樹杞的葉子脫落後會在莖幹上留下狀似象棋的凹痕，客家人據此稱為「象棋樹」，可惜無暇搜索，會不會都被砍去做砧板和燒木炭了？在台灣行走，常遇到植物地名，約略可看出過往的人文痕跡，例如象棋林（竹東舊稱，亦稱樹杞林）、莿桐、芎林、楝榔，或我近年移居的淡水竿蓁林（五節芒很多的地方），想必都是先民對其生存環境的具體描述吧。

出口立有「鳴鳳山」、「苗22線」、「嬲崠茶亭」指標柱，後者嬲字引人遐想（嬲，漢音ㄋㄧㄠˇ，糾纏之意，此處客語音ㄌㄧㄠˋ，一群人坐著休息聊天之意），位於北隘勇古道上，但囿於時間，我們仍取苗22（南窩產業道路）而行。這自然是遵循劉克襄式「自創旅行」（自己設計旅行方式）精神，由於走的不是旅遊路線，無法預期會出現什麼樣的風景，也不知拐來拐去的道路會接到哪裡去，果然，途中便遇到收養流浪狗的住家，與主人一陣蘑菇，又是另一個故事了。

• • •

一路行來，遇到的植物有大如座椅的猴板凳、呈現敗欉徵兆的開花茶樹、屍橫邊坡的菊花木、覆蓋山谷樹冠層的小花蔓澤蘭，還有土橄欖、鐵冬青、丁香，以及好幾株高大的蓪草。

眾知蓪草產業在台灣至少有兩百年歷史，英國攝影家湯姆生在其《十載遊記》便提到廈門有條巷街，家家戶戶都在摺紙花，有百合、玫瑰、杜鵑、山茶花，還說紙花材料來自福爾摩沙蓪草。其時以蓪草紙繪製的水彩畫和人造紙花在歐洲備受歡迎，可歐洲人誤以為是白米做成的紙，故稱「rice paper」（米紙），直至一八五二年才釐清由來，正式發表為新物種。

蓪草的莖髓質地近似保麗龍，常染成五顏六色作為勞作材料，五、六十歲以上的人或許都玩過吧？

但劉克襄的聯想更深邃：

「這是台灣最早被記載的植物。當年福鈞（Robert Fortune）搭船來到淡水港，上岸採集的植物便有蓪草……」

這句話引起我好奇，查閱福鈞一八五七年著作《居住在華人之間》(*A Residence Among the Chinese*)，有一個章節特別詳述來台始末——一八五四年四月二十日，身在福州的福鈞趁美國汽船孔夫子號為清廷載運軍餉之便，搭順風船至淡水，登岸一天，記錄下「日本百合」和蓪草，成為台灣最早的植物採集記錄者，無意間為台灣植物學揭開序幕。可惜他誤判了，前者於一八九一年被證實為「台灣百合」，後者稱為「米紙樹」(rice-paper tree)則正確無誤，可能已知蓪草在一八五二年發布新學名的事實，更清楚命名所依據的樣本與銷往歐洲的米紙畫和紙花多來自台灣蓪草，這是他渡海來台的動機嗎？

順帶一提，這位福鈞曾將中國茶樹種子和薰香茶葉的佛手柑、茉莉偷運到印度喜馬拉雅山區栽種，還連哄帶騙拐走多名製茶師和製茶設備，終結了中國對茶葉的壟斷，成為歷史上最著名的「植物獵人」。但他運用名為「華德箱」(Wardian case，英國植物學家沃德〔Nathanial B. Ward〕發明的一種密閉玻璃箱)運送植物和種子的技術，爾後也促成許多經濟作物的物種大交換，例如在茶葉之前，祕魯金雞納樹移植印度、巴西橡膠移植錫蘭，都是拜華德箱之賜。

沒多久，下到水庫，沿南岸而行，經過數戶農家曝曬大芥菜，那客家氣息令我備感親切，接近洩洪大壩時，克襄突然停下腳步：「大家有沒有聽到？小彎嘴的叫聲……」此刻劉克襄又變成昔日的「鳥人」了。這就是我覺得石虎輕旅行最有趣的地方，不是在尋找奇特的景點，而是在培養自己對周遭環境與人事物的感知能力，讓看似平凡的東西顯現本質與價值。雖然克襄對島嶼的內容熟悉不過，但這份熟悉並未侷限他的視野與想像，在他的凝視下，還經常厚實了地方意涵，讓每次的石虎輕旅行走得興致盎然。對我而言，這是一種「看見」、「識見」的走路練習曲，重塑了我看待島嶼的視角。

❖ 錫隘古道、八達嶺古道、南隘勇古道：百餘年前的行醫風景

疫情期間，我參加了苗栗文史工作者李業興導覽的鳴鳳山古道群，包括錫隘古道（楔隘古道）、八達嶺古道（龍骨古道）、南隘勇古道、鳴鳳古道等，意外發現他對馬偕牧師在苗栗的行醫傳道頗有研究。

以馬偕好走動的個性，苗栗後龍、公館、頭屋、獅潭、南庄等地，都可能有他的蹤跡，鳴鳳山古道群尤是必經之地。漢人拓墾時沿山設隘，開闢多條隘勇線道路，像北隘勇古道、南隘勇古道、八達嶺古道、錫隘古道，即清代隘勇線，以西是漢人建立的頭屋、公館聚落，以東是賽夏族領域獅潭縱谷。從《馬偕日記》的景觀描述，一百多年前的景色或許依稀可辨——一八七三年某日寫道：「我們來到一個竹叢的面前，顏色就像天一般的藍……我從來沒有見過比這更美麗的植物……」在獅潭「鐘樓古道」之桂竹林，便遇到好幾株「藍色竹子」，猜想可能因竹莖上粉末在光照下產生形成偏藍色澤。

其中，錫隘古道以險峻難行著稱，係獅潭開發初期出入公館、頭屋的要道，先民砌疊的石階、打鑿岩壁的岩梯猶存，言者諄諄，聽者躍躍欲試。

我們由苗26福興橋右拐登山口（海拔二六〇公尺），在竹林中踏階而上，只見僅容一人獨

行的石階路猶如天梯，淹沒於蕨類、姑婆芋和沿階草之中，點綴著吊竹梅的淡紅色花。經過倒木、樹抱石，踏過石梯，來到一塊名為「錫隘崎」（海拔三二四公尺）的山壁，壁上書寫著「上崎觸鼻孔　下崎觸髻鬃」，意思是上坡鼻子會碰到石梯，下坡腳會碰到前方行者的頭髮，來形容山徑陡峭。

續行，過棧道橋、木棧梯，來到硬漢嶺（海拔四五〇公尺），遇岔路指標，取「南長城步道」方向，循木棧梯陡升，踏岩梯上到山肩，循稜線接「八達嶺古道」，來到名為「坐嬲崠」（海拔五〇〇公尺）的小山頭，視野往東可及獅潭仙山、南庄加里山。這裡有一堆岩石充當座椅，說不定馬偕也曾坐在此地與傳道人嚴清華、許銳等人「坐嬲」。

稍後，又抵另一座小山頭「烏龍崠」（海拔五四〇公尺），說是先民在周圍栽種烏龍茶而得名，一路上上下下有如走八達嶺長城，左側丘陵高低有致，疊翠連綿，宛如「塞外風光」。此際草葉竊竊私語，亂蟬嘶噪，令人心情如天空蔚藍晴朗，馬偕或許也在此眺望過，才會形容丘陵起伏「就像海浪一般」。

行過臨雲台（海拔五五〇公尺），接南隘勇古道（南長城古道），來到樟樹坪（海拔五三〇公尺），猶見樟樹數棵，視野頗佳。不久來到鞍部岔路，取頭屋鄉鳴鳳村雲洞宮方向直下。此行約三公里多，海拔落差約二百八十公尺，不知一根扁擔肩挑物資的先民如何走這一條陡峭山路呢？或可從苗栗攝影家陳雲錦五十多年前記錄的影像窺見一二。

途中有些植物值得一記，例如無患子。日人初至台灣便觀察到這種天然清潔劑，一八九六年任職雲林民政出張所的中島竹窩，在其〈生蕃地探險記〉一文中便記載：「女人洗澡，在支那台灣，一年才洗幾次而已，但蕃女是每天以無患子果實取代肥皂來擦拭身體，我也看過她們洗衣服，將衣服放在水槽下的石頭上，中間夾著無患子，用腳踏著洗。」言下之意，高砂族比起漢人更加「潔身自愛」。

其他，亦見做木屐的江某、做農具的赤柯、染色用的薯榔，還有馬告、山棕，以及結實累累的黃藤，黃藤果外皮如蛇鱗，果肉酸澀，是行走山林的「渴樂」。但行走客家領域似無乾渴之虞，上回無意中闖進農家「中原堂」，受到主人熱情奉茶，還看到客家避邪植物「抹草」（魚針草）叢生，瞬間掉入回憶。小時候「煞到」，外婆總是把苑裡老家帶來的日曬「抹草卷」放進熱澡盆為我淨身，沒料到這裡長那麼多，還有許久未嚐的野菜刺莧，氣味總是連結記憶，不是嗎？

在旅途感受意想不到的人情味，也是很棒的體驗，但不知台灣諸多原生藥草如五月艾、過山香、蘄艾，可否提煉媲美歐洲藥草的精油？或製「台灣香料麵包」？

抵達雲洞宮（海拔四八五公尺），在廣場看到食攤賣「羊奶頭豬腳」，說是客家傳統強筋健骨祕方。羊奶頭又名天仙果，實是台灣榕，本想一嚐，試試藥效可否助我健步如飛，再沿鳴鳳古道走回獅潭新店老街，喝碗仙草凍，人生就有了完美的一天。可惜眾人欲搭車回民宿。或許凡事都留一點遺憾，才是最真實的人生。

❖ 石崀古道：走在匠人步道，回望近代墾荒之路

食髓知味，我又再次參加「石虎輕旅行」重新認識台灣。因為好奇這種顛覆觀光旅遊的思維與習慣的低碳旅行方式：搭公車，然後在淺山走上七、八個小時約二十公里各式道路的「自創旅行」，能否讓景點變得更多樣而走出不同的風景？又會帶給行者什麼樣的撞擊與思考？

此行要走的「石硬子古道」，實則是客語「石崀」（ㄣˇ，意指石頭覆蓋的山丘）之音譯。客家人常根據自然環境特徵來取名，像溪流造成的坑谷地形便稱為「壢」，窪地或盆地稱為「湖」，小山丘稱為「崙」，陡峭地形稱為「崎」，畚箕狀地形稱為「窩」，低窪地稱為「坑」，高出地面的平坦地方稱為「坪」。目前透過樟之細路規畫重新正名的「石崀古道」及其延伸，通過的地區便有上述特殊地貌，提供墾荒時代的行走體驗。

石崀古道全長約二．二公里，銜接北埔鄉與峨眉鄉，包括一．六公里的古道和〇．六公里產業道路，曾是運送樟腦、茶葉、稻米和物資的重要交通要道，不只是客家人，早期在北埔番婆坑、峨眉藤坪、南庄等地生活的賽夏族人，也會走這條路至北埔老街採買。所以，此路的重現不只是作為客家人在地生活記憶的保存，也蘊含著族群融合的意義。

我們從新竹搭「台灣好行」巴士至獅山遊客中心，再沿竹41線（藤坪產業道路）至石子溪會獅橋，右轉村徑，來到石硬子村，抵張家「清河堂」。張家在此栽茶種稻超過百年，皆憑藉石崀古道往來北埔；之前千里步道協會與荒野保護協會引領賴清德等官員進入古道改善步道設施，施作邊坡路緣橫木，行前即在這棟三合院「坐嬲」，享用膨風茶與客家菜包，並聽取古道歷史由來。今日主人不在家，我們只好在外頭逛，看到二輪古石磨，猜想用來榨甘蔗汁，再一鍋一鍋熬煮成黑糖。

正待出發之際，傳來小啄木和五色鳥叫聲，循聲覓影，意外發現豬寮旁有棵高大的烏心石，樹圍足以製作砧板了；一旁的錫蘭橄欖亦高大，應是日治時期引進的樹種，杜英科，有別於早期閩粵先民引進的土橄欖，橄欖科，所製蜜餞各有千秋。

經過豬寮，有片柳杉林，說是張家以前的膨風茶園，古道緩緩攀升，先是一小段大花咸豐草夾道蝶影翩翩的水泥路，接著是蕨類蔓生的泥土路，且走且觀察，記錄了福州杉、翼莖粉藤、三腳鱉、金狗毛、東方狗脊蕨、船仔草、薄葉嘉賜木等。

不久，來到此行險處舊石橋墩，須拉繩下切到石子溪，溪水在此形成類似滑瀑景觀，須踏溪床上的溼滑岩石而過，暴雨若至恐怕過不了。

入密林，發現好幾株不知名根節蘭，難得的是，還遇見攀爬樹幹的台灣梵尼蘭，可惜未開花。梵尼蘭果莢是製造香草的原料，然台灣梵尼蘭因果莢香氣不足，不具商業價值，業者多從馬達加斯加和墨西哥進口。

接著，遇見一片梯田遺跡，幾乎被黃藤、竹林、雜林蔓草占據，僅見一座果菜農舍，竟使用太陽能發電，還播放佛經給果菜園聆聽。此際天空傳來大冠鷲叫聲，構成一副奇妙的田園風光。

再來是一段稜線爬坡，見前方山壁鑿空，形似風爐缺口，在地人俗稱「風爐缺」，根據自然環境特徵來取名又是一例。古時挑夫來到這裡會停下來喘口氣，納涼喝口茶。

續行，過「半邊橋」，就不能不提千里步道協會的手作之道。若探視橋下便可發現暗藏蹊蹺，非橋面那幾根原木而已；先前遇到路面鋪設原木導流、砌石階梯減緩雨水沖刷、木格框鞏固邊坡、改善洩水坡度，解決了古道原先的路基崩塌和邊坡淘刷等問題。現在這條路又交棒給合作夥伴荒野保護協會新竹分會做在地維護。所以，有時候驚覺自己走在手作步道上，難免滋生悸動，這些默默付出的志工們無疑是古道記憶的守望者與捍衛者。

依我之見，手作步道是一種「匠人」工作。按當代社會學家理查．桑內特《匠人》一書之定義，匠人本質上帶有希臘語「創造」（poiein）意涵，與詩（poetry）具有相似字根和思索過程。千里步道協會借用這個典故自喻勞作美學，讓我想起多年前劉克襄在該會出版的《手作步道》推薦序中，形容千里步道協會的工作猶如「在森林裡寫詩」。誠然，手作步道的匠人們若非有著詩人般浪漫情懷，豈能堅毅為之？

還有，手作步道也是一種「思維方式」。就像石崀古道穿越的地方幾乎是私人土地，但千里步道協會以手作步道克服了土地權的挑戰，讓沿線地主樂於效仿古時開放鄉里通行的傳統古道精神，隱含著英國式「鄉郊公眾通行權」（public right of way）或斯堪地那維亞式慣習權「漫遊自由權利」（right to roam），允許公眾在健行時可以路過私有地，進行休閒娛樂和運動的權利，例如打獵釣魚、摘取野花野莓蕈菇，甚至紮營過夜，但穿越者有義務維持自然環境原貌，也不能妨害農作物和野生動物。此舉讓我想起幼時陪外婆從苑裡車站走回娘家，一路穿越他人田地，卻可隨意摘取野菜。可如今人心不古，藩籬遍布，在野外愈來愈難以行走。

古道在香蕉窩接上產業道路，在終點石硬子橋遇到一位開車來的女士，一聊才知聽佛經的菜園便是她的農作。但石虎輕旅行可不止於此，繼續沿鄉道往大坪，我仍然跟著植物專家，一路辨識植物，有假菝契、風藤、酸藤、紫菫，亦見水冬瓜結白色漿果，口感澀黏略甜，有人說是兒時零嘴，倘若知道它與奇異果同屬獼猴桃科，就不覺奇怪了。

不多時來到小南坑，經過一片佛手柑園，似聞到芬多精般令人神清氣爽；續行，公車招呼站有一株枝葉茂盛的酸楊桃，想起小時候外婆總是在野外摘酸楊桃，先洗後曬，再用陶甕醃起來放牆角邊，家人喉嚨沙啞，便汲取陳年楊桃汁加水喝，還挺有療效。但遐覽淵博的劉克襄卻從日治《公論報》之〈台灣風土〉輯裡提出「三捻包」請教眾人是否嚐過？

返家後查閱，三稔包製作頗為繁複，將酸楊桃以沸水灼熟，切下五瓣曝曬、醃漬，用來製作三稔包外殼，再把肉桂、八角和甘草等香料與木瓜絲、薑絲混拌，加糖煮至起膠，塞進楊桃瓣中，搓成橄核狀，曝曬乾燥後製成三稔包，但不知今日還有人製作嗎？

劉克襄這位帶路人的見識，不只使尋常之物發出光芒，隨意走探的興致，也讓我們得以重新調整觀看的視角。

接近大坪時，路過幾戶農家，曬鹹菜卷的，曬蘿蔔乾的，也有曬竹枝做掃帚的，彷彿走入時光隧道來到我小時候的村莊，家家戶戶都有農餘副業自給自足。此時近午，該找蔭涼處午餐了，濟化宮前雜貨店主人竟大方邀請到後院，緊臨大坪溪，流水淙淙，主人不僅供應茶水，還拿出一堆「火燒柑」分享。有人備感稀奇，但火燒柑不是一個品種，而是一種「現象」——被一種名為「銹蜱」的螨類叮咬後的結果，導致果皮細胞溢出油質，氧化後呈現像被火煙燻過的黝黑色澤，看起來醜醜的，吃起來卻甜美無比，類似茶葉「著蜒」的概念，又稱黑柑、油皮柑。

行經大坪實驗小學，穿過一片火燒柑園，向一住家打聽二寮神木，便說要帶路。啊，客庄人情就像屋旁盛開的菸草花，一支支如嗩吶吹奏出熱情的客家山歌子。

我們行經二寮古道，穿過桂竹、麻竹、孟宗竹、香蕉、油桐、柳杉等林相，亦見虎婆刺、烏來月桃、溼地松點綴，遠遠便見到魁梧高聳的二寮神木了，一棵五百年樹齡的樟樹。可接近一看，卻大吃一驚，安裝了人工樹皮，看了解說牌才知老樹原先飽受白蟻摧殘、雀榕纏勒、樹幹腐爛，生命垂危，而後請來樹醫生妙手回春，才有今日的綠意盎然。如果一個地方願意為一棵樹大費周章搶救生命，便能與大自然共譜美妙樂章。

續行，循大湖路穿越小分林，抵達北埔，之前開車來過數次，卻是首次徒步抵達。穿梭巷弄間，見各家門牆都在曝曬大芥菜，那氣味不禁令我聯想到許多客家菜餚，轉悠間竟把路上石板踩鬆動了，經旁人告知才知是石板路刻意隱藏的防賊機關，半夜若有人經過，一踩到便發出噪音。

等候巴士時，有攤販兜售橄欖酒，信誓旦旦有清熱解毒、生津止咳效用，信焉存乎一心，但能與在地人聊聊先民經驗累積下來的風土物產才是旅行一大樂趣。

有一說，將樟之細路比擬為西班牙聖地牙哥朝聖之路。依我之見，兩者異曲同工，皆透過山徑、古道、步道、鄉道，將聚落、信仰、自然生態、人文景觀和風土物產串聯起來，豐富的內涵值得一段一段慢慢又漫漫地探索，而非急就章趕路去完成一項紀錄。

02

海岸山脈橫斷：徒步山海間，安通越嶺道紀行

花蓮玉里安通　台東長濱南竹湖

隨著馬齒徒長，不知為何，台灣對我而言變得愈來愈大，怎麼會這樣呢？年輕時，我總覺得島嶼好小好小，騎野狼一二五繞一圈輕而易舉。後來在媒體上班，曾規畫一個全台溫泉專輯，跑了二十多地溫泉就覺得自己夠深入台灣。緊接著，就是三十多年在世界各地的旅行，希望擴張視野，看看自己的人生能夠走多遠。

但隨著閱讀漸增，才驚覺自己對這島嶼無知至極，可能是旅行態度和認知改變了，也可能是愈活愈渺小，明白自己不可能窮盡世界。所以，十多年來旅行重心漸漸轉移島內。但旅人難免孤僻，往往想尋求大眾凝視之外少有人走的路，尤其是追尋前人足跡。譬似閱讀劉克襄《台灣舊路踏查記》，引導我走了好幾條有意義的台灣舊路，令人更佩服的是，克襄二、三十年前的書寫依然經得起今日踏查考驗，包括這次走的「小中路」——且稱「成廣澳道路」，日治「紅座越嶺道」，又名「安通越嶺道」。我既是書呆子，便透過雙腳閱讀書中文字來致敬他，他的書本質上就是一本行動的文學。

❖獵人帶路，踏查先民的遷徙與征戰故事

八月初，約了花蓮嚮導友人雪巴（楊偉仁）一起走安通越嶺古道。雖說這條古道已於二〇一六年全線開通，也不敢掉以輕心，畢竟劉克襄在〈小中路〉一文中曾提及他偕同楊南郡等人在一九九一年十一月踏查古道時，於海岸山脈遇斷崖卻遍尋不著安全下切路徑，又缺水，不得不折返；第二次再探，依然不得其門，同行者遭蛇吻撤退，文末還補註了一句「楊南郡說，根據他過去的經驗，很少走兩次還未成功的。未料到竟栽在這一個海拔不過一千公尺的海岸山脈」，難免令人心生杯弓蛇影效應。

幸好雪巴透過「安通社區發展協會」理事長李建新安排，委請安通越東端出口的阿美族南竹湖部落獵人阿耀帶路，且雪巴行事謹慎，背包裡一定帶著急救箱、備有抗蛇毒血清針，令人安心多了。更何況，此行乃閱讀旅行，我的背包還裝著《台灣舊路踏查記》，令我有一種與楊南郡、劉克襄等人同行的感覺。旅人就是如此前仆後繼，踏查每一個地方，為後來者記錄、定位，地方便產生了意義。

我們約在玉長公路（玉里至長濱）上的安通溫泉飯店見面，沒想到一等就是一個多小時。沒關係，山中無歲月，趁機探視一下周遭，回首三十多年前初訪，猶見昭和五年（一九三〇）日式木造建構「安通溫泉大旅社」仍有營業，因地處偏僻且交通不便歸列於「祕湯」，其時場景幾與日治時期無異，如今解甲成了歷史建築，屋頂梁柱仍是原始的檜木卡榫結構，連同榻榻米房間、長廊、庭院，尚存昔日警察招待所風情。光復後，安通溫泉由鎮公所接管，而

後開設「玉里溫泉公共浴場」，再轉由民間經營。有趣的是，入口高掛的「安通溫泉大旅社」木匾，竟是利用當年「玉里溫泉公共浴場」的舊匾刻成。如今另建新館，便將舊館留作花蓮人的記憶了。

此地青山流水，清風明月，不免成為地景文學藍本，是以多有賦予文學意義的抒寫。例如花蓮漢學家駱香林，其詩作〈安通濯暖〉列入一九五〇年《花蓮縣志》八景；富里客家詩人葉日松在〈夜宿安通溫泉〉一詩中懷念與母親同行；花蓮文史工作者葉柏強以《顧我洄瀾：花蓮歷史影像集》拼貼出花蓮不同時代剪影。

「安通」之名源自此地硫磺味濃厚，阿美族人以「On-cio」（臭氣）形容之，漢人跟著以諧音「甕索」、「安糟」稱之。清同治十三年（一八七四）牡丹社事件後，為了強化後山邊防，鼓勵移墾，遂有欽差大臣沈葆楨打通中央山脈開鑿北、中、南三路「開山撫番」之倡議；翌年（光緒元年）命總兵吳光亮率其廣東飛虎軍開鑿「中路」，西起林杞埔（竹山），經八通關、大水窟，越中央山脈，至璞石閣（玉里），路寬六尺（約一．八三公尺），全長兩百六十五華里（約一五二公里），沿途設置營盤，後人稱為「八通關古道」，拓路史就不再贅述。飛虎軍抵璞石閣便設大營屯兵，立廟協天宮奉祀關聖帝君，但吳光亮數年後才親臨，故有光緒七年寫的「後山保障」掛匾。這位酷愛振筆揮毫的總兵大人，闢中路時便曾題刻「萬年亨衢」、「山通大海」、「過化存神」三件摩崖石刻，如今僅存前者在鹿谷鳳凰谷鳥園，餘皆佚失。

為了完成「山通大海」使命，飛虎軍又跨秀姑巒溪，極可能循阿美族紅座社（安通部落）和巴卡拉阿茲社（南竹湖部落）間社路翻越海岸山脈，再沿東海岸南下成廣澳（舊稱蟳廣澳，港灣狀如蟳螯），設海運「糧局」，提供璞石閣軍需，兼遞送官府文書往返台灣府，故有「小中路」之稱。我查閱光緒四年（一八七八）繪製的〈全臺前後山輿圖〉，已見中路和小中路軌跡。

但不知關小中路時，可曾引起原住民反抗？就在前一年，飛虎軍欲開鑿水尾（瑞穗）至大港口（港口部落）道路，今稱「奇美古道」（約瑞港產業道路），引起奇美、大港口諸社反抗，便設計誘殺一百多位戰士，史稱「大港口事件」，即陳耀昌小說《苦楝花Bangas》之時代背景。雖是小說，但歷史現場皆有考據，我多用來當「旅遊指南」。

到了日治時期，按《玉里鎮志》記載：「將古道改稱為紅座越嶺道，起點自今台東縣長濱鄉竹湖村石門溪，於烏帽子山南鞍翻越海岸山脈，沿安通溪出至今花蓮縣玉里鎮樂合里。」又載，一九〇四年日籍採樟腦丁在安通溪發現溫泉露頭；一九一七年花蓮港至玉里輕便鐵道完工，數年後延伸至台東，設安通驛——其中玉里驛經安通驛至東里驛之鐵道，如今已鋪設「玉富自行車道」。

從一九二六年繪葉書「玉里溫泉全景」，可見湯屋位於卵石累累的溪畔，但今日所見舊館，實是一九三〇年玉里庄撥款一萬日圓擴建的日警溫泉招待所遺構。即便花東縱谷交通改善了，聯繫玉里和長濱兩地，仍舊仰賴紅座越（後改稱安通越），及至光復後還是如此——我曾在林保寶《奉獻》一書中，看過一張一九五五年巴黎外方傳教會三位外籍神父沿安通溪畔而行的舊照；是去洗溫泉？抑或走安通越前往長濱傳福音？該書記錄多位神父在一九五〇年代花蓮山水間的身影，許是花蓮最美的人文風景。

順帶一提，一九〇三年巴黎外方傳教會神父佛里（Père U. J. Faurie）便來台採集植物，一九一五年底於花蓮採集時不幸染病身亡，由於其貢獻（多達七百種新品），台灣植物學先驅早田文藏在台北植物園為他立紀念碑。有興趣者可循李瑞宗《佛里神父》追尋其兩次來台蹤跡，野地常見的傅氏通泉草、傅氏鳳尾蕨、傅氏唐松草、傅氏三叉蕨便是以佛里音譯「傅氏」而名。

但安通越成為福音之路還要更早。《台灣教會公報》有載，一八七五年三月，台灣長老教會首位牧師李庥從打狗港搭戎克船抵卑南港，先後拜訪卑南部落、成廣澳平埔八社、彭仔存（長濱寧埔村城山社區），本欲循成廣澳道路走訪平埔族大庄（富里東里村），因風雨取消。此行李庥牧師特別提到牛群多到讓他印象深刻，極可能是昔日平埔族東遷趕過來繁殖。

再至一八七七年，來自阿猴（屏東）阿港（里港）教會的西拉雅族慕道友張源春，在成廣澳港登陸，憑藉信心和「禱告水」治癒了石雨傘部落頭目的哮喘，吸引多人信主，建立台東第一間教會成廣澳禮拜堂（一九〇二年改稱石雨傘教會）。之後越過成廣澳道路傳福音，又在花東縱谷的迪階（玉里三民里）和石牌（富里）成立禮拜堂。

但台南神學院創辦人巴克禮牧師獲悉「禱告水宣教」不以為然，於一八八一年搭船來後山巡視成廣澳、迪階、石牌三所教會；又於一八九一年走三條崙卑南道（浸水營古道），沿成廣澳道路往來大庄和石雨傘；再於一九〇一年日治時期偕夫人同行，過紅座越時遇雨，日警命人備番仔轎（將竹編座椅懸掛竹竿上，乘客橫坐其上，有如蟹行，又稱「螃蟹轎」）扛夫妻倆過山。

今台11線濱海公園有座一九七七年設立的「東台灣設教百週年紀念碑」，上頭簡述了長老教會東傳由來，也提及基督信仰的墾荒者李庥、胡古、巴克禮等外籍牧師。我在此眺望海景，追念福音東傳與平埔族大遷徙的關聯。

按甘為霖譯註《荷蘭時代的福爾摩沙》所述，平埔族之西拉雅族、馬卡道族、大武壠族（大滿族）在荷治時期，便已接觸基督教信仰，後來受到漢人移墾壓迫，有些人便走開山撫番之前的三條崙卑南道、琅嶠卑南道，或向布農族借道越過中央山脈（湖茎濃溪、越過中央山脈，沿新武呂溪出台東縱谷），遷移東部。前兩條皆往巴塱衛（大武），再沿東海岸線北上成功、長濱，有的在成廣澳成立了平埔八社（石雨傘即其一），也有的經成廣澳道路越過海岸山脈進入縱谷地區，散居璞石閣、大庄、里壠（關山）等地。到了太平洋戰爭末期，許多民生物資如海鹽、魚貨、菸草受到列管，不准買賣，其時安通越成了居民走私的途徑，往來更為頻繁。

「阿美族是母系社會，昔日男方入贅女方家時，就是走這條路。現在的安通部落頭目就是從長濱入贅來的。」出發前，李建新約略提及幾則古道軼事。

可安通越隨著公路網布建而日漸荒蕪，二〇〇七年玉長公路通車後，幾乎只有獵人和極少數山友會上去。後因其人文歷史意義，林務局方於次年重修西段兩公里，東段四公里卻因地勢險峻直到二〇一六年才修復。是故引起我的注意，一直想找機會嘗試這條劉克襄形容為清代八通關古道「最後一段謎題」的小中路。之前我走過東埔到大水窟山的西半段，也走過南安到大分的大半東段，大致領略日治八通關古道風情，至於清代八通關古道只能靜待機緣。

但心中不免起疑，林務局規畫的這條安通越嶺古道，是否為三十年前楊南郡、劉克襄等人踏查的路線？是否為紅座越嶺道？是否就是吳光亮開闢的成廣澳道路？但不知昔景與今景有多大差異？

終於出發了。搭接駁車往登山口，見「安通越嶺道入口4.2K」路標，過富祥橋旋即左轉產業道路，沿安通溪谷而上，3K後一連串的髮夾彎，車子力不從心，人只好下車，讓車子減重爬上險坡。幾番轉折抵藥王山福德祠，見一旁的老茄苳圍上紅布條——李建新說數十年前常有人偷砍老樹，直到耆老夢見前清將官在此遊蕩，居民繪聲繪影將老茄苳說成吳光亮附體的樹靈，便以紅布條圍起。將老樹神格化，可能是很有效的護樹方式，但從原住民觀點，將殺戮甚多的吳總兵視為樹靈極具爭議性。

此地臨溪澗湍流，許是安通溪源流，鳥鳴蟬嘶不絕於耳。車子續行一公里多，穿過香蕉園和檳榔園，抵達登山口（海拔五九〇公尺）。

「那就是你們今天要翻過去的Hello Kitty山。」李建新指著前方一座山說。稜線上形成一對可愛的「貓耳朵」，可是〈小中路〉文中提到的「貓頭山」？其實是玉里鎮志中提到的烏帽子山（海拔一〇三六公尺），說高不高，卻頗具形勢，面海那一側則是崖壁直落。

步道在竹林中之字緩上，約行二十分鐘抵0.85K涼亭（海拔七一〇公尺）。可惜樹叢遮蔽了視野，只能在途中開朗處舉目，俯瞰縱谷綠野平疇，遠眺中央山脈巒錦如屏，大冠鷲在天空忽悠，林隙間也傳來台灣藍鵲叫聲，不知昔日先民走此路看到、聽到何種景致？

今天日曬如蒸籠，悶熱難耐，連腳步都發出沉重的悶哼聲。幸好林木蓊鬱，香楠、江某、樟樹、姑婆芋、筆筒樹雜生庇蔭，正愜意沒幾分鐘，眼前竟出現一片交錯生長的莎勒竹淹沒了路徑，阿耀也大感震驚，顯然有陣子沒人走了。只見阿耀取出開山刀開路，左劈右砍，我們也左閃右躲，以防竹枝往後鞭打，好不容易，路徑出現了，可見步道要常走才會踏實，乏人問津，便會沒入榛莽蔓草之中。

接著陡上至1.2 K木拱橋，又見一長串陡梯，慢慢走吧，才有餘裕辨識樹種。僅識得黃藤、香楠、江某、樟樹、茄苳、九芎、烏心石、朴樹、山黃麻、血桐、白匏子、姑婆芋、筆筒樹等，其中有棵九芎還因樹洞設了解說牌，說明白鼻心喜作為巢穴，松鼠也會進來避風雨；但也不忘警示，聰明的眼鏡蛇會躲在裡面等待食物送上門。

上到稜線，海岸山脈或因兩側迎風面、水氣上升、形成雲霧繚繞，景觀竟似中海拔雲霧帶，遍生蕨類、地衣、苔蘚等附生植物。嘗聽聞安通越嶺道是乾燥山區——三十年前劉克襄探路便因缺水折回，但崖薑蕨、烏巢蕨等卻異常繁茂，可能蘊含大量水分而形成「空中水庫」。有株倒木擋道，形成半圓弧拱狀，樹幹布滿蕨類。當我按下快門時，雪巴恰巧從底下穿過，令我心生布列松式「抓住永恆瞬間」之喜悅。

終於抵達1.5 K第一觀景台（海拔八九〇公尺）。此刻烏鳴不絕，小彎嘴與烏頭翁鳴聲互不相讓，本來汗流浹背，見蕉葉搖擺捎來海風習習，頓時涼爽下來。正待取出午餐，卻見阿耀在清理不知何時附身的水蛭，前行者首當其衝，我還好，只有兩隻悄悄愛上我，想與我血液交融，然我心早有所屬，只好忍痛棄之。難以想像的是，撥落於座椅上那幾隻竟像雷達般旋轉，找尋起下一個目標？令人起雞皮疙瘩。我取出不老吐司充飢，手沖一杯咖啡，視線掠過底下香蕉園，眺望太平洋和長濱海岸線，心想昔日旅人是否也曾駐足喝茶欣賞這片海景？

沿稜線南行，闊葉林相，筆筒樹繁茂，五色鳥、樹鵲、紅嘴黑鵯叫聲間歇傳來。旋即遇到狂妄生長的芒草，竟比人還高大，混生過溝菜蕨和灌木藤蔓，不見去路，阿耀只能砍呀砍，令我聯想到劉克襄文中所述「楊南郡則說這裡的密林比中央山脈還密，讓他想起小鬼湖的稜線」。說時遲那時快，一個踉蹌，我竟倒栽蔥般跌落左側邊坡，幸好底下一片濃密藤蔓接住我，哎呀，差一點就要棄背包保命了。就這樣披荊斬棘走到2K第二觀景台（海拔九〇六公尺），可樹叢遮蔽，毫無視野，續行十多公尺，才見到路標，指示還有四．一公里才能抵東端南竹湖登山口。此際阿耀回頭說要陡下了，只見他用力撥開草叢，出現一條往下急切小徑，其餘盡是危崖懸壁，這下才明白，為何劉克襄等人三十年前未能尋得下切路徑。若來場暴雨，這段路恐怕變成雨溝，要用屁股滑行，更麻煩的是，菜蕨將路徑覆蓋，倍加危險。只見阿耀邊走邊砍如履平地，我卻是用兩根登山杖剎車側行，及至2.3K處才略見平緩（海拔八六一公尺）。

接下來兩百多公尺長林徑，是全程最美的一段景觀路，散布多棵巨大九芎。但稱「猴不爬」的光滑樹幹仍免不了附生各種蕨類和地衣青苔，其中2.5K處兩棵九芎交叉成夫妻樹。九芎是絕佳薪柴，據云阿美族遷徙時，會帶著九芎到新地方種植；早期泰雅族娶親，女方還會要求男方砍下九芎當聘禮，象徵自己有能力照顧家庭。

這段路亦是菲律賓榕、水同木、幹花榕等桑科榕屬植物區域，亦混生樟木、毛柿、筆筒樹、桂竹、姑婆芋、月桃、芒草、咬人狗、龍葵、昭和草，黃藤尤其多，林間空隙略可眺望長濱漁港及海面。但好景不常又陡下了，幸好有箭竹林作為確保，山豬、猴子與人皆愛吃箭竹筍，其地下莖堅實，橫走緻密，陡上陡下時攀拉甚佳。皆說阿美族善於野菜採集，上述植物嫩心嫩芽或嫩葉多能食用。海岸山脈簡直就是阿美族的野菜園。陡下時，還遇到一株長距根節蘭，是此行所見唯一開花植物。另見數株粗糙麟蓋傘蕈菇，橘紅豔麗，可毒得很。

突然，約4K處，阿耀岔走到一條不明顯的獵徑，十多分鐘後便見一條溪石磊磊僅有涓流的溪流。按其流向猜想是石門溪源流之竹湖溪，原來途中聽我提到劉克襄一行人因缺水折返，便刻意指引，可見山區行走還是要靠獵人帶路。雪巴在此還發現幾株靈芝。至5.3K處，突見地面散落青黃小蓮霧，來到安通越唯一的聚落——馬太鞍聚落舊址（海拔二二五公尺）。此處立有解說牌指出，日治時期曾有馬太鞍部落族人在此墾荒形成聚落，如今雜林幾至淹沒，梯田駁坎隱約可見，蓄水池塘覆滿浮萍，看似一灘死水起不了波瀾，卻成了生態棲地。

不久下至石門溪床，乾旱無水流，若溪水暴漲絕對過不了。走過攔砂壩至對岸——說是6.1K南竹湖登山口；再循引水圳路往南竹湖部落而行，沿途荒煙蔓草，蓪草高大如樹，幾經轉折才轉接產業道路，此時陽光毒辣，連阿耀也叫苦連天，趕緊呼叫姪子開車來接。

岔個題，南竹湖往北五分鐘車程，有個永福部落。當我數月後再臨，在礫石灘望海，無意中撞見族人蔡利木撿拾漂流木熬煮海水，取鹽之花和炒海鹽，我將之引進吳寶春麵包店製作鹽可頌，與達魯瑪克部落羅氏鹽滷木植物鹽、南灣珊瑚礁鹽、嘉南日曬鹽，作為台灣先民製鹽方式策展。我的島嶼旅行通常不太在乎古蹟名勝，卻很想知道我的祖先是怎麼過生活的。

回程，沿玉長公路返回安通溫泉，途中在移動咖啡車小憩，瞭望剛剛通過的烏帽子山和安通越山，也眺望太平洋。水藍藍，天藍藍，海風拂來，掬來海天一色充滿心境，頓有所悟，安通越就像一支望遠鏡，讓我的眼光始望向東海岸，望向先民族群間遷徙和征戰故事，望向台灣歷史的深邃之處，那裡也是我個人知識的黑暗地帶，正等待我前往踏查。

03

祖先的故事：牡丹灣古道注腳

台東南田　屏東旭海

❖ 1、寂靜之路

「海龜……」突然有人指著海面興奮地大叫。本以為喊的是岬下龜狀礁岩，卻真的是海龜泅泳。

「可能是綠蠵龜浮上來換氣。」解說員瞇著眼眺望說，還憶起兒時在旭海沙礫灘挖海龜蛋的情景。

我們一行人從台東南田端進入「琅嶠卑南道」之觀音鼻段（南田至牡丹，以下稱「牡丹灣古道」），沿礫石灘而行，卻遇海岬「觀音鼻」擋道，只能循台灣千里步道協會修建的攔砂壩梯高繞，很難想像之前是一條險峻的沖蝕溝。念及此，不禁感佩先後為這條高繞路徑付出心力的人，不僅提供在地社區永續發展的思維，也為生活在島嶼的人，找到一種推動社會變革的啟動方式，讓吾輩這一代人「能做一個好祖先」（借用《手作步道》書中語）。

美中不足是，高繞步道呈五十度仰角，據云受限於《文資法》，無法另闢緩上緩下的替代路線。但法規既是人訂出來，也能修改吧？

此時陽光毒辣，我戴著斗笠，就像法式烘焙咖啡豆滲出油脂。就這樣陡上一百多公尺到山腰小徑，再腰繞十分鐘，竟出現一片雜林，入林立見赤腹松鼠正啃食前人殘留剩食，亦見斯文豪氏攀蜥趴在樹幹假寐，似乎沉醉於枝枒間不時傳來的「巧克力～巧克力～」歌聲——想必是烏頭翁吧？這是台灣最典型的生態隔離鳥種，僅見於花東到恆春半島。一八九四年，自然學家拉圖許（La Touche，「拉都希氏赤蛙」以其名命名）來到南岬（鵝鑾鼻）燈塔，在林投林看到烏頭翁，也看到捕來的藍腹鷴；值得一提的是，他還在澎湖漁翁島記錄到短尾信天翁，不知何故一九四〇年代以後便絕跡了（見劉克襄《台灣鳥類研究開拓史（一八四〇－一九一二）》）。

高繞途中，鳥瞰來時路，碧海藍天，大冠鷲盤旋，礫石灘在山海交界之間往北迤邐，其間「南田石瀨」盈耳不去：先是海浪沖上來碰撞卵石牆的唰唰聲，接著是海浪退去帶動卵石崩落的喀囉聲，最後是卵石表面的氣泡嘶嘶聲……宛若教堂鐘聲或西藏音缽散發的寧靜力量，讓牡丹灣古道成為靈魂得以歇息的「寂靜」步道。

寂靜步道？

是的，牡丹灣古道具有某種深邃的、彷若潛入海中的寧靜感（潛水者便知的感受）。身在其中，大自然發出的各種聲音變得更加清晰、可以辨識，例如浪花拍打，海風簌簌，共構出一條充滿能量感、讓身心靈得到難以言喻的舒暢的聲音地景，誠如美國自然野地錄音師漢普頓在《一平方英寸的寂靜》的序言即指出：「寂靜並不是指某樣事物不存在，而是指萬物都存在的情況……它就像時間一樣，不受干擾地存在著。我們只要敞開胸懷，就能感受到。」

「寂靜其實是一種聲音，也是許許多多種的聲音。」作者例舉他聽過的「寂靜之聲」：

——「草原狼對著夜空長嗥的月光之歌，是一種寂靜，而他們伴侶的回應，也是一種聲音，也是一種寂靜。」

——「寂靜也是一群飛掠而過的栗背山雀和紅胸鴝……」

雖然過去會留意大自然的變化和蟲林鳥獸，卻是感官的留意，而非純粹聽覺的留意。這本書教我重新認識寂靜的本質，如何在大自然中找到「寧靜的地方」，尋回島嶼生活中不停被竊取的寧靜。

牡丹灣古道的礫石灘和石籟，便是這般充滿「寧靜」。

在安朔溪以南、塔瓦溪以北這片海岸區域，溪流和乾溪散布，沖刷下來的岩石，在海浪不停地翻滾、打磨下，竟形成千百萬顆光滑且帶有石英紋脈圖案的「南田石」，以及浸在水裡會呈現綠色光澤紋路的「西瓜石」，最終成了大自然最奇特的樂器，也是極富詩意的抽象畫。人的心靈經過不斷沖刷變化之後，是否也會進入如此美麗的境界呢？

實際上，往南延伸至觀音鼻的礫石灘，散布漂流木和塑膠垃圾，構成另一種滄桑景致。一位排灣族朋友曾如此形容：「漂流木是山神掉落的頭髮。」非常詩意的聯想。幸好大自然具有自我修復能力，也有裝飾技藝，讓馬鞍藤悄悄爬上廢棄物，掩蓋了人類製造的醜陋。

還有一種「沒口溪」地貌，比方說台東和屏東交界的塔瓦溪，因蔓生濱刀豆、肥豬豆，又稱「豆仔溪」，卻是乾溪一條，溪口因東北季風作用，礫石堆積成灘堤，可能要等到暴風雨來才決堤出海。稍早前，我們從南田端進入時，夾道是林投、月桃、草海桐、濱刺麥，但過了塔瓦溪，便見多種匍匐的濱海植物，如毛西番蓮、海埔姜、馬鞍藤、土丁桂、白茅、台灣灰毛豆、內苳子，將海灘點綴得多采多姿。

旋即來到上述南田石瀨，洋洋盈耳……

• • •

古籍多有提及琅嶠卑南道，卻鮮少旅行記載。其中以南岬燈塔守燈人喬治．泰勒（George Taylor）於一八八七年五月，在琅嶠下十八番社（斯卡羅酋邦）總頭目潘文杰（卓杞篤義子）陪同下武裝巡行卑南之文字紀錄，最為詳細精采。但經過牡丹灣古道時，卻以「開始一段疲倦的旅行」一起頭，接著快速掠過：「山巒截止於險峭的山崖，在它與海之間，一小條石礫路，適合為人行道。海上有風起浪，高山卻異常窒悶，懸岬上一絲氣息也沒有。陽光熱而無情，射出強力的光熱。我們蹣跚地前行，厭煩地走過一個個海灣；隨時有人向前快跑，躲入大石下的陰影休息幾分鐘……有些人邊走邊昏睡。沿著沙灘，海面光亮如玻璃面對陸地……回頭看來時的行程，我不想再走一遍，不想在福爾摩沙趾高氣昂。我把眼睛寄望在前方，但半點人影也沒有……轉過一個海角，我們看到阿塱壹溪，歡呼看到水與陰影……驚起一群在挖掘樹根與蘭草的野豬……有兩個人仍保持武裝警戒，因為這兒有多次狙殺割頭的事件……」（目前有謝世忠、劉瑞超直譯《1880年代南台灣的原住民族》之〈漫遊南台灣〉，和劉克襄譯著《後山探險》之〈南路與後山〉兩個版本，本文引用後者，參考前者。）

由文中推測，前清的卑南道海岸線可能不似今日內縮，只見海浪反覆拍打著觀音鼻岬角。突然想到，循此路東遷台東、花蓮富里的馬卡道平埔族，不知如何駕板輪牛車趕牛群越過這道海門天險？清代在牡丹社事件後，為了強化前後山防備，在北中南修築多條官道。以琅嶠一帶為例，一八七五年在恆春設縣築城，再將部落間社路銜接起來拓寬，由恆春東門出發，經滿州，越過中央山脈尾稜，出八瑤灣（港仔、九棚），北上牡丹灣（旭海），大致為屏200線接台26線，再沿海岸線往北，經牡丹鼻、觀音鼻，過塔瓦溪，抵南田，越安朔溪，循台9線北上卑南、寶桑（台東），全長約一二〇公里，稱為「琅嶠卑南道」。又因板輪牛車和牛群通行無阻，俗稱「牛路」。現因公路覆蓋、海岸線內縮而消失，或變成步步艱難的礫石灘和礁岩潮間帶，其間某些路段路幅仍有些許牛路樣貌，但真正的琅嶠卑南道恐多沒於海面下了。

從泰勒的記載，推測來自英國的他不堪日曬，牡丹灣古道僅以上述數段文字帶過。稍有趣味的是，他提到阿塱壹溪口礁湖有一種螺，吃法十分奇怪，「敲破尖端，再自洞口吸食」，許是燒酒螺（尖尾螺）？從泰勒文中可知，他的觀察主要放在族群部落、生活習俗、祭儀與地貌，也及經濟作物如檳榔、菸草、薯榔，也及獵物如山豬、野鹿、斑鳩、竹雞、環頸雉，甚至提到潘文杰如何處理族群紛爭；但對沿途植況、生態樣貌、聲景卻少有觸及，許是留給吾輩追索舊路時，作為一種「補述」的樂趣？

另有一篇「出差報告」，光緒四年（一八七八）福建船政大臣吳光祿來台巡視、取道琅嶠卑南道的奏章：「查自恆春縣城東北行過射麻里、萬里得、八瑤、阿眉等社，僅越小嶺三重；中間溪澗回環，路旁皆系水田，民番雜居耕作。出八瑤灣，北至知本社百四十餘里中，皆一線海灘，環繞山腳；怒濤衝擊，亂石成堆……而牡丹鼻及紅土崁山地勢最險……」

接著往台東：「再北去，路雖平坦，中有大小溪流十數道。最深者為大鳥萬（大鳥）、諸也葛（金崙）、大貓狸（太麻里）、知本四大溪，在冬、春時皆可徒涉；惟至盛夏大雨時行，山水陡漲，溪流迅急……」（摘自《吳光祿使閩奏稿選錄》）。

官樣文章莫不強調重重險阻，來突顯此行風塵僕僕，實是坐在官轎之中。雖是難得的琅嶠卑南道官方視野，卻與姚瑩《台北道里記》（一八二九）等文都是「官樣文章」，很難像徒步旅行的泰勒那般頻繁接觸民情，寫出有血有肉、充滿個人意識的遊記。由此觀之，泰勒是旅行者的典範，不像另一位冒險家必麒麟（W. A. Pickering）那般裝腔作勢。

其時通過琅嶠卑南道的清吏，據我所知還有台灣開山撫番事務督辦鄒復勝、後山提督吳光亮、台東知州胡傳等人，但不知，可有留下片語隻字寫照心情呢？

• • •

見到許多人慕「阿塱壹古道」之名匆匆行過，可惜了，加上解說員為了照拂行路安全減少了解說，心中不免嘀咕，只能回去讀書再來一趟。

曾有人問我什麼是「閱讀旅行」？

按我觀點，閱讀旅行不只是走和讀，還帶有某種追尋本質，亦即在不同的時空背景之下，設法與作者重疊在同一個地方，面對同一事件或景物，因而產生記憶的連結和有趣的對照、思辨，甚至質疑。

誠如美國作家保羅．索魯所言：「讀書使我成為旅人，旅行讓我回去讀書。」回家後便閱讀了卓幸君《生痕旭海》，一本以原民觀點重新審視地方的好書，爾後竟也去了旭海好幾趟。

就像當年泰勒一行在旭海過夜，提及溫泉，我也留宿旭海洗溫泉，與潘文杰後人對話。有一晚見明月緩緩從海面升起，銀光灑落海面，最後懸掛在我心上，不禁感嘆，滄海桑田也不過百多年間，卻是「今人不見古時月，今月曾經照古人」。

那片輝耀的月光海，至今難忘。

❖ 2、酋邦之路

一八八七年五月七日，泰勒由南岬燈塔出發，極可能循今西岸屏鵝公路（台26線）北上恆春城，出東門接屏200線經射麻里（永靖）往豬朥束（里德），再至總頭目潘文杰住處會合。

若以谷歌地圖計算步程，約需六、七小時。泰勒文中提到，為了確保隔天一大早出發，清晨四點即離開南岬，晚上八點才抵達豬朥束，花了十六小時，可想見其時路況坎坷難行。

或者，直接穿越恆春半島北上？若以谷歌地圖計算步程，約需五小時——數年前我曾縱走恆春半島，從恆春城外赤牛嶺南下，穿過斯卡羅龍鑾社領域（良鑾溪源流），越大山母山，溯石牛溪，掠大小尖山，出墾丁石牛溪農場，地勢跌宕起伏，有時灌叢，有時長草，夾雜林投、瓊麻、蓖麻、土芭樂、刺竹及「鳳梨刈」（葉片纖維可編織鳳梨布），路跡不明，卻能盡攬山海風光。此外，還遇見食蛇龜，也碰到龜殼花吞食蟾蜍，但不知兩者狹路相逢時鹿死誰手？此行花了我七個多小時，想必昔日更為險惡難行。

值得留意的是，護衛泰勒前往卑南的武裝行伍，包括斯卡羅、排灣、阿美、客家、平埔二十二人，呈現了琅嶠族群面貌，如同今旭海村縮影。

旭海，荷蘭文獻稱其為「Matsaran」（麻茶崙），意思是「靠海的地方」，一八七七年清廷在此設「牡丹灣汛」，泰勒在此受到官兵接待。該村是楊南郡〈斯卡羅遺事〉採訪之地，也是潘文杰當日警的長子潘阿別奉命帶一支族人移墾之地（旭海溫泉一帶）。

〈斯〉文中也訪談潘阿別的兒媳、時年九十歲姚龍珠女士從港仔部落嫁過來的情景：「我娘家是住八瑤灣港仔的客家人……從港仔沿著海墘仔路到夫家的牡丹灣，轎夫在海濱砂石路上踉踉蹌蹌地跳石前進……」

如今我遇到頭目家族回憶這些，已是姚女士的曾孫輩了。談起族系淵源仍引以為傲，內容有耆老口述，也有自己的想像和推論，對爭取話語權有高度使命感；相形之下，里德族人似乎不那麼在意斯卡羅的來龍去脈。聆聽在地人的聲音，對一段歷史各自表述，再去拼湊事情原貌，是一種很有趣的採集故事式旅行。過程固然辛苦，卻也拓展了知識邊界，帶來的啟發和領悟往往筆墨難以形容，泰勒不也是這樣旅行嗎？

從港仔至旭海的海墘仔路，如今已是台26線路段，沿海視野除了幾小段砂礫灘，多是海蝕礁岩和石礫灘。某位阿美族解說員，便說他們是從港仔遷移來旭海漁港一帶，小時候回去看阿公也是走海灘路，過「走湧仔」（牡丹灣岬舊稱）往往要趁著浪濤湧退間隔全力跑過去。他還曾去戶政事務所調閱日治戶口名簿，加上自己的追溯，確知自己乃「恆春阿美」族群。據泰勒記載，謂恆春阿美（極可能由花蓮搭竹筏南下）因船難在港仔八瑤灣上岸，獲斯卡羅允許留下來生活，與土著通婚，爾後逐漸茁壯，散居在今八瑤、四林格、老佛、港口等地，部分族人再移往港仔、旭海。

當我站在港仔環視往九棚延伸之八瑤灣，不是砂礫灘就是沙丘海岸，可能更像琅嶠卑南道原貌。一八七一年琉球漂民在此登陸，遭高士佛社、牡丹社追殺，導致一八七四年「牡丹社事件」，後來才有修建琅嶠卑南道和設立汛塘駐兵之舉。清廷對台灣的「想像地理」也因此改變了，不再停留在巡台御史黃叔璥《番俗六考》階段，地圖也從過去土牛為界的《大清一統輿圖》轉變為前後山概念的《台灣輿圖》，提供了一個隸屬上的證據。

可惜清廷仍停留在亞洲式版圖思維，並未跟上國際思維的領土定義，不僅漠視上述琉球漂民事件，還坐視日本將琉球王國納為琉球藩，聲稱「台灣之番民乃化外之民，大清政教未及於彼」，以致台灣被列強視為地位未決的「無主之地」，給予日本可乘之機。雖然清廷最後以支付軍費，要求日軍退兵作為台灣乃中國領土之實證，更於一八八五年將台灣升格為省，納入領土視野，豈料僅僅十年便割讓日本。

由此可知，台灣一向在清廷的政治視野之外，視為「化外之地」、「海外丸泥」、「流民之島」，可一旦有民變舉旗獨立，就派兵鎮壓，如同康熙年間朱一貴事件、乾隆年間林爽文事件、同治年間戴潮春事件。在這種食之無味的雞肋思維之下，割讓也就不足為奇了。

緊接著，經過殖民者全力經營五十年，已非昔日大清王朝的中國人，再經光復後威權統治四十多年，又經美式民主洗禮三十多年，台灣人與大陸人成了同文同種卻不同思維的華人，類似植物界的「台灣特有種」概念。所以，要台灣人去深刻體會大陸人一百多年來的國族屈辱與歷史苦難，絕非易事，反之亦然；加上雙方刻意經營的國族情緒，裂痕也就愈來愈深了。

我曾至滿州鄉里德村尋訪潘文杰故居，迷途山野中，說巧不巧，竟遇〈斯〉文中為楊老師帶路的潘新福老先生後代，引領我沿一條陡坡路上豬勝束山，抵達約兩百公尺處平台，又遇自稱潘文杰後人在那裡搭鐵皮屋居住，說祖厝土墈牆草屋早已拆除，厝壁岩塊便用來堆砌地基和一旁祠堂，另有數塊擺放欖仁樹下當石桌椅。但此地真的是潘文杰故居遺址嗎？

一八七〇年，必麒麟為了營救淡水美利士洋行戎克船的十八位船難倖存者，前往卓杞篤家屋洽商，同行者記錄了會談場景：「那是一間長型的平房建築……牆壁由泥磚所築，地面堅硬而乾燥，由竹子和泥漿所製成的隔板，將整間房子分成六個隔間……除了入口處懸掛了一些野生動物頭骨之外，這間生番的王宮裡，沒有任何顯著的裝潢，也看不見政權標誌，換句話說，沒有任何可見的事物，能夠證明我們正歇腳在南台灣十八社頭目的家中。」（摘自《一八八〇年代南台灣的原住民族》之〈拜訪南台灣十八社頭目卓杞篤〉）。

若遺址屬實，這片灌木林叢生的梯田式坡地便是豬勝束社舊址了，而這條上山道路也可能是琅嶠卑南道或其分支。此刻我心中的小舞台不免自顧自編起劇情，浮現琅嶠下十八社頭目在此共商抗美抗日抗清大計的情景。請容我從歷史角度補述時代背景：

——一八六七年「羅發號（Rover）事件」，清廷聲稱「台地生番，穴處猱居，不隸版圖，為王化所不及」，引發美軍自行出兵攻打龜仔律社（墾丁社頂村），鎩羽而歸；翌年，美國駐廈門領事李仙得來台與總頭目卓杞篤簽訂書面備忘錄，要求允諾救助海事受難者，後人稱之「南岬之盟」。據云由潘文杰從旁周旋，謂是台灣獨立於中國之外首度涉入的政治和外交事件。

——一八七一年琉球漂民事件，引發一八七四年日軍出兵攻打牡丹、高士佛、女乃、射不力等社，其時卓杞篤已逝，乃由潘文杰協助新任總頭目朱雷與日軍談判，免於戰火波及。同時，清日雙方也透過外交折衝，簽訂《台灣事件專約》，賠銀五十萬兩，並承認琉球王國乃日本屬地，才讓日軍退兵，但已勾起日本帝國的殖民想像。

若遺址果真，包括水野遵、相良長綱、伊能嘉矩等日治初期重要人物，都曾來此拜訪潘文杰，洽談「國是」。例如村中有塊「高砂族教育發祥之地」紀念碑（背面銘刻「恆春國語傳習所豬朥束分教場之跡」），便是紀念相良長綱（時任恆春撫墾署長）於一八九六年九月在此設立「豬朥束社分教場」（滿州公學校前身），率先開啟日治時代原住民教育之先河，也是台灣首次國語運動之肇始（第二次是國府推動的北京話）。而這些黃袍加身的聲譽就像古希臘神話「涅索斯襯衫」（Shirt of Nessus），剝奪了潘文杰的治理權。這恐讓潘文杰始料未及吧。

相較於其他地區族群，斯卡羅在荷治時期被視為「文明」地區，乃因具備跨部落組織的準酋邦制；李仙得在其一八六七年呈交美國駐華公使的報告中，提到十八番社組成類似邦聯的攻守聯盟，並由豬朥束頭目卓杞篤任總頭目，擁有兵力九五五人，婦孺一三〇〇人，還補了一句「China ends there」（中國勢力之外），將琅嶠地區視為未入大清版圖的蠻荒之地，才迫使清廷重新構想國土領域，乃有一八七五年的開山撫番和一八八七年的建立行省。但對清廷而言，包括斯卡羅在內的原住民，就像攥在手心燒得發紅的鐵塊。

先前因公視《斯卡羅》一劇，令許多人對卓杞篤產生孺慕之情。實際上，十九世紀晚期來台西方人對他多有描述，例如李仙得為了落實海難倖存者之保護協議，曾於一八六七、一八六九、一八七二與卓杞篤會談三次（見《李仙得台灣紀行》）；又如必麒麟，於一八七五年陪同打狗稅務司官員、恆春縣令周有基等人，向卓杞篤以一百銀元洽購興建南岬燈塔的土地，簽訂協議書時，還要求卓杞篤同另五位頭目以食指蘸墨汁落印，作為簽名（見必麒麟〈一八七五年橫越南台灣打狗至南岬之旅程〉）。文中也提及周縣令向他們展示自己拍攝的照片，可惜未加以敘述，說不定也是一批很有趣的影像紀錄。

到了潘文杰當家時，風雲際會，斯卡羅勢力更為鼎盛，泰勒便曾記載「頭目說，他的一句命令，就能保護外國人穿梭南台灣所有地區」；對照其時文獻，清廷下令「工竣後，看守人等，不得深入番社，登山打雀」，可泰勒卻能多次進出排灣、阿美和知本等部落。究其因，與潘文杰相交以友得到信任故，因而在一八八二至一八八七年派駐期間得到一份特殊的人生經歷，再以旅人視野為後世保存了日本治台前、尚未受到現代化衝擊的斯卡羅社會樣貌。

日治初期，潘文杰深受總督府倚重，促進各部落歸附日方，還出兵協助日軍平定後山。但日方卻在潘文杰晚年，將「蕃人特別行政區」納入平地行政區，導致斯卡羅的語言、習俗、文化日漸漢化，面貌也愈來愈模糊。

值得留意的是，台灣在十六、七世紀之前，已有原生「邦聯」概念存在，還與外國勢力爭戰，在台灣歷史形成超乎想像的縱深。例如一六六一年，荷蘭揮軍三百人攻打「大龜文」內獅頭社、內文社；一八七四年，日軍出兵三千六百人攻打「斯卡羅」牡丹社、高士佛社；以及一八七五年，清軍調動數千湘淮兵勇圍剿「大龜文」諸社。陳耀昌醫師的小說《傀儡花》和《獅頭花》故事背景，便來自斯卡羅和大龜文兩個酋邦面對外來勢力的抗爭。

基本上，清國時期的恆春半島，率芒溪以南、楓港溪以北的排灣族部落，統稱「瑯嶠上十八社」（日人歸類排灣族內文群，即大龜文）；楓港溪以南，被歸類排灣族恆春群，主要為排灣化的卑南族（斯卡羅人）、排灣族、阿美族，以及福佬、客家和土生仔（漢人與原住民混血）等聚落，統稱「瑯嶠下十八社」。

曾有位排灣族朋友告訴我，所謂斯卡羅，意思是「外來者」。若按《台灣原住民族系統所屬之研究》記載，印證其遷徙歷程果真如此：從知本原鄉南下，留在太麻里溪以南海岸者如太麻里、金崙、大鳥諸社，稱為「東海岸群」；留在牡丹鄉者，稱為「巴利澤利澤敖群」（Parijarijao），亦即牡丹社事件中與日軍激戰的高士佛社、牡丹社；留在恆春、滿州一帶，如龍鑾社、貓仔坑社、射麻里社、豬勝束等四大社，稱為「斯卡羅卡洛群」（Sugaroqaro）。鳥居龍藏《探險台灣》一書中，將上述三個族群統稱為「斯卡羅」，是故潘文杰才能護衛泰勒安全往來琅嶠卑南道。

一八九八年，鳥居龍藏與森丑之助曾踏查琅嶠上下十八社領域，進行體質、習俗、語言、口碑等調查，並在其《探險台灣》中提到「恆春與台東交界處，有阿塱壹溪，附近山上有一個蕃社。過去一直是我們日本探險隊所遺漏的地方，叫做阿塱壹社……」，還聲稱「人類學上最有疑點的蕃社，便是位於阿塱壹溪的那一社」。經過調查，才確認「阿塱壹社」歸屬於內文社群，其地理位置根據楊、徐兩位老師於二〇〇五年間踏查，約在安朔溪源頭、南迴鐵路中央隧道東端通風口附近。

阿塱壹，或稱「阿塱衛」，依其語音簡稱「安朗」，後來又變成「安朔」，日治曾設阿塱衛駐在所，有今名「阿塱壹古道」東西向越嶺道，西與舊內文社、內獅社相通，往東銜接南北向的琅嶠卑南道。南迴鐵路便是利用阿塱壹古道測量路線。今日搭乘火車經過中央隧道，約略可想像穿行阿塱壹古道了。

及此，大家便明白本文為何以「牡丹灣古道」取代「阿塱壹古道」這個積非成是的誤稱。古道就像一支鑰匙，能打開歷史的幽微面貌，或隱藏其中的訊息，提供我們重新建構先民世界的想像。譬如追索琅嶠卑南道的先民（包括荷蘭、日本殖民者）去了哪裡、遇到什麼、經歷了什麼云云，都是在引導旅行的既視感。如此思索、追索、探索，便是我的旅行樂趣，也是閱讀旅行的奧義。

❖ 3、回饋之路

十二月間再次走牡丹灣古道，從旭海端北上，走至觀音鼻岬，上雜林中的「麥當勞」折返——林中因有平台，成為南來北往用餐所在，往往擋道難行，「麥擋路」喊聲四起，故取諧音稱之。

此地雜林有疏脈赤楠、珊瑚樹、稜果榕、白榕、紅柴、血桐、樹杞、七里香，亦有難得一見的原生種「鐵色」，革質葉片略作鐮刀狀彎曲，林下九頭獅子草盛開；但我留意到山素英覆蓋的迎風坡面，雜生著常作為室內植栽的海岸擬茀蕨，但生長在原始棲地似乎更顯得美麗動人。

從旭海行來，山坡常見林投和月桃灌叢，解說員聲稱，此地獼猴會摘林投果吃，餓極了連林投嫩心都會剝來吃，哈，我曾在花蓮阿美族人小店吃過林投心排骨湯呢。

從旭海端沿海防路進入防風林，木麻黃、林投、草海桐、台灣蘆竹叢生，林下紫花長穗木一路綻放，大花咸豐草點綴其間，往前是昔日海防哨，取右下降礫石灘，來到檢查哨核實身分，再走一小段，便是以褶曲岩壁著稱的「牡丹鼻岬」，山壁明顯可見板塊推擠的軌跡。

越過潮間帶時，看到吸附礁岩的狗鰷，竟讓阿美族解說員憶起兒時常隨大人往潮間帶撿拾螺貝回家加菜，等累積相當數量的貝殼，便給阿嬤燒成貝灰，作為嚼檳榔的天然石灰粉。但恆春半島嚼的是檳榔乾，可不是新鮮檳榔。

續行，又見林投夾道，來到一條乾溪，芒草比人還高，對岸卻是黃槿林（粿葉樹）。令我驚訝的是，上回八月來時溪水潺潺，還在此泡腳呢，可見世事滄桑，就像旭海端入口的冷飲攤也歇業了，那位販售回收鋁箔包壓扁成遮陽帽的阿婆可安在？

出黃槿林，又入大片椰林，草海桐、林投、木麻黃、海檬果、文殊蘭散布其中，接著下砂礫灘，走入想像中的琅嶠卑南古道。

走在砂礫灘，回首眺望牡丹鼻岬，密生綠油油的林投，形似一隻綠蠵龜伸頭準備游向海中。相傳早年海龜會上岸產卵，如今已絕跡。意外的是，在此看見火山浮石堆，有的細如砂石，有的大如棒球，卻感受不到重量，是否小笠原群島海底火山八月間噴發所漂來？前些日子，報載台東達仁溪出海口海面已見浮石蹤影，可能因東北季風影響，乘風破浪捲進牡丹灣上岸。

續行，進入解說員口中的「亂石堆」。十二月海灘不似夏季，豔麗綻放著多種濱海植物，但此地猶見細葉假黃鵪和苦林盤零星盛開。當然，最美麗的仍是拍打礁岩的浪花。

礁岩間亦見海埔姜，葉子搓揉後有一股提神的薑氣，旭海、九棚一帶有些老人家還摘來泡茶，說可降血糖，也取海埔姜子曬乾填充睡枕，說可健腦明目一覺到天亮，謂是靠海吃海的「濱海經濟」，與靠山吃山的「林下經濟」有異曲同工之妙。

再往前，遇大礁岩擋道，尚可攀爬，岩頂上一棵粗壯孤挺的台灣海棗套著繩索，助人一臂之力。爬上去後赫然看見古道地標、十多公尺高「軍艦岩」緊挨著，但我怎麼看都比較像伸展台，上回來時見眾人紛紛上台擺姿勢拍照。再走不遠，有一條名為「石門溪」的沒口溪。得名與牡丹石門無關，而是源自左側狀如山門的群山山縫間的溪流。

此地礫石灘漂流木和垃圾一片狼藉，不易行走。續行，遇一塊突出海岬，必須「走湧」穿過礁岩，幸好此刻在退潮，趁浪濤倒退之際快步通過。

接著便見「鐵釘石」——觀音鼻岬的俗稱，以其崩石散落成筆狀岩屑而名，擋住前路，據云岬下礁岩拍浪極凶險，難以「走湧」，前人便取道山腰，拉繩索走出一條高繞路線，久而久之形成沖蝕溝，如今在南北端各以攔砂壩梯取代，重新植被，企圖恢復原始風貌。

南端不若北端高拔，僅陡升六十公尺，皆是千里步道協會以工作假期志工方式手作而成，再交由當地志工維護，傳承永續發展概念。

旭海人犧牲自身交通不便，放棄台26線的興建，維護台灣的自然資源，故屏東縣府建立起回饋機制：進入牡丹灣古道須有在地解說員陪同，看似限制，卻能讓旅客成為生態旅遊者，將健行路線提升為人文路線。例如我的阿美族解說員，要不是他的兒時回憶，我還不知道砂礫灘浪來浪去之間有浪花蟹呢；還有燒貝殼做檳榔石灰等故事，就像里德社區的欖仁溪生態遊案例，讓旅遊獲益直接回饋社區，永續旅遊才成為一種可能。

返程，阿美族解說員放下羞赧，以閩南語向我說起他的尋根過程。從日治戶口名簿追溯，也從耆老口述尋找族群的根，企圖追索家族記憶。雖然早已失去族群語言、文化、習俗，生活起居幾與漢人無異，但無論何時重新尋找、挖掘家族和族群的記憶，都是一個美麗的開始。

❖ 4、朝聖之路

當我巡行恆春半島時，常在想，有沒有可能把泰勒走過的瑯嶠卑南道，以新的眼光重新規畫路線，帶到現代呢？

但是，新瑯嶠卑南道並非單純的自然步道，更非單純以觀光休憩為目的。而是透過連結鄉路、產道、古道，納入更多的社區部落，藉以豐富步道內涵和質地，包括族群歷史和文化、風土物產、民俗、信仰等，尤其是當地人的小故事，連結成一條條故事之路，再經過行走者不斷添加所見所聞。如同麥克法倫《故道：以足為度的旅程》所言「每個步行者都為道路增添一個新的音符、一段新的情節」，積累意義，成為意義的容器，便有機會形成屬於台灣的「朝聖之路」，開創出新意義的新瑯嶠卑南道，走出類似西班牙聖雅各之路的宏觀視野。

瑯嶠卑南道是一條迥異於其他古道的獨特路線，不只擁有當地原住民的傳統記憶，還有外國探險家的眼光。雖說是歷史，也有潛力成為現代的旅行主題，讓人們了解那個場域裡的族群關係，如同台灣成為民族熔爐的過程；更看到台灣在某個年代裡扮演的「國際角色」，並去理解當時事件發生的原因。例如站上高士神社俯瞰，八瑤灣歷歷在目，便可理解琉球海難倖存者為何會遭遇高士佛、牡丹社，如果他們不往西行，改往南走，可能會到達豬勝束、甚至漢人聚落，如此一來，歷史會不會改寫呢？但歷史就是歷史，沒有如果。

此外，恆春半島的多元文化和生態多樣性，產生的多種風土物產，恰好活絡了古道的歷史文化，例如後灣硓咕石鹽、港口茶、狀如愛玉的響林村大果藤榕、旭海小龍蝦等。在劉還月《琅嶠風土，半島風物》一書中便呈現了各社區的風土產業、職人技藝和飲食等，透過上述風物的連結，古道內涵變得更為豐富深刻。

新琅嶠卑南道以南岬燈塔為起點，沿屏鵝公路北上，區分二線，經恆春出屏200縣道往東，或經車城出屏199線道往東，至旭海匯合，再北上牡丹灣古道至南田，沿台9線經大武、太麻里、知本、卑南，抵台東。這是我對古道路線的想像，但每位旅人對古道都有自己的想像，古道思維才可能產生「岔路」，延伸到路線沒經過的地方，例如灣島聚落、南仁漁港（撈捕魚苗著稱），如此就可以拉出更多的故事。

走牡丹灣古道時，我一直在想，先民在這條古道看到、聽到了什麼？守燈人泰勒又看到、聽到了什麼？

假如泰勒今日重走琅嶠卑南道，他又會怎麼寫這一篇文章？

04

閱讀，影響旅行方向：浸水營古道紀行

屏東枋寮、春日　台東大武

❖ 1、浸水營古道西段：崁頭營至歸化門

閱讀，影響旅行的方向。浸水營古道即是一例。

古道學者楊南郡、徐如林《浸水營古道：一條走過五百年的路》一書出版之前，如同多數人走浸水營古道，我也從大漢林道23.5K登山口起行，出台東大武鄉加羅板部落。閱讀此書後，依作者建議，從古道真正的起點枋寮「水底寮」出發，我參加劉克襄「石虎輕旅行」便是如此走法。昔時一九〇〇年，人類學家森丑之助陪同鳥居龍藏入浸水營古道也是從此地出發，《生蕃行腳》有載：「我們在水底寮看到下山的排灣族。他們是來自力里社和萃芝社一帶的蕃人，男女都頭戴用美麗鮮花編成的頭環；頭目及勢力者都披著雲豹皮衣，腰胯佩著用老鷹翎羽裝飾的長刀，悠然闊步於街頭，光是看到這情景，就十足與起歡愉色彩的旅情。」

第一天下午，先在枋寮打轉。

枋寮在清代因伐木形成製材工寮（閩南語稱「板寮」）聚落，地名由此而來。官府還設立「口汎」駐防，後因霍亂和地震沒落，「換番交易」由水底寮街市取代，並在三條崙石頭營設大

本營（聖蹟亭附近）。光緒年間（一八八二）循平埔西拉雅族、馬卡道族、大武壠族移民東部之山路修建「三條崙卑南道」，以石頭營為起點，沿途設置營盤驛站，如歸化門營、六儀社營、大樹前營、大樹林營（後改名浸水營）、出水坡營、溪底營、巴塱衛營、卑南營，全程九十九公里；其中山路部分四十七公里多，逐漸取代同治年間（一八七四）修築的「崑崙坳古道」（鳳山經赤山、來義、崑崙坳、諸也葛、虷仔崙、大貓裏至卑南覓，全程一〇五公里）。

至今，我仍難以想像，一八二九年啟動移民潮的馬卡道族板輪牛車隊和數百頭牛，是如何在崎嶇狹隘的三條崙卑南道前身的道路翻山越嶺？上坡路，眾人一起推拉；下坡路，大夥全力擋車輪以免衝太快而撞毀；但路徑寬度不足以讓板輪牛車通過時，又該怎麼辦？是否要拆卸下來，以牛力和人力搬遷過去，再重新組裝？

順便一說，英國攝影家湯姆生曾來台拍攝下平埔族板輪牛車一八七一年的樣貌，圓狀板輪乃由三塊大木板拼湊而成，中央有棍狀軸承，極可能在荷治時期連同水牛一起引進台灣，其時包括蓮霧、芒果、荔枝、榴槤、葡萄等農作物，都是台南建城之初從印尼運送過來栽植（參酌江樹生教授翻譯之荷蘭東印度公司檔案《熱蘭遮城日誌》）。

到了日治初期（一九〇一），山路部分經多次整修和改道成為警備道路，稱「浸水營越嶺道」，全程四九．一公里。沿途設崁頭營、歸化門、力里、浸水營、古里巴保諾、出水坡、新姑仔崙等駐在所，爾後又多次維修，保持道路暢通，維繫水底寮繁華如昔。當地仕紳也興建好幾座「豪宅」，如今行走巷弄間，猶見令人激賞的古厝和洋樓，在地人以教會陳家、碾米陳家、鄉長陳家、會長陳家、趙家、李家、柯家古厝分別之。若不是行程緊湊，應該落腳兩、三天，想辦法遇到屋主細說從前，但眼下只能探頭探腦後離去。

第二天一大早，「石虎」成員由水底寮以旅人行之名前來此祭拜後，沿北寮溪溝行至崁頭營，如今已闢鄉道（中華路、忠誠路、新開路），經新開營區（南部後備部隊訓練中心）、新開村至新開苗圃，銜接林徑走上古道。可今天日頭赤炎炎彷彿烤箱般，令人揮汗如雨，難以想像清代枋寮是一片森林。出新開村後，路兩側有檸檬桉植林，一行人童心大發，趨近「聽樹」。檸檬桉生長快速，五、六年即可長至兩、三樓高，因葉子搓揉後會散發出一股檸檬味而名之，多種來製紙漿。

一般人在山林野外聽風聽雨聽溪聽樹濤，少有聽樹之舉。但也不是每種樹都可清晰聆聽，像檸檬桉皮薄光滑最適合附耳傾聽：先是一陣空洞聲，接著似有水流聲汩汩而上，或謂「樹的心跳」，其實是樹皮下的維管束組織正在汲取土壤中的水分和養分輸送到樹冠上的枝椏葉片（根壓作用），因應葉片呼吸（蒸散作用）進行的光合作用。但多數樹木的輸水聲音頻太高，非人耳能聽見，不然整座森林恐怕聽來「波濤洶湧」，連旱季時都可能像靶場般充斥劈里啪啦的爆裂聲。

真巧，前方就有一座警用靶場。遇三岔路，直行是新開路盡頭，右轉是大漢林道起點，我們取捷徑至新開苗圃，左拐入林，不久遇「崁頭營」解說牌（海拔八五公尺）——由此至歸化門社遺址（海拔六八〇公尺）的三公里步道，即《浸》一書中推薦不容錯過的「小栞」。

崁頭營在日治初設駐在所查驗「入蕃許可」，亦可視為浸水營越警備道起點。我們一行人沿崁頭窩山西稜而上，幾位植物專家紛紛辨識沿途所見，零星紀錄如下：

——海金沙，世界最長的葉片；

——烏臼，又名「瓊仔」，俗諺「樟賢號，瓊賢走」便用來形容烏臼製的陀螺旋轉快速，樟樹製的陀螺轉起來會有響聲；

——倒地麻，可熬煮青草茶；

——克蘭樹，台灣原生樹種，結實狀似芒星，十二月結蒴果時「星光閃閃」；

——內苳子，台灣特有種，並不稀罕，但在屏東遇見便有其地理意義。其拉丁學名「akoensis」，來自早田文藏（一九〇五至一九二四年間，早田氏在台灣命名兩千三百多種植物，建構台灣植物誌）以屏東舊名「阿猴」命名；

——鴨腱藤，有著粗壯的木質蔓藤和巨大豆莢，很適合想像「傑克與魔豆」的故事，種子碩大，有人採之刮痧；

——菊花木，莖幹橫斷面呈菊花紋而得名，常見加工為杯墊、串珠、菸盒、擺飾等；

——黃荊，俗稱「埔姜」，古人取其枝條作為「刑杖」，亦做「荊釵」固定髮髻；

——皮孫木，果實能分泌一種極為黏稠的液體，困住鳥類、爬蟲類和昆蟲，令其餓死或被捕食，故稱「黏鳥樹」。但這種並非為了求生或播種而演化出來的「誘捕」功能，令人不解。

一路行來，亦遇山枇杷、山柚、烏柑等「零嘴果實」，走累了，便有人伸手摘片過山香或土肉桂葉片猛搓一下，提神醒腦。我們在2.1K涼亭（海拔四三〇公尺）歇腳。有人煮麵時採山柚嫩葉入味，我則想到在中東喝阿拉伯咖啡時，加了茴香、丁香、肉桂、荳蔻等香料熬煮，便採數片肉桂葉煮咖啡，頗有神農嚐百草之樂。

可惜三月初百花尚未綻放，唯華九頭獅子草粉紅花瓣特別醒目，但不知為何得此名，難道取自上下兩花瓣如同獅子大開口？思忖之際，又被修正為槍刀菜，因為「前者的苞片比後者大，而且雄蕊呈ㄚ字型」。唯植物專家的「鷹眼」才能看出箇中細微差異吧。像短肢攀蜥，乍見脫口而出是斯文豪氏攀蜥，但拍攝後，有人旋因「上脣鱗片白色」提出修正。

還有，躲在葉叢間靜止不動如同枝枒的長鋏晏蜓，眼尖者指證歷歷，旁人卻要多花些時間對焦才能看到。蝶類較醒目，但在舞動之間立即辨別殊屬不易，如琉球三線蝶、台灣粉蝶、淡小紋青斑蝶、三星雙尾燕蝶等。

另有假酸漿一路盛開，卻因燈籠狀宿存花萼（花謝後萼片不脫落、保存在果實上，簡稱「宿萼」）乍看像乾燥花。眾知，其葉片被排灣族和魯凱族用來裹小米，帶有些許清香味，前者稱「奇那富」，後者稱「阿拜」，但外層還須用月桃葉或血桐葉包紮水煮。曾聽聞魯凱神山部落亦有用克蘭樹嫩葉取代假酸漿，口感似海苔，令我垂涎之。

沿途幸有綠蔭遮陽，才能好整以暇徐行。我留意到劉克襄不時蹲下來觀察台灣鱗球花——若不細看，不知其花樣之巧；倘用相機微觀，花序毛骨悚然，相當奇特。查閱資料說是枯葉蝶、眼紋擬蛺蝶、黑擬蛺蝶的幼蟲食草，也是各種紫斑蝶和琉球青斑蝶、紋白蝶、蛇目擬蛺蝶之蜜源，他據此推測熱衷採集昆蟲的高校生鹿野忠雄南下追尋「黃帶隱蛺蝶」（僅分布於南部低海拔山區，昔稱「黃帶枯葉蝶」，合翅時狀如枯葉），或與鱗球花局限南台灣有關，一個聯想便將生物地理學和人文自然史做了有趣連結。

我追隨劉克襄步行之道，便是想了解他站在什麼位置，如何觀察、如何描述，又如何省思。他在我心目中是位自然觀察先行者，更是台灣記憶的挖掘者，亦師亦友，我不僅長期閱讀他的著作，也按文索驥他的足跡，譬如《台灣舊路踏查記》，我大致已追索書中八成路線，踏查多條台灣的歷史軌跡。身為一個書呆子旅行者，他的書始終影響著我在台灣的旅行方向和縱深。

步道有幾段上坡路，竟是用廢棄輪胎鋪設成階梯，有石橋、固特異、火石、普利司通等多個品牌，極可能是新開村居民以工代賑的修路成果，成為步道一大特色。這一段上坡路，除了假酸漿，尚有同樣宿萼現象的佛來明豆，而這幾位植物專家還會深入討論是何種佛來明？線葉？大葉？菲律賓佛來明？面對這些「植物人」，每次出巡就像一場究竟之旅，我光聽名稱就暈頭轉向了。

當有人褲管沾黏上牛膝草，便回頭觀察葉片和植株特徵，討論是哪種牛膝：台灣牛膝？印度牛膝？柳葉牛膝？日本牛膝？乍聽名稱，還以為是中東常見的聖經植物——「求你用牛膝草潔淨我，我就乾淨」的牛膝草（Hyssop，神香草、柳薄荷）。可見植物多樣性會帶來文化的豐富性，但植物種類繁多，光聽俗名容易出錯，仍需仰賴拉丁學名辨識。

起初，我以為牛膝草名稱來自長滿倒鉤刺的花序會沾黏動物膝部。查考後才知命名緣由正是它自身的莖節，狀如牛膝關節，命名者的觀察力和想像力令人折服。

從牛膝草的傳播方式，可以得知植物為了擴張族群，各自發展出許多讓種子旅行的策略，例如風力、水力、動物攜帶（包括被食用而排遺或無法吞食而吐出）、自力傳播等多種散播方式，令人大開眼界。

突然，有人看見雞母珠，果莢已裂開，僅存兩顆豆子。其餘的可能彈射出去（自力傳播），也可能因顏色鮮豔而被鳥禽啣走（動物攜帶），這是豆科植物的「擬色」策略，但不知牠們對雞母珠劇毒是否有免疫力？

步道往右接上大漢林道5K前（海拔五三五公尺），有水泥遺構，正待踏查，後面卻呼叫有人扭傷腳踝，無法行走，只好群策群力背上來。幸好在大漢林道上攔到一輛車，將傷者載回今晚住宿處五龍寺香客大樓。在台灣旅行，最可貴的就是素昧平生卻樂於助人的人情味。

一行人取左路下行，續往歸化門社——一九三一年被日警強制遷移出來的排灣族力里社分支。力里社即一九一四年「浸水營事件」的揭竿者，掀起排灣族同仇敵愾圍攻沿路駐在所、擊殺日警，後來被壓制下來；為了削弱其力量，日警採一貫伎倆，不斷將社眾從力里社分批遷出，以利榨取森林資源。

幸好力里社猶存時，一九二八年七月，一名年輕學者宮本延人隨侍其師，人類學家移川子之藏從大武端過來，在此停駐，後來留下口述回憶：「走出這一原始林帶後，便開始走下坡。進入了有燒耕田地的森林地帶，這已進入了中央山脈西側屬於高雄州的區域。我們在潮州郡的力里社休息。這是一個位於山坡上，以板岩石板為屋頂，板岩為牆壁的房屋密集分布的排灣族部落。部落的人的服裝也不同了。男人穿著很短的裙子，腰部纏得很緊。女人穿類似漢族的衣裳，戴花草編的頭環。」（摘自宮本延人《我的台灣紀行》）

宮本延人在戰後留任台大，協助奠定考古人類學系的基礎，但更值一提的是，台南大天后宮和水仙宮若非他力爭保存，恐怕早拆毀了。

從大漢林道11.5K處的排灣勇士雕像，有路徑通往力里大小社遺址，神社、警官駐在所、蕃人公學校猶存。我誤入小社，只見數十間石板屋宛若失落之城隱藏密林中，沒而不朽，令人不勝唏噓，畢竟曾是兩百六十多戶的大部落啊。

下行是柏油路，山風拂來，蟬聲鼓噪，不消一刻即至歸化門，沿邊坡而建的石板屋群幾乎淹沒在灌木叢中，僅存兩、三間斷壁殘垣仍可窺見昔日住居樣貌，頭目屋還長出四、五公尺高、枝葉茂盛的「咬人狗」——其葉背上有無數焮毛，一碰觸就分泌酸液，讓皮膚疼痛灼熱。據云取姑婆芋汁液可減緩疼痛，有效否不得而知，就像有一說「尿液可治咬人貓」，可有人親自驗證乎？但我可證實咬人狗的白色漿果，嚐來微甜多汁。

克襄在此說了一個故事：歸化門社在民國四十七年陸續移居山下今歸崇村力里部落，部落小孩原先就讀的歸崇國小稍後幾年也廢校了，孩子們便扛著自己的課桌椅搬遷至今力里國小，走上「漢化」之路……

從歸化門一路陡下，行至力里國小時，不由心酸起來。

❖ 2、車止枋寮

枋寮介於屏東平原和恆春半島轉折之間，每次經過，都會浮現一些閱讀聯想，讓這個地方豐富起來。例如李仙得《南台灣踏查手記》、必麒麟《歷險福爾摩沙》，乃至余光中〈車過枋寮〉一詩塑造的一九七〇年代屏東意象，令我數次車止枋寮，尤其飄起「甜甜的雨」時，就想走在鄉間小路，感受「雨是一首溼溼的牧歌／路是一把瘦瘦的牧笛」，然後「忽然一個右轉，最鹹最鹹／劈面撲過來／那海」。哈，連風都是鹹的，鹹到極致反而是一種風情。

如果環島車站都能像枋寮車站張貼一首詩，讓地方好食好物成為動人的詩句，讓藍皮列車成為抵達遠方的詩句，將台灣各地串接成詩的國度，如此一來，我每次的火車旅行都將成為通往內心的一首詩，這難道是我的狂想嗎？

為了想知道在地人如何生活，如同新一代「島旅者」以食物為地方定位和紀錄，幾次停駐枋寮、水底寮，也有了自己的心得，找到幾種在地口味。實際上，食物始終是一種辨識地方、記憶地方的最好方法。

譬如「車圓」——一種不斷翻搖竹篩，讓餡料（如花生、綠豆、紅豆）滾滿糯米粉後成為小湯圓的傳統製程（閩南語稱為「車」），在地人的吃法是：剉冰，淋上綠豆蒜，做成圓仔冰。

還有屏東人慣習吃的「飯湯」（類似湯泡飯），每個地方都有自己的看法，以致配料不一，但湯頭必定鮮美，且少不了油蔥酥。像我在水底寮無名小吃攤吃的虱目魚粥，加入蚵仔提鮮，配上油條，便是類似鹹粥的飯湯；魩仔粥亦佳；清晨五點半營業，顯見此地仍維持漁村作息。

❖ 3、浸水營古道東段：大樹前營至新姑仔崙吊橋

一大早，一行人搭接駁車循大漢林道上登山口，途經6K廢棄檢查哨（海拔五八〇公尺）、7K歸化門營、11K力里小聚落、11.5K排灣勇士雕像（海拔七五〇公尺）、14.7K六儀社營（海

拔一〇〇〇公尺）、20 K大樹前營及大樹林駐在所（海拔一二三〇公尺）等遺址，沿路植栽藍花楹和楓香，假以時日或有另一番風情吧。

之前亦探訪過六儀社營、大樹前營等清代營盤，前者幾無遺跡，後者猶存人字形砌石駁坎和房舍地基，頗具規模——一八九三年十二月，兩歲多的胡適隨母親來台依親台東知州的父親胡傳，近百人的護送隊伍便在此過夜。

車止23.5 K浸水營古道東段入口（海拔一四五〇公尺）——古道由此沿著大漢山（舊稱大樹林山）和姑仔崙山山腹而行，越過中央山脈尾稜，下到新姑仔崙吊橋（海拔一一〇公尺），全長一五．四公里，每半公里設里程樁；之後沿大武溪床東行四公里，出加羅板部落前往大武車站。

還有，走之前須有一個認知：為什麼《浸》一書會稱作「一條走過五百年的路」呢？

按作者考證，此路從荷治時期即有走動紀錄，諸如荷蘭人尋金、逃離鄭成功圍城、原民各族進貢「卑南王」、族群通婚、平埔族遷徙東部、清代拓路設立營盤、牛販趕牛至水底寮販售、長老教會東傳、日治時期設警官駐在所、原民抗日、人類學者和植物學者的田野調查，乃至今日健行，期間多位歷史人物走過，所以走來令人充滿期待感。

例如一八九二年奉派來台代撫巡閱營署軍備的胡傳，往來台東州及翌年赴任台東知州，都是走這條官道；一八九四年二月，又來了一個叫池志徵的溫州文人應聘胡傳幕府，走此路赴任時，難得描述了當時翻山越嶺的路況，收錄在其作《全台遊記》中。像大樹前營至古道入口這一段：「此去二、三里，煙瘴甚厲，歲不見天日，六月非重棉不暖，公須含檳榔數口，以避氛焉」。這說法讓大樹前營盤好似深山版龍門客棧，護送的「番人」儼然武功高手，「每行數十步，輒長嘯一聲，作老鵬鳴，其聲甚烈」，不能乘轎時，「遂下轎攀援而上，屢涉屢仆，不得已，復命兩番掖而行」。可如今這一段路已被大漢林道覆蓋了，接駁車行來宛若「輕舟已過萬重山」。

一入古道，冠羽畫眉「to meet you」叫聲此起彼落，蕨類列隊歡迎——有識者曾數過前2K竟有三十六種之多，包括南洋桫欏、假桫欏和雲南三叉蕨，加上右側山壁一大片水苔，當然，還有聞之色變的螞蝗，便知此地多潮溼。

此地螞蝗隨處可遇，泥地、草叢、樹葉皆能隱藏，防不勝防，不如趁機好好觀察——只見牠身子往上抽長，探針似地旋轉，表示牠正啟動雷達般的嗅覺，伺機彈跳，附著經過的你。衣褲毛襪不夠緊密的絕對擋不住，鞋口、褲管口、袖口、領口都是牠潛入的破口，有時還會先附著衣物再乘虛而入，須著綁腿或穿雨鞋預防。

行路間有幾處展望，可眺望南北大武山及中央山脈尾稜，也及屏東平原、台灣海峽，令人一吐疫情以來的鬱悶。起初遇見粉曲莖馬藍、小金石榴、川上氏堇菜、台灣胡麻花、深山野牡丹、三奈，隨即驚喜發現稀見的台灣特有種桃紅蝶形花瓣的巨葉花遠志。尋芳問草覓樹，有時尋的是一種運氣，就像1K里程樁崖邊便有葉子呈輪生狀的昆欄樹，與紅檜、扁柏、台灣杉、楓香、台灣馬醉木、八角蓮等，皆是台灣原生的冰河孑遺植物。

至一岔路口，往上據云往「台灣穗花杉自然保留區」，一種活化石植物，與南湖柳葉菜、山毛櫸、清水圓柏並列為珍稀「自然紀念物」。不禁望向路徑深處，心嚮往之……好不容易，戰勝了魔鬼的誘惑，往下走。

不久來到古道最高點、2.6K「州廳界」標示牌（海拔一四三七公尺），即日治高雄州阿猴廳與台東廳巴塱衛支廳交界處，再走至3.3K才是浸水營駐在所（海拔一二八〇公尺，清代大樹林營）——「浸水營事件」發生地：一九一四年，力里社因拒繳槍械揭竿而起，襲殺十多名日警及眷屬，並燒燬力里和浸水營兩個駐在所，繼而爆發排灣和魯凱各部落對日抗爭。如今僅存砌石駁坎可資憑弔。

州廳界因受到山脈兩側東北季風和西南季風交匯影響，終年雲霧繚繞，降雨量高達五二〇〇毫升，易積水，因而得名「浸水營」。林務局在此立牌解說，有山蘇、筆筒樹、南洋桫欏、蔓芒萁、假長葉楠、長葉木薑子、黃杞、穗花杉、柳葉石櫟、柳杉等，調查出七百多種植物，顯示這一帶「生物歧異度」極高。

告示牌旁特別標示一棵日本神道教稱為「榊」的茶科「紅淡比」，日人常採其枝葉作為案上祭具，與日本扁柏、日本柳杉並稱「神樹」。此樹花甚香甚美，不禁聯想到貢寮山村水梯田農民所採的「森氏紅淡比花蜜」。

在浸水營駐在所遺址到處走動，處處是山豬挖掘的痕跡，上次來時遇上蠻煙瘴氣，狗吠般的山羌叫聲不絕於耳。按池志徵的說法：「煙霧淋漓，十步之外不見人，鹿啼猿吼，遠近俱聞，如是者十八里到大樹林營焉。」

途中亦聞台灣獼猴叫聲。我曾讀過一篇報導，指出台灣獼猴的叫聲至少有二十五種聲音類型，像我聽到此起彼落的喀喀聲，便是獼猴的警戒聲：有隻人猿靠近了，大家注意，可能會來搶我們的女眷——讓我憶起在剛果叢林追尋高山大猩猩時，一隻年少猩猩戲耍摸了我的頭。唉，牠會不會以為遇到兒時玩伴，但想那傢伙怎麼全身毛髮都掉光了？

此後一路下坡，在4.5K遇燦爛奪目的野牡丹藤，行至5K遇坍方，高繞，遇嬌小美豔的肉穗野牡丹，來到6K觀景亭小憩，掠過6.1K古里巴保諾駐在所遺址（海拔一〇八二公尺，後廢除，改在茶茶牙頓社設駐在所），來到8K山坳處大片九芎林，棵棵巨木，不只有利於古道的水土保持，也穩固了此地森林。

難怪池志徵會這樣描述：「大樹林十里，兩旁皆合抱大樹，樹黑如山，人皆樹中行，凶番往往匿此以槍矢殺人。」約可領略當時驚險情境一二，大樹林山名副其實。

沿途我心中一直有個疑問，雖說行走在國有林地上，昔日難道都是無主之地？從荷治、鄭治、清治、日治，乃至國府遷台，都是以「殖民地」的概念經營台灣，包括漢人的墾荒作為，將台灣視為資源性的利用，才會將部落傳統領域視為「無主之地」。後來無意中讀到資料方知：州廳界至出水坡駐在所的廣大林地，據云是春日鄉排灣部落頭目陳文祥（malingalin）祖先的傳統領域，而頭目父親曾在此擔任工友、從事翻譯工作。說不定宮本延人曾在大樹林駐在所停駐，見過頭目父親，他回憶道：「小路沿著險峻的山坡彎彎曲曲地上去。這一路線叫作『浸水越』。路上似有清朝時的營地，而留下『浸水營』的地名。中央山脈往南到此地區高度已降低不少。山頂附近為亞熱帶原生森林，密密的大樹林掩蓋了天空。樹蔭下或有橫倒的、腐爛的樹幹，或有長而大的羊齒植物生長其間，也有不知名的藤蔓類攀纏著大樹的樹幹，寄生於樹幹的蘭花正開著花。然而這卻是不容許人類闖進的隱密的森林……」

值得又一記的是，移川子之藏等人行經浸水營古道時，在濃霧中遇到排灣族人抬著禮物往東朝貢卑南社，為此留下一張珍貴照片，收錄於一九二九至一九三一年間發行的《日本地理大系—台灣篇》，證明卑南王的聲威直至日治時期猶存。

楊南郡老師有一說，台灣山林得以保存至日治初期，除了「瘴癘之氣」導致的風土病如瘧疾、赤痢、霍亂之嚇阻，也要歸功於各地原民的馘首文化。但日人「理蕃」成功後，也是台灣山林浩劫的開始；而今日的洪災、土石流失、崩塌，則應歸因於國府遷台後變本加厲的山林開發政策，以及失當地將原民排除在外的國家公園政策吧？

伐木造林是一種經濟價值，獵人森林卻是一種文化價值，兩種價值就像國有土地和傳統領域之間的矛盾，有可能和解並存嗎？

雖沒飄雨，路徑卻泥濘難行，不時遇凹陷式陡降，登山杖未必好用，攀緣竄根逐步下降還比較妥當，難免仍有人摔了個四腳朝天，就這樣連走帶跌，終於抵達9.4 K的涼亭，實是出水坡營盤遺址（海拔七一五公尺）。解說牌上寫著：「光緒八年設出水坡營，屯兵三十人，分三隊。大正八年新設出水坡駐在所於清營盤址上，大正十五年遷移至原址西方約四百公尺，昭和二十年撤除。」出水坡駐在所分上下兩個平台，上方為辦公處廳和宿舍，下方為操練場所。我前後兩次來，皆在此午膳煮咖啡。深入樹林解手時，竟見一大片水泥建構和甚多酒瓶、碗盤碎片，應是光復後伐木造林工寮遺跡。再往上，便見出水坡神社殘餘基座，鳥居可能被當薪材燒了。

此地規模可媲美浸水營駐在所，周邊有五、六處小型部落群，主社就是陳文祥頭目祖先所管轄。後來國府鼓勵族人往東遷移至現今的加羅板、土板、台板、新化、壢坵、大鳥、安朔等地，但頭目選擇回到舊力里部落。

過了出水坡，顧名思義，古道不復浸水泥濘，乾燥多了，此時陽光普照，山林變得悶熱。9.5K遇「穿山甲」告示牌，附近邊坡坑穴處處，就是不見身影。不奇怪，晝伏夜出，除非夢遊症發作跑出來。有些樹幹布滿抓痕，不知是否為穿山甲爬樹找蟻窩時留下的尖爪爪痕？

儘管同行於一條路上，但每個人的際遇都不同，剛剛還有人驚見黃鼠狼呢。只見牠一溜煙閃入密林前，還轉頭瞪你一眼。上次來遇見食蟹獴也是如此，別說拍照，還來不及定睛，就不見了蹤影。在浸水營古道遇見動物，都是驚鴻一瞥，這才是野生動物該有的真實樣貌，沒有餵養，自食其力。可悲的是，某些山區的黑長尾雉、酒紅朱雀、金翼白眉被餵的肥肥胖胖，成了「養雞場」。

若坑穴旁有深層溼潤土壤，可能就是穿山甲新穴，有他團頑皮者，將登山杖伸進洞內亂掏，惹我故作天真問：「要不要伸手進去抓？」他猛搖頭，尷尬地笑了，抽出登山杖，走了。不過，坑穴通常只是暫居，幾天後會開挖新穴。

掠過11K出水坡山岔路口，來到12.5K的木炭窯遺址（海拔五五〇公尺）。位於古道左下方陡坡林中十公尺處，約民國五十年代建造，一次可燒兩萬斤木炭，日人曾在此地指導力里社眾廣植相思樹製炭所致。

前行者似是在路上撿拾到什麼，上前探詢，才知地面散落許多殼斗科果實，呈圓錐狀，如煙斗頭，猜是有「煙斗石櫟」之稱的後大埔石櫟，先前路上已遇見浸水營石櫟，卻不見結實。

接下來這一段路徑狹窄，「上崖懸升，下壑智墜」，池志徵形容為「凶岩峭壁，草木蒙茸，非番轎不能涉」，但不知後山牛販如何趕一群牛到前山？板輪牛車又如何走此險路移民後山？這裡所指的番轎，乃是用一根長約五公尺的竹竿穿過藤椅，人吊坐其上，甚至將自己綑綁在藤椅上，由兩名轎夫扛著走，狀似螃蟹橫行，故稱「蟹轎」。乘坐起來搖來晃去，可想見池志徵的驚恐，「只得面山背坐，閉目任扛」。

續行，來到13.6K新姑仔崙駐在所（海拔三四五公尺），此處已可見下方茶茶牙頓溪，意味著已近古道末端，空氣悶熱。至此，雙腳微顫，人已是強弩之末，一路雖有登山杖輔助煞車，但連走四公里路、陡降三七〇〇尺，膝蓋漸不聽使喚，腳步卻不敢稍停，怕一停就走不動了。此時喝水就像荒漠甘泉，令人精神一振。一路行來也納悶著，駐在所遺址竟不見蓄水槽，周遭亦無水源，難不成飲用天降甘霖？

為了控制強遷過來的姑仔崙社，此地設有蕃童教育所，水泥屋基、石階、駁坎猶存，但已無餘力探尋，只能匆匆行過，過一座木拱橋，急行直落15.1K清代溪底營盤（海拔一五〇公尺，營盤遺址已不可考，曾設姑仔崙駐在所，後遷移上方）。

「兩山石壁，皆作奇形。獼猿數百，見人不避。忽聞砲聲，群焉升木，林樹遂震震有聲。有一哨兵告余曰：『數日前有凶番於此殺二人焉』。時日未暮，陰風怒號，岩壁半黑，鴉鳥無聲，余心悚焉。」此乃一八八四年二月中，池志徵所見冬日景象。

但這位心存遊山玩水和歌台舞榭之樂的知州幕僚，受不了台東枯燥生活和知州的嚴苛，幹了三個多月便落荒而逃，循原路返回前山。「回視昨日所過諸峰，或霧或日，皆矗立萬疊，不知昨日何以能過之?」時逢甲午戰爭戰敗,池氏擔憂波及台灣,遂倉皇內渡,逃離台灣。可見旅人之審度時勢和遠見,總是比他人來得敏感準確啊。

解說牌指出,此地在民國五十七年設立苗圃,成立林相變更招待所,接待美國來的林業專家。只見兩側盡是樹皮光滑的高大檸檬桉,我也無心聽樹了,續行,遇鐵線橋遺址,僅剩橋桁和「大正十五年峻功」石柱。旋即衝上15.4K新姑仔崙吊橋(海拔一一八公尺),俯瞰茶茶牙頓溪與姑仔崙溪匯流成大武溪,果然是「溪闊數里,冬春水涸可涉」。上次來我還下溪床,越過石灘,浸泡雙腳,溪水冰冷,過癮至極,此刻流水潺潺,身心靜默,我的疲勞隨浩蕩溪水東流入太平洋。

等候接駁車來接,車行四公里溪床,「北風卷面,塵揚接天」。不久來到南排灣加羅板社(舊名「出水坡社」),不禁想到台南神學院創辦人巴克禮牧師,曾於一八九一年一月走浸水營古道前往後山宣道,二月底返程時遭加羅板社眾包圍,只見他不慌不忙取出左邊假眼珠又塞回去,震駭社眾退去,脫離險境,被信徒視為奇蹟(見潘稀祺《我在後山追尋巴克禮牧師的腳蹤》)。此舉令人想起李仙得於一八六七年簽訂南岬之盟時,也是掏出左假眼珠震懾琅嶠諸社頭目(根據必麒麟說法)。

續行,往大武而去,頃刻見太平洋「怒濤拍岸,倒卷如山」,那份看海的興奮之情竟然不減當年,我想這就是青春不懼歲月長吧。

05

野性的洗滌：淡蘭古道拾穗

新北瑞芳、雙溪、貢寮、頭城

❖ 1、追尋馬偕牧師足跡：三貂嶺古道、草嶺古道

二〇二二年是馬偕牧師來台宣教一百五十週年，許多活動紀念他「寧願燒盡，不願朽壞」的奉獻精神，其一是追尋馬偕的宣教足跡，也是我極感興趣的一部分。之前曾根據《馬偕日記一八七一－一九〇一》踏查他在今北方三島、新北、苗栗和宜蘭等地宣教足跡，便擬於二〇二二年重蹈他徒步二十餘次的淡蘭古道作為致敬，並尋求更深層的意義。

眾知台灣在一府四縣三廳時期（一八一二年），淡蘭古道是淡水廳和噶瑪蘭廳之間的道路網。時至今日，這些百年山徑被山友視為「祕徑」，成為熱門健行路線，但走著走著，常興起疑惑：這個地方以前是什麼樣子？曾經發生過什麼事？先民如何在這個地方生存？我們可能透過古道重拾過去的記憶嗎？古道可以成為串起歷史記憶的那條線嗎？

在我的認知，閱讀旅行不只是為了驗證前人已知的行動，更重要的是，發掘自己的未知，使之成為一段屬於個人的「發現之旅」。畢竟閱讀的經驗，最終還是要靠行動才能獲得體驗、有所領會；反之，沒有閱讀，很可能只看到世界的表面，成了淺薄的觀光客。

英文中的「trail」（小徑），按英倫才子作家麥克法倫在《故道》一書中的詮釋，源於動詞「to learn」（學習），可以回溯到古英文字「leornian」，意為「獲取知識」或「接受薰陶」。是故，淡蘭古道（Tamsui-Kavalan Historical and Cultural Trails）本質上便有學習、取得知識之意涵，如同閱讀旅行之付諸實踐，更是叩問台灣史的文化旅程。試看以下相關事件：

——康熙六十年（一七二一）爆發朱一貴事件，乃於雍正元年（一七二三）增設淡水廳，轄大甲溪以北地區，台灣進入一府四縣二廳時期，隸屬於福建台廈道。

——雍正五年（一七二七）成立台灣道，設道署於台灣府（台南），仍隸屬福建。

——乾隆年間（一七七〇年代），漳州人吳沙移居凱達格蘭族三貂社（雙溪、貢寮一帶）擔任「番割」（指通番語、在番界與番人交換物品的人），利用獵徑社路（極可能是隆嶺古道或草嶺古道前身）與一山之隔的噶瑪蘭族（世居蘭陽平原）進行貿易。

——乾隆五十一年（一七八六）爆發林爽文事件，台灣知府楊廷理唯恐餘黨遁逃噶瑪蘭，諭令吳沙偕同淡水廳同知徐夢麟入蘭搜捕，漢人勢力得以進入蘭陽平原，並與噶瑪蘭人展開生存競爭，設隘寮，以十數人為一結、數十結為一圍等形式進駐，建立頭圍（頭城）、二圍、三圍，被視為「開蘭第一人」。是故連橫在《台灣通史》如此歌頌：「吾讀姚瑩、楊廷理所為書，其言蛤仔難之事詳矣，而多吳沙開創之功。夫沙匹夫爾，奮其遠大之志，率其堅忍之氓，以深入狉榛荒穢之域；與天氣戰，與猛獸戰，與野蠻戰……」

漢人視野的「與野蠻戰」，據《宜蘭縣志》載：「惟當時吳使用火器甚猛，平埔族終於不敵潰走……吳乘勢侵入，沿途無敵，遂入頭圍。」可見吳沙的篳路藍縷以啟山林，卻是噶瑪蘭人的顛沛流離，最終只能遁往花東。

——乾隆、嘉慶之際，有平埔族白蘭氏，另闢暖暖經十分寮（平溪）至雙溪路線（疑似暖東舊道、今十分古道前身），被視為淡蘭中路之濫觴；道光元年（一八二一），姚瑩調任噶瑪蘭通判，在其〈台北道里記〉便曾提及「路甚險窄，土人白蘭始開鑿之，奇其事，以為神所使云」。

——嘉慶十二年（一八〇七），雞籠（基隆）海盜朱濆潰逃蘇澳，楊廷理由艋舺（萬華）出兵，經水返腳（汐止）、瑞芳，闢「三貂嶺古道」，經燦光寮、雞母嶺、打鐵寮，出澳底，今謂「楊廷理古道」；再沿海岸線經挖仔（福隆）、越「嶐嶺古道」入蘭圍剿，沿路設置「汛塘」（清朝綠營軍駐防單位，相當班或排）和「鋪遞」（郵局），是為淡蘭北路官道。

——嘉慶十五年（一八一〇），漢人續往深坑、瑞芳山區移墾種茶，逐漸形成運茶路徑，至一八六〇年台灣開港，通商愈趨繁榮；後來又有茶販取溪谷路線，出水返腳轉平溪、雙溪大坪（泰平）往頭城，遂有淡蘭中路雛形。《噶瑪蘭廳志》有載：「凡所經過內山，素無生番出擾，一概做料煮栳、打鹿、抽籐之家。而大溪、大坪、雙溪頭一帶皆有寮屋，居民可資栖息……」又載：「惟中有溪流數處，深廣五、六尺許，必須造橋五、六座，設隘一、二寮，方足以利於行人。」是故入蘭孔道逐漸往南偏移，先是出錫口（松山）取代出水返腳，爾後出木柵、深坑、石碇，經坪林往返頭城。

——嘉慶十七年（一八一二），設噶瑪蘭廳，台灣進入一府四縣三廳時期，楊廷理修草嶺古道取代𨺗嶺古道。

——道光元年，姚瑩由台南赴任噶瑪蘭通判，將旅途見聞記述成〈台北道里記〉一文，其中入蘭路線，從艋舺出發，經錫口、南港、水返腳、五堵、七堵、八堵至暖暖，續經瑞芳楓仔瀨、鰂魚坑、伽石（豎石，62快速道路瑞芳引道附近）、三貂仔（三爪子坑）、茶仔潭（苧子潭），越三貂嶺至牡丹坑、頂雙溪，續經遠望坑、越草嶺至宜蘭大里簡（大里），沿海岸線南下，經烏石港、頭圍，抵五圍（宜蘭市）噶瑪蘭廳署。

——道光四年（一八二四），頭圍守備千總黃廷泰率眾入大坪移墾，栽種稻米甘藷，採樟製腦，形成聚落，帶動了淡蘭中路的發展。

——同治六年（一八六七），爆發「羅發號事件」，台灣鎮總兵劉明燈率兵北巡，經三貂嶺古道、草嶺古道，更加確立官方版「入蘭正道」。

——同治十一年（一八七二），馬偕抵淡水宣教，多次循入蘭正道往返噶瑪蘭。

——光緒元年（一八七五），增設台北府，建城艋舺、大稻埕之間，台灣進入二府八縣四廳時期，茶販往返噶瑪蘭多藉由南路淡蘭便道，北路、中路人煙漸稀。

——光緒十一年（一八八五），台灣建省，劉銘傳任巡撫，闢淡蘭便道為入蘭主線，即後來北宜公路雛型。

由上述札記可知，淡蘭古道猶如一張路網，因功能性和地理性區分北路（官道）、中路（民道）、南路（茶道），但馬偕的宣教又賦予北路成為「福音之路」。

馬偕前往頂雙溪、噶瑪蘭醫療宣道始於一八七三年十月，所行路線大抵沿基隆河流域，經暖暖、瑞芳，越三貂嶺古道至頂雙溪，再沿雙溪川往貢寮新社，越草嶺古道至宜蘭大里、頭城，抵噶瑪蘭族打馬煙社（頭城泰安廟一帶），所行即入蘭正道；按《馬偕日記》所載，途中設立了十四間禮拜堂，包括噶瑪蘭族正名暨復興運動推動者的奇立板部落（壯圍鄉東港村廍後）。然而《馬偕日記》重點多在醫療宣教，也及動植物、原住民生活習俗，對於沿途風景著墨不多，多次往返的三貂嶺古道和草嶺古道也一筆帶過。

值得注意的是，其《福爾摩沙紀事》提到一八八八年一月，德國植物學家瓦伯格（Otto Warburg）隨他入蘭，合理推測，沿路應採集不少植物，尤其是蕨類。例如在三貂嶺的採集便有伏石蕨、過溝菜蕨、鳳尾蕨、觀音座蓮、腎蕨、骨碎補、台灣椒草。

此外，瓦伯格亦帶著濕版相機旅行，曾在宜蘭叭哩沙喃（三星鄉）銃櫃城（拱照村）拍攝原住民照片。推測若不是台中潭子一帶遷徙上來的「在地人」（平埔巴宰族阿里史社），便是下山交易的泰雅族人，可惜這批影像並未曝光，當中說不定會有令人驚喜的發現。

•••

馬偕的海外宣教原奉派廣東汕頭，後來轉往台灣，可能與他曾閱讀博物學家華萊士在馬來群島的著作有關，並且對華萊士所提出的疑問「大陸邊緣的島嶼動植物，是否因地理阻隔而發展出不同的物種？」，備感興味吧（是的，我的臆測）？想當然耳，肯定注意到蕨類。在其一八七六年十一月九日的日記提到：「越過三貂嶺，往東邊看，有著雄偉美麗的景色。蕨類的樹像翅膀羽毛」，許是筆筒樹和台灣桫欏？「它的樹幹可當作柱子，木材可製成雪茄菸盒」，由此，馬偕極可能是第一位記錄淡蘭自然生態的西方人。

實際上，淡蘭古道在清領日治即是西方和日本自然學者在台灣的行腳起點，乃至今日書寫者亦然。他們的發掘，請容我舉吳永華《貂山之越：淡蘭古道自然發現史》為例，讓看似杳無人煙的山林，遍布先民和自然學者的足跡，擴大我們對那個時代更多理解和想像，然後回頭去尋找那些被遺忘的存在。

「唯有增進感知，才是戶外休閒工程中真正具有創造性的部分。」是的，我想成為美國環境倫理始倡者李奧帕德《沙郡年記》所述「野地的感知者」信徒，進入淡蘭古道，培養我的感知能力。本文和本書記錄的，便是我對山林和古道的種種感知方式。

◆ 草嶺古道

當我行抵草嶺古道最高點、海拔三三五公尺高的鞍部，遙望東北角海岸及龜山島，海天一色，令人悠然自得。今昔對照，當年姚瑩可能急於赴任，不若我從容回望來時路，滿山白背芒如波浪般搖曳，蔚成「草嶺」，此際凜凜海風從鞍部灌入，強勁撲面，無怪乎總兵劉明燈取易經「雲從龍，風從虎」之意，就地揮毫「虎」符勒碑，以鎮強風，及至今日，颯颯作響如昔，逼得行人紛紛躲入福德祠遮棚亭。順帶一提，著名的英商冒險家必麒麟，中文名字即來自劉明燈所賜，表彰他協助官府順利簽定「南岬之盟」。

路過鞍部感懷吟詠的文人不知凡幾，就連人類學者伊能嘉矩進行平埔族踏查之旅，於一八九六年十月行經此地，也懷鄉興嘆，並引用夏獻綸《台灣地輿圖說》中一段「至草嶺西北，林深菁密，最稱險阻。過嶺為大里簡，東望海波洶湧，萬水朝東」印證草嶺形勢，還引用楊廷理詩句和姚瑩〈台北道里記〉來裝飾他的大塊文章，令人對其漢學造詣敬佩不已。如今，換他裝飾了我的大塊文章。

先前，劉總兵行經山腰遇陰霧瀰漫，立書「雄鎮蠻煙」摩碣，以除瘴霧。如今這一段路鋪上花崗岩階，右側山溪淙淙，流往牡丹坑，嵐霧如煙瀰漫林間，鳥巢蕨、筆筒樹散布其中，行來愜意。就在一小時前，我從古道北口端（海拔一二〇公尺）進入，入口有棵老榕，枝幹附生石蕨、星蕨、風藤、腎蕨、毬蘭等，引人駐足。拾階上至仙跡岩，水同木夾道，伴生黃藤、山桂花、嘉賜木、木薑子、九芎、毛柿、月桃、三葉五加、雞屎藤、三叉蕨、合子草、青苧麻等，我還嚐了水冬瓜果實的滋味，撞見蝶蛾在葉間尋歡，亦見不少人面蜘蛛掛網，一晃眼便來到「雄鎮蠻煙」摩碣。續往上，就是虎字碑和鞍部了，不知馬偕當年是否也如我這般好整以暇在此喝咖啡眺風景？

◆三貂嶺古道（金字碑古道）

馬偕在一八九一至一八九三年間六度走過淡蘭古道，留下三張著名的照片：其一是馬偕持竹杖下陡坡；其二是馬偕與隨從站在磐石曲磴轉折處合影；其三是在路邊攤用餐。按吳永華《馬偕在淡蘭古道》一書查證，前兩者可能攝於三貂嶺古道，後者可能攝於頂雙溪——或許就在林益和堂中藥鋪所在的老街（長安街）上？

昔日頂雙溪是水陸轉運中心，沿雙溪川有舢舨往來出海口的三貂舊社，接駁戎克船轉運各地；另有搖槳舟楫沿牡丹溪往來牡丹粗坑口，也設置渡船頭越過平林溪，市況至光復後仍繁華一時，竟可維持兩家戲院。

俗諺「走過三貂嶺，就不通想某子」描述的即是三貂嶺之險峻，提醒行者必須專注行走，一八七八年十月馬偕和來訪的府城長老教會牧師甘為霖便在這段路多次滑倒，不令人意外。且看姚瑩怎麼形容：「盤石曲磴而上，凡八里至其嶺。嶺路初開，窄徑懸磴，甚險，肩輿不能進。草樹蒙翳，仰不見日色，下臨深澗，不見水流，惟聞聲淙淙，終日如雷。古樹怪鳥，土人所不能名，猿鹿之所遊也。」再對照伊能嘉矩的記載：「瑞芳是山谷裡的市街，位於聞名的三貂嶺下，而三貂嶺正是聞名的土匪巢窟。有人警告我們日暮以後不可繼續行走，所以在此過夜。」後來劉總兵在途中某處山壁題詩：「雙旌遙向淡蘭來，此日登臨眼界開。大小雞籠明積雪，高低雉堞挾奔雷。穿雲十里連稠隴，夾道千章蔭古槐。海山鯨鯢今息浪，勤修武備拔良才。」勒字嵌上金箔，後人乃稱三貂嶺古道為「金字碑古道」。其中「鯨鯢」，指涉的即是一八六七年「羅發號事件」。

我從猴硐沿大粗坑溪（基隆河支流）拐入金字碑古道，從北口端天煌亭旁那株老榕起登，至牡丹慶雲宮約三公里多，若以鞍部探幽亭為中間點，可區分猴硐段和牡丹段；前者姚瑩曾形容為「窄徑懸磴，甚險，肩輿不能進」，如今鋪上石階，談不上艱險，然石階青苔密布，顯然林蔭蔽天所致，蕨類亦繁茂，筆筒樹、台灣桫欏、姑婆芋觸手可及。比較特別的是，冰河期孑遺至今的稀有原生種鐘萼木（鐘古樹），四、五月間來可見樹梢白花盛開，猴硐山區尤多，植株高達一、二十公尺多，若不抬頭很難尋見。

此外，亦撞見石壁一片虎耳草，情不自禁想起它的天婦羅滋味。也想起ＩＢＭ實驗室研究員福格爾（Marcel Vogel）為了驗證植物是否有「情緒」，便摘取兩片虎耳草葉子實驗，一片給予關心，一片不予理會，月餘，前者仍生機盎然，後者卻枯萎了；之後又做了多項類似的實驗，顯示植物能對人的「意念」做出反應，引發議論。世上雖有諸多難以物理學加以解釋佐證的現象，但探索植物的意識，還需要更多有力的證據，要不然可就成了植物界的「靈異學」。

拾級陡上一公里多，金字碑赫然入目。小憩沖杯咖啡，續行兩百公尺，登上鞍部，但見一座字跡模糊的咸豐元年（一八五一）「奉憲示禁碑」，碑文諭令步道左右三丈禁伐，以免行人蒙受日曬之苦。在那個時代即樹立起這種環保碑，令人嘖嘖稱奇。

此處設有探幽亭，可惜視野被草樹遮蔽，僅有路口勉可探望深澳、基隆嶼海域。遙想當年姚瑩站在此地，眼前彷彿浮現一張地圖——「嶺上極高，俯瞰雞籠在嶺東南，海波洶湧，觀音、燭臺諸嶼，八尺門（和平島）、清水澳（深澳）、跌死猴坑（瑞柑國小往瑞濱之古道上）、卯里鼻（鼻頭角）諸險，皆瞭然如掌，蓋北路山之最高者矣。」

由此而下便是牡丹段，被蜿蜒的102縣道（瑞雙公路）攔腰斷成數截，走來沒什麼意思，所以臨時起意，沿瘦稜北上，轉接日治礦工路「貂山古道」下牡丹，乃穿行岩石磊磊的稜線灌木林，卻遇山林投、栗蕨、火炭母草（秤飯藤）阻道，陷入人高般芒草區，直至不厭亭才得以下切公路。途中也非毫無所獲，舉目可見商陸、華九頭獅子草、雙花龍葵、山菊等。

但烈日當空走瀝青公路，苦不堪言，幸好102是一條山海景觀公路，一路有青翠山巒和湛藍大海相伴。往左，山谷中大粗坑溪、猴硐在望，遠及小金瓜露頭、深澳、八斗子、基隆嶼；

往右，可見金瓜石、茶壺山、水湳洞選煉廠遺址、基隆山、鼻頭角，視野極佳。

經20Ｋ廢棄礦場時，意外見到一隻黑鳶上下盤旋，「飛～呀」的鳴叫聲似在撥動心弦。只見牠不停俯衝急拉又展翅翱翔，令人心醉神迷，受到這隻孤鷹的鳴叫激勵，曝曬於烈日下的公路行霎時湧現了意義，我擦去頰上的汗水，愉悅地走至19Ｋ樹梅坪。

◆貂山古道

接著，沿草山戰備道來到金山福德宮，即貂山古道入口。一條日治時期作為往來九份和牡丹、雙溪之間的礦工路，不料竟鋪成一條不符人體工學的水泥台階，殊不知山徑愈天然才愈有踏實感。而我之所以走上這條路，只能說我的旅行老毛病復發，總愛走「岔路」——請允許我自圓其說，書寫若是旅行的另一種形式，走岔路或可視為添加新情節，路跡不明或可視為情節懸疑，陡上或可視為情節進入高潮，陡下或可視為情節急轉直下，而抵達就是故事的終點了。途中值得一記是「無名之墓碑」，解說牌記載了四個傳說，不外乎淒迷的生離死別，多愁善感者至此難免觸景傷情，其實早年移工客死他鄉不絕於途，或可解釋淡蘭古道群遍布土地公廟和有應公廟的原因。

未幾，來到一座青石疊砌的礦場事務所遺跡，也是日治時期的礦業產物轉運站和礦工診療所，傾壁牆頹，仍可窺見昔日規模，或可視為採金歲月見證；再往前，有一座石砌三角厝，門牌「雙溪區竹篙山5號」，還懸上「三貂里第十四鄰鄰長」，門庭柚樹結實累累，按此屋況，主人應該不時回來整理吧？

貂山古道近三公里，以茅草、蕨類和姑婆芋為主，全程幾乎沒有遮蔭，偶見雙花龍葵、假蘋婆、過山龍、大菁、龜背芋點綴。一路下行，出古道南口，遇岔路，左行往燦光寮古道，不取，取右，經十三層老樹、三貂親水公園，可抵三貂嶺古道南口三貂慶雲宮。

若在昔日，馬偕一行人從三貂嶺古道出來，會馬不停蹄沿牡丹溪續行，經牡丹老街至頂雙溪過夜，投宿在「販子間」（客棧），為居民拔牙、診療和宣道。雙溪教會直至一八八七年，才購地興建禮拜堂，再經幾次遷移，一九四五年搬到東榮街現址。翌日，馬偕可能會沿雙溪川左岸「魚行古道」（北38鄉道，途經魚行村）前往貢寮田寮洋新社教會。按在地人說法，「魚行」名稱源自誘捕魚蝦的竹籠漁具「魚桁」，但此村昔日卻是礦區所在。

新社教會的賓威廉紀念禮拜堂，係為了紀念英國長老教會首任海外宣教師賓威廉牧師而名。賓威廉於一八四七年至中國傳福音達二十年，「基督徒」（Christian）和基督教名著《天路歷程》皆為他所譯。賓威廉曾至加拿大布道，途經馬偕家鄉佐拉村（Zorra，位於安大略省牛津郡），十歲的馬偕受其感召，便立志成為海外宣教師。

可惜新社教會早已消失，有一說位於田寮洋街慈仁宮旁小山丘，但如今樹草雜生，不見任何遺跡。閒逛時，遇見一潘姓家族的祠堂，名為「巴賽祖師廟」，才意識到這裡是楊南郡書寫〈海洋民族的悲歌〉中三貂社所在，住民屬於凱達格蘭平埔族之巴賽族（Basai），亦是清康熙巡台御史黃叔璥《番俗雜記》中所載之「山朝社」，因受海盜和漢人壓迫才搬遷新社。據伊能嘉矩《平埔族調查旅行》採集的口述傳說，其祖先來自海外一座島嶼，名為「山西」（Sanasai），因颱風漂流到澳底灣上岸，並於雙溪川出海口南岸建立三貂社，再陸續播遷宜蘭、基隆、淡水、北投，乃至台北平原等地，故有主張三貂社乃淡北凱達格蘭族和宜蘭噶瑪蘭平埔族共同的「第一形成地」；有學者推測「山西人」可能來自於印尼文化圈，抵台時間約在西元五世紀以前。更有台灣史學者詹素娟提出「山西傳說圈」的主張，認為「在自然空間上指涉的是北海岸、東北角、宜蘭平原、蘇花海岸和東海岸；在族群內涵上，則包括巴賽人、雷朗人（兩者總稱凱達格蘭族）、噶瑪蘭人、猴猴人、沙基拉雅人，和阿美族中的海岸阿美、卑南阿美」，顯然擴大了伊能嘉矩的簡單分類：「北部和東北部平原地區原住民，主要包括凱達格蘭和噶瑪蘭二族」。

由上述可知，台灣的歷史仍在演化中，除了學者的研究，某些家族的口述說不定可以將失落的族群歷史聯繫起來。

進了祠堂，但見神案上牆壁鑲崁「山西祠」字樣，旁有一行小字注解「祖曰來自山那賽閩音譯之山西也」。案下有玻璃櫃，置放一塊據云四千四百年前的碑石；案上有香爐、燭燈，還有兩只空花瓶——難道三貂社也有「拜壺」（阿立祖）信仰嗎？

此外，牆壁上有許多幅想像圖，呈現巴賽族人的航海、漁獵、紡織和生活樣貌，以及史前冶煉遺址的文物照片，這座祠堂仿若一幅《番社采風圖》。

據楊南郡考證，舊社的巴賽人以漁撈維持生計，採用一種「焚寄叉手網漁法」——利用魚的趨光性誘捕苦蚵仔、青鱗仔，火源來自磺土加水燃燒（俗稱「蹦火仔」），遷徙新社後，仍維持半農半漁方式。原以為巴賽族消失得無影無蹤，沒想到，他們一直都在，只是被「漢人視野」忽略了，於焉形成貢寮一帶「景點」（如吳沙墓、福隆海水浴場、三貂角燈塔、鹽寮抗日遺址、草嶺古道等）的遺珠。

面對這些被遺忘的存在，我很想知道這支民族有沒有自己的歷史記憶？有多少傳說？有沒有自己的神話？既然我是這塊土地的後來者，不能不追索先住民的來龍去脈。

在大航海時代，西班牙人和荷蘭人皆透過武力和土地命名占領台灣、占領世界，例如和平島聖薩爾瓦多城、台南熱蘭遮城。這種「變更地名，清洗記憶」的方式一直是統治者慣用的伎倆，包括後來的清、日，乃至國府。所以，挖掘記憶的旅行，誠如李有成《記憶》主張：「記憶其實是某種形式的行動主義，召喚記憶是為了拒絕遺忘，為了糾錯導正，伸張正義，藉此抵拒對歷史與過去的扭曲與壓抑，希望受汙衊的可以抬頭挺胸，受屈辱的可以獲得安慰，並在重建人的尊嚴之餘，還原歷史與過去的本來面目。」

是故，找回原來的地名（傳統領域）、遺址和族群正名，皆是召喚記憶的方式，讓下一代有個地方傳承過去的記憶與經驗。而旅人重踏遺址何嘗不是呢？

比方說，我曾試圖想像：新社教會為什麼會消失？

凱達格蘭族可能是台灣最早接觸天主教的民族之一，據載一六三〇年間，西班牙神父曾以拉丁拼音編著一本凱達格蘭族語辭典傳教，類似荷蘭人在台南推廣的「新港文書」。直至馬偕牧師來到淡水，他的宣教語言已入境隨俗轉換為閩南語。

基於上述背景，巴賽族比起漢人更容易接受馬偕牧師所傳福音，可沒想到花三個月建造的砌石石灰白教堂，片瓦不存。轉念一想，百餘年前伊能嘉矩來此調查時，記載淡北「巴賽語言圈」（包括淡水、三芝、基隆各平埔蕃社）中有一大社，一百零六戶、五百零四人（男二百八十一人、女二百二十三人）；等到楊南郡調查時僅存四戶，教堂的消失也就不足為奇了。可能因為漢化和遷徙造成人口大量流失，乃至聚落崩解，語言自然也消失了。即使巴賽族成了被遺忘的存在，但接觸其故土或遺址，仍可從中感受到某種文化上的「低頻震撼」。

再回到草嶺古道。

我在貢寮車站下車，穿行貢寮老街，買草仔粿當行動糧，便往田寮洋走去——由於雙溪川在福隆出海前，先在田寮洋拐了一個大彎（曲流），形成一處草叢、灌叢、沼澤、水田、竹林、埤塘交織的溼地，蔚為野鳥樂園，可能也是馬偕時期的地理風貌。我沒帶望遠鏡，只數到蒼鷺、牛背鷺、中白鷺、白腰文鳥、灰鶺鴒、樹鵲、大冠鷲等，若在以前，可能還有山豬、食蟹獴、白鼻心、鼬獾等走獸吧。貢寮舊稱「槓仔寮」，意思是設陷阱捕捉走獸的地方，所以，草嶺古道極可能是由凱達格蘭獵徑拓建而成。

走著走著，竟來到公墓區，見幾座墓塔山牆上寫著「山潘西」字樣，類似堂號概念，意思是往生者潘氏來自山西。值得注意的是，左右各有樹枝圖騰，不知象徵什麼意義，標示族記的大葉山欖，是嗎？

續往遠望坑。沿德心街行經德心宮，在鄉間見到如此巍峨廟宇委實吃驚，深究此地歷史便不足為奇了。昔日淡蘭官道也是穿行此地曲流形成的三角洲，據云劉總兵巡行官道，便投宿於德心宮，更重要的是，遠望坑渡（官渡）就設在宮廟後方，將海上運來的貨物轉換舢舨承載，再逆流上溯頂雙溪。

過明燈橋，便是依山傍水的遠望坑。群山環繞一片水梯田，流水淙淙，溪哥優游，短腹幽蟌飛舞，灰鶺鴒和樹鵲沿途唱隨，令人腳步為之輕盈。但看似平靜的田園景觀，卻曾出現抗日義軍頭人林李成（《貢寮鄉志》人物志）縱橫淡蘭蓊鬱山林，令日警束手無策，後遭密報被圍剿自殺。

約莫一刻，行經訛傳紛紜的跌死馬橋，旋即抵達草嶺古道南端口的雙榕合抱。見一部車載來山友準備起登，聽聞旅人從貢寮火車站揮汗走來，欲翻越草嶺，再走到大里火車站，搖搖頭，露出不能理解的表情，夏蟲不能語冰也，草嶺古道豈能遺漏田寮洋到遠望坑這段路呢？就像走浸水營古道，又豈能省略水底寮至大樹林營這段路呢？

當我從鞍部迂迴下行，一片湛藍入目，依稀可聞海浪拍岸，令人心曠神怡。沿途大菁和山菊盛開，前者是藍染原料，在淡蘭古道群處處可見；後者因葉片呈破碗狀，亦有「乞食碗」的別稱，民間許多植物的命名都挺有趣的。

未幾，來到舊客棧廬宅遺址，只剩斷垣殘壁，先民大約在此歇腳過夜，今人則移往下方不遠處的林務局觀測所小憩。補充飲水後，直驅山腳下天公廟，見十多根石柱，才知廟方將道光十六年（一八三六）肇建以來的石柱、詩碑、石雕聚集，將寺廟一隅打造成宗教博物館。忽見兩張海報解說「向天公借膽」——撿拾小圓石來天公廟拜拜後，懷石過草嶺可壯膽。哈哈，有趣，以石頭充當天公膽。

終於來到大里火車站，坐上區間車，穿越新草嶺隧道時，轟然震耳，突然想起〈丟丟銅仔〉這首民謠，不禁感嘆歲月如梭。

❖2、尋找被遺忘的存在：燦光寮古道、楊廷理古道、隆嶺古道

劉克襄在其《台灣舊路踏查記》一書〈榕路——隆嶺古道探勘記〉文中，描述一九九四年四月偕友踏查隆嶺古道情景，引起我對淡蘭古道（北路）的關注，但成行也是好幾年後了。

◆燦光寮古道

起先，嘗試走燦光寮古道，由牡丹十三層老樹站出發，沿牡丹溪右岸而行，經過貂山古道入口、攔砂壩，遇到一株孤芳自賞的線柱蘭。來到早年供應金瓜石用水的抽水站和舊水壩，站上壩頂眺望，天空略陰，青山不改水長流，依然令人心曠神怡，悄悄流入胸中丘壑，蜻蜓豆娘也在那裡盤旋。

續行石階往上，遇岔路指標，雨稀里嘩啦來了。本應取左，上柑仔店遺址，卻忍不住誘惑取右、往楊廷理古道方向的燦光寮鋪遺址，其間須拉繩踏石過溪，遇吊橋頭遺跡和馬達遺址，旋踵又遇石厝，僅餘砌石牆，門面與石條窗猶存，幾乎被蕨類青苔和藤蔓灌叢占據。見牆角堆積著破碗盤，當中幾個沒烙上商號，可能年代更久遠，屋前尚存石臼、數塊「颱風石」（用於繫繩固定屋頂免於被狂風吹翻的岩塊）可供憑弔。

當我們在遺址看到一件古物，即使是破碗或破酒瓶，往往內心會有一種觸動，好像遺物把我們與某個時空連結起來，令人不禁聯想到那個時代和當年的持有者。

未幾，抵燦光寮鋪，卻發現真正的鋪遞古道沿溪左岸而行，即指標「燦光寮古道支線」，

可走至攔沙壩過溪，接回主線步道，至於士兵巡行的「汎塘古道」，又謂「楊廷理古道」，只能擇日再走。巡視腹地，似有營盤遺構，若是，也符合史載燦光寮既是鋪也是塘。亦見梯田駁坎，攀上坡地，竟出現一個石砌染缸遺跡，疑似先民萃取大菁製作藍染的「菁礐」。晃來晃去，卻帶回了兩隻螞蝗，下次得穿雨鞋來。

看到菁礐，難免聯想「青出於藍」一詞，許是荀子觀察大菁萃取藍靛的過程，得到「青取之於藍而青於藍」的啟發吧？可見藍染技藝在中國至少有兩千三百多年之久。

返回岔路口，續行半公里，經水聲嘹亮的滑瀑，抵柑仔店遺址，僅存蕨草覆蓋砌石的斷垣殘壁，路邊的石灶殘跡，可是煮茶水所在？昔日柑仔店似乎兼有茶亭功能。

接著是又長又陡的古岩階，出燦光寮步道北口，接上草山戰備道，循指標往金山福德宮方向，行經大片芒草區時，狂風大作，逼得眾人埋頭趕路，但眼睛餘光仍不免看到傅氏唐松草、山桂花、梅葉冬青在淒風苦雨中綻放，為此行帶來些許春意。

再循「百二崁」步道下金瓜石地質公園，經黑肉坪（廢石場）抵金瓜石，穿行老街祈堂路來到勸濟堂。倒不是為了那尊關公像，而是每次來金瓜石，都會在廟口吃碗白帶魚米粉湯和炸透抽回味某個時代，可抵達時驚知主人老礦工已往生，所幸由下一代接手，粗獷風味猶存。

◆ 楊廷理古道

為了走楊廷理古道，再次來到燦光寮古道，想像自己是一個清代鋪兵，風雨無阻地遞送文件，由艋舺出發，過三貂嶺，下牡丹坑，折往燦光寮鋪……實際上，我們由金瓜石地質公園步道切入，銜接草山戰備道南行，遇岔路指標，取柑仔店方向，行經燦光寮山登山口旁廢棄磚屋時，來自牡丹的嚮導游宜蓮指稱周圍大片芒草區，正是馬丁・史柯西斯執導的電影《沉默》場景。好巧，前不久才讀過原著，作者遠藤周作讓我對信仰有了更清晰的認識。原著表面上描述德川幕府對天主教的壓迫，實則在探討神面對世間的殘酷為何總是沉默？神的沉默，真正的意涵是什麼？

作者的另一本著作《深河》則探討何謂試煉。但直到閱讀他的《對我而言神是什麼？》，才明白「神的沉默」並非世俗的沉默，而是以人類肉眼看不見的「作用」或「影響」進行著，未必會如聖經人物約伯聽見神在旋風中出聲、以異象顯明神跡，而是以沉默逼促人們去承擔自己的責任或考驗，然後不知不覺衍生出面對試煉的勇氣，此即信仰帶來的作用或影響。

沿石階舊路直下柑仔店，途中不知哪來的水流奔竄如階梯瀑布，幸好我穿雨鞋來，眾人踉蹌滑抵岔路指標，取楊廷理古道方向，遇牡丹溪湍流，拉確保繩過溪。經吊橋頭、石厝，行抵燦光寮鋪，小憩，再循黃吉祠指標續行，穿行密林，通過兩處有驚無險的湍流，抵黃吉祠（有應公廟），俄而來到燦光寮12號古厝。見主屋門面土埆牆孔洞密布，將臉湊上去端詳，竟是土蜂巢穴，瞬間雞皮疙瘩上身；續行，穿過埤塘、竹林、芒草、雙扇蕨、密林，踩著雨後的泥濘，再經一段所謂「百二崁」的南草山舊石階道來到慈願寺，抵雞母嶺街庄（海拔二四○公尺），循福安廟指標進入水梯田地帶。據云有兩百多甲。

但領隊另有安排，途中切入雞母嶺「保甲路」，往蕭家聚落而去，拜訪以「遇見雞母嶺」品牌作為地方創生的耆老蕭學苑。

保甲路係日治實施保甲制度期間，將原本的越嶺路或街庄間聯絡道路拓寬六尺而成的寬「馬」路，光復後不是年久失修就是荒煙蔓草。如今雞母嶺保甲路仍舊風景優美，一側是水梯田，一側是溪流，很難想像數年前路基被掏空的「危路」樣貌。幸賴千里步道協會透過工作假期修繕，採集溪石回填駁坎，它的重修意義不只是恢復一條聯絡楊廷理古道的路徑，而是想辦法透過支線道路，將人引進社區，讓人留久一點，促進社區經濟。由是觀之，便可理解千里步道協會的宏旨，在於協助地方創生，選擇修繕的古徑亦多考量支線道路，形成魚骨圖路網。順帶一提，從慈願寺往雞母嶺，原先有一段非常嚴重的林間沖蝕溝，如今走來不覺蹊蹺，就像一條不起眼的土徑。這其實也是千里步道協會重整的，在維持自然樣貌的前提下，以現地取材的方式重新整理出一條較容易踏實的路徑。

抵達蕭家田地時，眼界大開，水梯田如水鏡般倒映藍天白雲，美極了，簡直就是南宋儒學大師朱熹名句「半畝方塘一鑑開，天光雲影共徘徊」之寫照；而下兩句「問渠哪得清如許？為有源頭活水來」中的活水，便是流經此地的雞母嶺溪，在下游與巫里岸溪匯流為沙灣仔溪，由金沙灣出海。

在此遠眺，可及金沙灣、澳底、福隆、三貂角，山海迷人，也聆聽主人分享如何復育水梯田，營造豐富自然生態，將祖先所見景況再次重現世人眼前，大致就是「雞母嶺如何成為雞母嶺」的故事。隨後品嚐「憨吉粿」——說是用蛇木葉梗將番薯研磨成薯泥，再去油煎，作法常見於北宜山林。蛇木就是筆筒樹，馬偕曾提及可製作屋柱和雪茄菸盒，他可能沒注意到先民取來當研磨器，如今莖幹常被製成蛇木板、蛇木屑栽培蘭花。

續前行，經福安廟下打鐵寮，銜接縣道102甲，沿石碇溪東行，經丹裡街，抵大三貂港口汎（澳底），接北部濱海公路（台2線）。當我轉悠石碇溪出海口時，竟意外撞見吳沙墓，令楊廷理古道有了意外的歷史連結。

若在吳沙時代，先民可能沿海岸南下，過雙溪川，經三貂社往壠攏（福隆），越隆嶺古道下卯里嶺腳（石城）；或往遠望坑，越草嶺古道下大里簡（大里），再至頭圍、五圍。不能不說楊廷理有遠見。一八九五年五月三十一日，領軍接收台灣的日本近衛師團長北白川宮親王便從澳底登陸，大約也是循北路經雙溪、九份、瑞芳、暖暖直撲台北城。

如今草嶺古道已修復成一條「觀光步道」，不若隆嶺古道「古色古香」。比起淡蘭其他路線，隆嶺古道更能激起我的歷史意識，觸及先民拓荒移墾的精神。

再早先，乾隆中末葉時，吳沙到貢寮三貂社擔任番割，出入噶瑪蘭，與原住民進行以物易物的貿易，即經由隆嶺古道；到嘉慶中期設噶瑪蘭廳時，楊廷理亦是藉此山徑進入噶瑪蘭剿匪，念及此，豈能不去探一探？

◆隆嶺古道

我從《台灣舊路踏查記》一書中得知了隆嶺古道。其時作者偕友人由宜蘭石城端進入探路，如今路徑清晰，只是被人忽略，山友多選擇草嶺古道踏青，但我想以重蹈舊路來仰望尋路的前行者。

我從福隆車站出發，沿龜壽谷街、外隆林街而行，經福隆祈禱院、吉次茂七郎紀念碑（舊草嶺隧道營造總監），抵北迴線舊草嶺隧道北口（雪山山脈尾稜），上方有牌匾題字「制天險」。因舊草嶺隧道只能單線通車，民國七十五年（一九八六）另建新草嶺隧道取代之，遂遭封閉，後來整修為鐵馬隧道。㠁嶺古道便位於舊草嶺隧道上方。眾知北迴線自八堵站與縱貫線分軌，沿基隆河穿越叢山峻嶺的東北角，一路爬升，其中一站即福隆，之前有猴硐、三貂嶺，牡丹、雙溪、貢寮等站，每一站皆是我踏查淡蘭古道的出發站或抵達站。

一路上坡，隆隆溪在左，行至內、外隆林街交會口，右轉內隆林街（產業道路）續行，左側有隆隆溪支流內林溪淙淙相伴。不久遇巨岩堆疊的「七星堆」，有一說七星堆為凱達格蘭族祭祀遺址，與台北七星山之南的七星錐同樣由人工堆砌而成，呈金字塔狀，只要在內部即可感受到能量，言者諄諄，聽者一笑置之。

續行，經內隆林土地公廟，來到心齋橋，左轉過橋，前行不久遇岔路，起初取左側小徑而上，路徑清晰，約走了一百多公尺上坡路後，發現是農路，便退回岔路口，改取右側小徑，穿行一小片桂竹林後，確認是古道，不久即進入《噶瑪蘭廳志》描述「石磴如梯，煙雨籠樹」的古道。路徑幾乎被冷清草覆蓋，卻清晰無慮，接著進入蓊鬱林間，不時要撥開眼前蜘蛛網才能前行，不勝其擾。山徑緊臨陡峭溪谷而行，還兩度越過潺潺流水，第三次渡溪則是穿越內林溪源流，溪水冰涼清澈，泡腳挺舒服。

越溪，陡上，出密林，銜接產業道路續行數百公尺，忽見右側山徑入口綁登山布條，拐入，進入㠁嶺古道第二段行程。此時隆隆溪在左，緩上，忽見一片榕林，估計是「獨木成林」現象。少頃抵達鞍部石城仔嶺水頭土地公廟（海拔二八〇公尺），空廟一座，旁有棵老榕，枝繁葉茂蔽日，其中一根較粗的枝幹向外延伸，氣根鑽入土中，形成ㄇ字型拱門，古道由下方穿過。

時值中午時分，便在廟旁休息用餐、眺海景，《台灣山岳》雜誌專案總監吳雲天曾指引我：「沿稜線往北走一段上石城山（海拔三五〇公尺），路不算難走，但景色展望極佳，去回最多四十分鐘……」果然海天一色，便私下以「吳雲天瞭望點」來尊崇這位台灣山岳文化傳承者。

越嶺後立即陡降，山徑已形成沖蝕溝，行走相當不便，快接近石城端時才見到一座水泥磚造水槽。續行，經過石城土地公廟，迎面來了一團學生，氣喘吁吁爬上來，立有「吾道不孤」之感。

沿途見水同木、九芎、黃藤、江某、月桃、華八仙、構樹、相思樹，還有一片枝幹落地如同「走路的樹」的老榕。難怪劉克襄以「榕路」名之，而稱草嶺古道為「芒路」，詩人的眼光令古道熠熠生輝。

途中亦遇駁崁、土地公廟、廢棄石砌古厝、蓄水池、竹林、耕地等先民蝸居遺跡，行走間也不時聽聞山羌吠聲、五色鳥啄木聲、斯文豪氏赤蛙叫聲，不知不覺下至石城。

買了石花凍，眺望海蝕平台，但見碧海藍天，海風迎面。轉念一想，與其在石城車站等區間車，為什麼不從隧道走回福隆車站呢？

舊草嶺隧道全長二一六七公尺，於大正十三年（一九二四）通車。我沒有趕路的理由，便徐徐步行，從牌匾題字「白雲飛處」南口進入舊草嶺隧道，走回北口「制天險」，完成「巉嶺古道／舊草嶺隧道O型路線」。

「此處所訴說的旅程，緣起於遙遠的過去，但也是此刻的片段和現象，這通常也是古老地景的雙重堅持──要放到過往中閱讀，在當下立即感受。」麥克法倫在《故道》一書中提出行走古道的方法：在歷史的背景下閱讀，追尋通往過去的道路，實際上也在今日的場景中感受。

❖ 3、北台灣最美百年山徑：崩山坑古道、北勢溪古道、灣潭古道

起先聽說千里步道協會在淡蘭古道群，以手作方式修復了一段六公里多的步道，名為「崩山坑古道」，海拔約在一五〇至五五九公尺之間，林相蓊鬱幽美，便想一探究竟。

◆ 崩山坑古道

這條連接雙溪區柑腳與泰平兩個里山聚落的山徑，可銜接北勢溪、灣潭、烏山、坪溪等多條古道，通往宜蘭大溪、頭城，迄一九八七年雙泰產業道路（聯接雙溪和泰平）開通後才沒落。車道開通固然是美意，卻讓地處群山之中的聚落，失去農產集散功能，加速人口外移。不過也意外保存了里山歲月靜好的光澤。

與北路官道不同的是，中路是移墾先民走出來的生活道路網，路徑錯綜複雜，留下許多篳路藍縷的遺跡，例如古厝、水梯田、土地公廟、石橋、炭窯、菁礐池。其中崩山坑古道尤是主幹道，趕集、求學、婚嫁迎娶、廟會進香不絕於途，更是泰平村民採買日常生活物資必

經之路。

如今這些山徑故道經過翻修，以其幽僻成為祕境，卻見山友匆匆而行，讓自己趕得像清代鋪遞跑勇，可惜了青山綠水。印度奧修大師在其《草木自己生長》曾談及走路這件事：「你走得愈快，旅行的意義就愈少，因為你從一個地方走到另一個地方，一切在中間的部分都失去了……沒有一件事能夠跟用你的腳漫步相比，用你的腳漫步，你可以享受每一個片刻，享受每一棵你所經過的樹，你變成跟萬事萬物合而為一，你會透過它而變得豐富。」可見步行也是一種修行方式。事實上，我們從未向自己交心，只能慢慢地透過步行探索內心深處。

我們從雙溪柑腳村祭祀開漳聖王的威惠廟出發，在僻壤之地竟有如此巍峨大廟，不禁遙想昔日廟埕市集應可見耍猴戲、走唱、叫賣膏藥和山產，周遭可能還有米行、雜貨、豆腐、肉鋪、食肆，以及販售藍靛的菁行、染坊等店攤，大拜拜時還會聘來歌仔戲班酬神。如今僅存柑仔店，嚮導說不遠處尚有泰發炭窯遺址，才知大正年間此地曾開採煤炭，逐漸形成攤鋪林立的農產集散地。附近闊瀨、泰平居民也會來此採買生活物資和販售農產，極盛時據云多達上千人出入，如今僅存零星學生就讀的超迷你柑林國小（前身是一九一九年雙溪公學校柑腳分校場），曾有數百人就讀，可惜榮景在一九七九年礦場收坑後就式微了。

過崩山坑一號橋，見埤塘旁有座標示「聚和宮／明治辛亥年立」（一九一一）的福德祀，天皇年號與中華陰曆並列，有趣。走淡蘭古道群常會撞見土地公廟，據云泰平就有三十多座，常見路頭路尾、庄頭庄尾、田頭田尾皆設置福德祀。

古道起初是一片草地，說是昔日梯田遺址，我們沿柑腳溪（注入平林溪）而行，不久便見竹叢，意味著附近有住家，果不其然，有一石厝，幾乎被蕨類藤蔓盤據，門柱石牆猶存。

隨著砌石階梯陡上，樹草愈見茂盛，台灣桫欏、鳥巢蕨無所不在，姑婆芋葉片大如巨傘，亦見九芎。復行，遇有應公廟，伏石蕨和苔蘚密布其上，廟脊平整，不像土地公廟翹起廟脊尾端，奉祀對象亦是客死他鄉的孤魂野鬼。

續前行，砂岩路面變成泥土路，薄霧輕籠，可是山雨欲來？果然，抵風口鞍部時，豆大雨珠就來了。這時嚮導說了「辭職嶺」之名的由來：以前新來的老師走此路前往泰平國小赴任，到了此地多半折返請辭。想來其時山路崎嶇難行，如果今日再走千里步道協會整治過的步道，會不會就打消辭意呢？

二〇一八年起，千里步道協會啟動三年期的手作修復崩山坑工作假期，讓這條古道「煥然一新」。但這種新卻是「整舊如舊」，保持了古道的原始結構和形式，卻感受不出整治的痕跡，必須細心體察才會發現奧妙之處，例如：就地取材鋪設碎石；增設截水溝分段排除步道逕流（改善原先的泥濘路面）；修復砌石階梯，讓前緣微微翹起（稱為「龍抬頭」）增加緩衝；砌石駁坎施作、鞏固路基；有些路段原先是踏溪溝而上，為求水土保護和安全，改採高繞路線，並在溪溝中設置砌石節制壩緩衝水流云云。

這場驟雨，似是為了讓我印證「手作之道」而降。下坡雖是泥土路，良好易行，不見土泥漫流，我甚至撐傘而行，好整以暇欣賞右側坡地的雙扇蕨族群。這是極其難得的侏儸紀子遺植物，故作為淡蘭古道標誌logo；也讓我想起紐西蘭旅遊局將紐西蘭銀蕨作為國家標誌。

從風口鞍部下行，進入北勢溪流域，可惜遇雨，無緣遇見嚮導言之鑿鑿的穿山甲，連竹雞和山羌叫聲都沒聽到，只見穿山甲洞穴和山豬拱痕；不久，來到一座古樸的石拱橋，謂是崩山坑古道地標性景點，乍看以為是百年古橋，卻是一九五〇年代在地人募款所建，採用溪石打鑿疊砌而成。

再緣溪右岸續行，穿行蕨類叢生的密林，突然間，出現一間砌石紅磚民宅「料角坑5號」，可惜門扉緊閉，原本期待有人可問可聊。

在此接上產業道路，經過一片菜園，再入密林，順著一彎溪流出料角坑橋。說來複雜，所幸路徑和指標皆清晰，乃至「料角坑2號」民宅，抵達「泰平共學村」（泰平國小）——光聽這名稱，便知泰平這地方肯定有不少故事正等待我們去發掘。

泰平在清領日治時期，多以栽種茶和大菁營生，閒逛時得知有位傳奇人物曹田，曾被台灣總督府收錄在一九一六年出版的《台灣列紳傳》，記載他投誠、協助搜捕抗日分子事蹟。曹田歷任保正、大平區長、雙溪庄長等職，後因金礦開採和種植大菁成為富甲一方的仕紳，曾於虎豹潭附近興建當地唯一的樓仔厝，名為「曹田公館」，坍塌後便轉售他人改建平房，但從其建構遺緒和石材工整，仍可窺見昔日氣派格局，非一般砌石古厝可堪比擬。

◆北勢溪古道

果然不到一個月，我又來到泰平，欲行北勢溪古道和灣潭古道。這兩條古道皆以曲流溪潭著稱，有人以「北台灣最美百年山徑」譽之。

難得風清雲浮，途中，站在雙泰產業道路高處展望，假赤楊落英紛紛，黛青色的層巒疊嶂隨著鳥鳴奏樂一層層亮起來，欣喜油然而生。美麗的景色總是隱藏在深山裡。

我們計畫由泰平料角坑進入，循北勢溪古道，走往三水潭，再轉往灣潭古道，出烏山灣潭——由此銜接烏山古道或坪溪古道，還可前往宜蘭大溪、外澳等地。

車過泰平國小、壽山宮，至雙泰二號橋下車。人站橋上，眺望北勢溪，想到這一大片榛莽，竟有許多老一輩口中、未必在地圖上找得到的舊地名，如竿蓁坑、黃總大坪、虎豹潭、料角坑（鹿角坑諧音）。這些舊地名大多來自漳泉語系先民對地域特徵的描述，有的關乎地方產業，有的則以開基祖名之。所以透過舊地名的探問，或可想像、還原該地域昔日的生活樣貌，先民胼手胝足與山林競爭的痕跡就此存留下來。

過橋後循產業道路至六合橋，橋下另有一座貼近水面的多孔橋。續前行，途經「料角坑17號」民宅，遇上大片夏枯草盛開，鐘狀藍紫色花，乍見便清涼無比，揭開此行的美麗序幕。這種草因夏至後即枯而得名，常被採來熬涼茶。

未幾，循指標「三水潭小土地公廟」入北勢溪古道，旋見右側兩公尺高的梯田駁坎，蕨草密布，正暗忖農民如何攀爬上去，再細察，原來駁坎中暗藏突出的墊腳石，真是巧妙設計。

沿途不時有山澗湧流注入北勢溪，宛若琴弦淙淙，流過磊磊石間，有些或可踏溪石越過，但溪水暴漲就過不了，連石橋也會被沖毀，可見北勢溪暗藏凶險。「中正斷橋」即是一例：由橋墩架起的兩段式橋面，僅存一段四塊長石板拼成的橋面，另一段便以五根杉木拼成橋面。但令我詫異的是，僻壤之地竟有一座極可能是全台最短的中正橋（民國五十五年興建），還斷成兩截，在威權時代城市大抵都有中正路，可曾聽說有段（斷）的？

北勢溪古道起伏不大，唯青苔石塊稍多，急不來。然此刻閒情逸致來了，溪流清澈流韻，寓目幽蔚，水龍骨、抱樹石葦、腎蕨、書帶蕨、鳥巢蕨附生群樹，一路蟲鳴鳥囀，水聲嘩嘩，行過滑瀑，來到曲流溪潭，濯纓濯足，驀地心生徜徉大自然懷抱之感。

不久，來到「料角坑37號」民宅。走過北勢溪多孔橋，水石明淨，魚兒嬉遊，三水潭土地公廟（雙溪口福德宮）近在眼前，感覺一下子就走完北勢溪古道了，但全長也不過三公里，海拔一三〇公尺，高度落差才四十一公尺。

北勢溪與其支流灣潭溪在此匯流，稱為「三水潭」，又稱「雙溪口」。可明明是雙水潭，據云「三」水是「雙」水漳泉語音誤聽所致，是否為真無關緊要，就當作鄉野奇譚吧。

其實三水潭的舊地名「跳石汀」或許更貼切——源自居民在北勢溪中布置一排溪石作為石碇，每塊石碇間相隔半步或一步距離，不至於擋住溪流，如同橋墩般讓人跳石過溪，稱為「汀步橋」；多孔橋或可視為有橋面的汀步橋，歷史源遠流長，來自老祖宗的智慧。在淡蘭古道過小山澗小溪溝，也多採用跳石汀方式過溪。

如今，虎豹潭尚有刻意設計的跳石汀，暱稱「梳子壩」。又因水流湍急，較京都鴨川跳石汀刺激多了。但後者借用京都花街先斗町千鳥燈籠上的「千鳥」紋章（象徵喝酒的地方），以「千鳥步」形容跳石如同酒醉步履，賦予文化意義，創造出人文景觀。

◆灣潭古道

一如北勢溪古道，灣潭古道淨是水聲潺潺的林蔭山徑，鋪著枯葉地毯，輕鬆易行。全長僅四公里多，海拔不到四〇〇公尺，落差近一〇〇公尺，卻有更多溪潭，往往轉個彎就出現泓泓一潭。山青水綠，溪哥、苦花優游，好似一畦畦被遺落的夢境，愈往深處愈見清幽，不久便來到山友所謂的「夢潭」，將對面山壁節理和天空倒映潭中，天地恍似消融於那片空明之中。

其實，每一處轉折皆是碧綠夢潭，但不知誰取的名，亦有死鱸鰻潭、烏沙潭、洗衫潭等名稱。在山林中為某處地理特徵命名，有助於行者辨認地形和方位，有時卻也令人哭笑不得。

望著一池又一池美麗的溪潭，驀然心生感動。「他使我躺臥在青草地上、領我在可安歇的水邊」，我意識到這句話不再是聖經詩篇二十三節中的詩句，而是真實的存在，這句話在灣潭古道產生了意義。有時人會在意想不到的地方頓悟某些道理。坐下來喝杯咖啡吧，望著灣潭溪的水流交織如髮辮，水聲汩汩如箏，真是美妙的時刻。

接著，遇到湍流，不知哪位好心人士拉了確保繩，助人踩溪石跳過，之後撞見虎葛蟲癭、金石榴、蒲桃，水冬瓜，在萬綠叢中顯得格外醒目。

遇岔路，循指標往農家古厝地，約五十公尺便見三合院格局的鐵皮屋頂石厝，主屋有兩張門牌「烏山19號」和「烏山14號之1」，旁間卻是「烏山16號」。想像當年是製茶人家，有製茶間、廚房、農具房等，主屋石牆砌石工整，蕨草不生，顯示主人仍不時返家整理，但周遭已是荒煙蔓草，門前有數根穿孔石柱，極可能是颱風石，或牛欄柱？

續前行，路徑彷彿碎成大小不一的岩塊，長滿青苔，還蔓延到枝幹上，細看，光是地衣便有枝狀、殼狀、葉狀，還有橘色藻、綠藻、膜蕨、真苔、毛地錢、小葉冷水麻等。這個綺麗世界一直是我心神嚮往，卻難以進入的微觀世界。

未幾，遇山澗橫阻，跌落成滑瀑，水花四濺。過橋時，芬多精瀰漫心脾，令人精神一振。續行鳥巢蕨、伏石蕨攀生和藤蔓交錯的蓊鬱林下，路面溼滑，青苔厚實，連水鴨腳秋海棠都跑到樹幹上開花。

突然間，水聲嘩嘩入耳，對岸山林出現二十多公尺高、兩層垂簾飛瀑，發出轟隆巨響。緊接著過溪澗、溪瀑，水龍骨、鳥巢蕨和書帶蕨在樹間搖曳，招徠蔭涼。

不久來到有應公祠，說不上哪裡不對勁，陸續看到大花細辛、台灣油點草、普刺特、大菁，才驚覺步道已成碎石步道，令人吃驚地寬坦，沿岸也安裝欄杆。之後踏上石板道，乃確定此處溪床已經整治馴化，看來「風景如畫」，卻似乎少了點什麼。走到出口的福德祠才想到，缺少的正是大自然最重要的「野性」(wildness)。的確，漢人渡台墾荒至今數百年，先後來台的島嶼支配者，都將山林視為「利用厚生」資源（包括觀光休憩），幾乎讓台灣山林失去了最寶貴的野性；幸好這二、三十年來陸續出現多位自然書寫者和環保團體，如「荒野保護協會」，開啟了台灣的自然保護觀念時代。如今，各種風景中最受人尊崇的形式「荒野」(wilderness)，往往都帶有致命吸引力的野性美，一不小心便會讓人以身獻祭。

面對大自然，若將時間拉長好幾個世代考量，思維可能會變得不一樣。就像李奧帕德所言：「休閒娛樂的發展不是要建造通往美麗鄉野的道路，而是要為依然可厭的人類心智培養感受力。」的確，大自然的美不是為了討好、服務人類，它的存在本身就是目的。人和大自然之間應是一種敬謹的關係。

經探詢，才知二〇一二年間，原始山徑差點要被水泥化，經山友和千里步道協會揭竿呼籲，使古道水泥化的議題得到關注，中止工程步道往深處延伸。這段五百公尺的爭議路線也因此保留下來，自有其警世意義，並象徵步道公民行動的成果。

荒野沒有路，也不需要路，人才需要路。若要在山林築路，還是以泥土路為宜，水泥步道會讓人失去與大自然的連結，還會壓迫動植物的生存環境。而且水泥步道在大自然的變動中很脆弱，不堪風災地震一擊。而淡蘭古道之可貴便在於：野性猶存。誠如梭羅名句「野性蘊藏著世界的保存」（In wildness is the preservation of the world，出自一八六二年《大西洋月刊》〈Walking〉一文）的精神所在。身為台北人，當日常生活成了薛西弗斯式推石的過程，淡蘭古道群的野性洗滌，會讓人恢復人的樣子。

當然，走上淡蘭古道群，也是我個人對台灣某一段歷史的「求知」旅程。

抵達烏山村灣潭福德祠時，向路旁農婦買杯冰涼的黑木耳露，作為此行回味。閒聊之際，得知左側民宅曾是曹田的「烏山庄製藍所」遺址，又引起我的探索興趣。如此一來，我與淡蘭古道似乎沒完沒了、沒有終點。

輯二　英雄的旅程

——從獵人到踏查者，當代旅行者的究竟與傳承

「神話是由象徵性的意象和敘事所構成的一個體系，他用隱喻的方式，表達出某個特定時間、某個特定文化所具有的可能性和現實性。」

——喬瑟夫·坎伯《英雄的旅程》

泰雅族賽考列克群的神話發祥地「賓斯布干」（Pinsbukan，「裂開」之意）

01

神話的國度：來自霞喀羅古道的啟示

新竹五峰鄉、尖石鄉

❖ 1、泰雅英雄波塔的旅程

在非洲有一種狩獵、觀察野生動物的旅行方式，稱為「薩伐旅」（safari，意為「獵遊」）。我曾在文建會論壇「二〇三〇台灣願景」中提出類似主張，鼓吹原住民朋友在自己的傳統領域進行這種獵遊方式，讓大家認識他們的生活方式和文化，如今各地紛紛成立的「獵人學校」即其實踐。

有一次，我跟著宜蘭崙埤泰雅獵人入山薩伐旅，夜宿獵寮，聽獵人說故事，才得知他們的祖先是從新竹「鎮西堡」輾轉北遷而來，讓我對泰雅族的遷徙能力大感驚嘆。但獵人說不出來龍去脈，大約是從父祖輩聽來的口述歷史，這也是我第一次聽到泰雅英雄「波塔」（Buta）之名，鎮西堡即其啟端之地，地位類似漢人的開基祖。

後來從徐如林《霞喀羅古道：楓火與綠金的故事》一書，略知波塔的故事；又從楊南郡譯注、台北帝大土俗人種學研究室教授移川子之藏及其助手宮本延人與學生馬淵東一合著的《台灣高砂族系統所屬之研究》中，得知泰雅族一度展開史詩般的大遷徙，即由波塔啟動，猶如美國神話學家喬瑟夫．坎伯所謂「英雄的旅程」，繼承了神話中的英雄旅程「泰雅族射日神話」——遠古時期，天上有兩顆太陽危害世界，泰雅族忍無可忍，派出多名勇士帶著孩子前往征討，歷經千辛萬苦，勇士老死、孩子長大成了勇士，終於抵達太陽居住的地方，乘其不備射出箭矢，一顆太陽噴血而亡，屍體化為月亮，世界才有了晝夜之分……（參酌《日治時期原住民相關文獻翻譯選集：探險記．傳說．童話》）

倘若上溯南島語系各族群橫跨大洋來台（或離台），皆是英雄的旅程，只因年代久遠而不可考。但泰雅族的波塔傳說，幸有移川氏師生不辭辛勞採集許多部落耆老口述才得以保存下來。從其傳說呈現多個版本，也顯現英雄的旅程可以激發諸多想像，演化成神話。

沒有文字的泰雅族，老一輩的記憶就是他們的「圖書館」。移川氏研究高砂族系統時，便發現各部落頭目竟能不含糊地口述七、八代，多達數百人族譜，因而摸索出台灣原民族群脈絡。移川氏師生此部著作就像希臘神話中「亞莉阿德妮之線」（Ariadne's thread），帶我們走出複雜的族群關係迷宮。

按此書記載，泰雅族有賽德克（Sedeq）、澤敖列（Tseole）、賽考列克（Sqoleq）三支亞族，各有其創世紀傳說，前兩者各以中央山脈白石山和大霸尖山為其祖先發祥地，後者則以北港溪中上游、南投仁愛鄉發祥村瑞岩部落、泰雅族稱為「賓斯布干」（Pinsbukan，「裂開」之意）的地方為其發祥地。故事是這樣的：賓斯布干有一塊巨岩，某天突然裂開，誕生了一男一女，繁衍子孫，此即泰雅版亞當與夏娃……至今瑞岩部落猶見大小兩塊聖石，坐落於高麗菜田環抱之中。

到了十七世紀末，人口增加，耕地不足，農作連年歉收，一位名叫波塔的「nbkis」（長老）決定帶三位兒子和部分族人出走，尋找新天地。按楊、徐的考證，他們先往北進入大甲溪流域，留下幾戶在撒拉矛（梨山）、志佳陽（環山）建立新部落；再行經七家灣溪、有勝溪至埤亞南鞍部（思源埡口），站在分水嶺上瞭望前途，有幾戶往蘭陽溪流域今南山、四季建立新部落，成為「溪頭群」祖先，經過數代，又越過中央山脈，北進宜蘭大濁水溪流域，成為「南澳群」祖先。

但波塔繼續沿雪山東稜朝西北方走，翻越大霸尖山，來到大科崁溪（大漢溪）源流薩克亞金溪（白石溪）與塔克金溪（泰崗溪）一帶，取得當地另一支族群斯卡馬允人包容住下來。

起初波塔父子與斯卡馬允人相處融洽，不料波塔長子追求對方頭目女兒，觸怒了對方，遂遭到出草。波塔只好躲藏起來觀察敵情，同時派兩個兒子返祖居地搬救兵，用計攻占斯卡馬允人領域，後被族人尊稱為「波塔卡拉霍」（Buta Karaho，意為「偉大的頭目波塔」）。

接下來，波塔父子在鎮西堡（Cinsbu，意為「太陽最早照射的地方」，隱含「初建部落」之意）開疆闢土，擴展至新光、泰崗、秀巒、田埔一帶，稱為「基那吉群」（Knazi，清代稱「京孩兒番」）。後來開枝散葉，有一支翻過霞喀羅大山進入霞喀羅溪流域（頭前溪源流），建立天同社、木喀拉卡社、羅卡火社、野馬敢社，稱為「霞喀羅群」（清代稱「石加祿番」）；另一支往南勢溪流域（新店溪源流）拓展，在福山、信賢、烏來、屈尺一帶建社，稱為「屈尺群」。

至於倖存的斯卡馬允人上哪裡去了？有一說是賽夏族。求教徐如林老師，她回覆如下：

「斯卡馬允人是什麼族？目前還沒有定論，可能永遠也無法確定。賽夏族來自移川子之藏的推論。當然，可能是更早期的泰雅族（因為他們在語言上可溝通），也可能早已融入別族而消失……」如今賽夏族人數甚少，大多分布於新竹五峰鄉（北賽夏）和苗栗南庄鄉（南賽夏）。

是故，不論是泰雅、賽夏或其他族群，若從人類學的遷徙加以探討，要在福爾摩沙主張哪片土地屬於哪一方固有的傳統領域，難免諸多爭議，還需要更多的討論和理解；突然想到詹宏志為《察沃的食人魔》寫的導讀，引用《長草叢中的死亡》作者凱普史迪所編選「狩獵文學經典文庫」的編輯前言：「歷史經常是過往事實的不愉快紀錄，而不是事情理當如此。雖然我們對過往的偏見並不認同，但基於集體的責任，我們覺得較好還是不要去更動過去的不幸事實。」或許可作為本書觀點之一。

小時候讀過許多童話故事，聆聽傳說、神話，往往過於著迷情節，忽略了背後的意義。及長才明白，任何故事都有弦外之音，或是作為一種隱喻，皆反映出人生的各種問題，並且提供解決之道。

不過，十七世紀的泰雅族大遷徙，同樣發生在其他族群，例如賽德克族群東遷、布農族沿中央山脈往花東和南部山區擴散。所以，亦有推論會不會是十七世紀「小冰期」導致農作歉收，迫使各族群遠離原鄉另尋新天地？小冰期對台灣原住民族群大遷徙的影響，不知人類學家是否有所關注？

❖ 2、霞喀羅古道紀行

今日台灣幾乎沒有空白之地，所謂的地理探索只是前人足跡的「再次確認」。但若從個人知識面去探索，到處都是「空白之地」或「黑暗之地」。就像走「霞喀羅古道」，讓我對泰雅族有了進一步的認識與反思，從而拓展了我的知識邊疆。

「霞喀羅」(Syakaro)在泰雅語裡指稱「烏心石」，想必是因山區盛產此樹而名。此舉亦呼應民國七十三年發起的「原住民族正名運動」，包括用族語稱呼自己傳統領域的各個地名，保存了祖先對這些文化地景的看法。對於外人來說，名稱唸起來充滿「異域感」，很難理解族語地名在原民心中具有多大意義。但請容我借用宮崎駿電影《神隱少女》中最深刻的一句話：「忘記名字的人將從此找不到回家的路」，來強調他們的觀點；須知原民即便使用日語或漢語表達，也不表示就認同日式或漢式思維，所以一旦缺少原住民觀點的論述，便會侷限我們對原住民世界的想像。

欲走霞喀羅古道，一般會沿著上坪溪(頭前溪源流)抵達新竹五峰鄉清泉部落(井上溫泉，海拔一二〇〇公尺)，我曾多次前往，緣起於三毛翻譯的丁松青《清泉故事》——一位耶穌會神父將自己一生種在部落裡的故事。在我心目中，他就是天主恩賜台灣的一泓「清泉」。所以，我往往會投宿在他用來資助部落小孩外出求學的「清泉山莊」，參加天主堂彌撒，欣賞他創作的彩色鑲嵌玻璃窗。更值得注目的是，天主堂中一尊斷臂的耶穌木雕像，說是在一九六三年風災中被山洪沖走，一星期後奇蹟般在頭前溪外海被漁夫撈起，又送還神父，安置在重建的天主堂中，成為被折磨、被迫害與被拋棄的象徵。或許這才是耶穌在教會中應有的生命姿態——與受難者一起受苦，倘若神並未經歷過人間的痛苦，又如何幫助受苦的人們呢？

當然，也不能錯過張學良將軍紀念館。張將軍不勝唏噓的生平不再贅言，總之歷史終究會穿過烏雲透出光亮，但令我動容的是，館藏中有封元配于鳳至寫給趙四小姐的「讓夫信」——「現在我正式提出：為了尊重你和漢卿多年的患難深情，我同意與張學良解除婚姻關係，並且真誠地祝你們知己締盟，偕老百年」，可見一生只愛一個人是幸福的，不幸，張將軍剛好比一個多了一個。

還有三毛，此地有所謂「三毛的家」。其實她連一天也沒住過。後來由歌迷租下來，完成她在〈重建家園——將真誠的愛，在清泉流傳下去〉一文中傳達的心願，轉型為「三毛夢屋」，呼應無數旅人浪跡天涯的夢想。

清泉部落得天獨厚，既是「神的國度」，也是「夢的國度」，還是「歷史的國度」。但這個歷史國度總是瀰漫雲霧，需要多用些心力，才能撥開不同時代權力者製造的歷史烏雲，看見霞喀羅古道的真實風景，諦聽腳下的歷史跫音。

天未亮，我們便從清泉出發，搭接駁車循清石產業道路，經笠野、瀨戶、松本、霞喀羅、小林、庄子、石鹿等七個駐在所遺址，大約十五公里路程，抵達石鹿登山口（海拔一六〇〇公尺）——如今古道內縮至此，成為「霞喀羅國家步道」西端入口。

其中，霞喀羅駐在所仍留有神社、參拜道、紀念殉職日警的忠魂碑等殘跡可尋，但不知那兩株高大的日本黑松和木荷花可仍安在？

那種「錯過的遺憾」，如同走浸水營古道，錯過了舊力里部落、大樹前營盤即直奔登山口，令人心裡很不是滋味。但旅行不就這樣，每次總會留下些許遺憾，等待下一次旅行完成。

此行由登山界名人陳國鈞領隊，眾知他曾在一九九三年，以五十天完成中央山脈大縱走，並於一九九五年與登山女傑江秀真攀上聖母峰，一九九七年又登上我曾在日喀則仰望過的希夏邦馬峰（海拔八〇二七公尺）。

機會難得，我放棄平常殿後當龜行者的習慣，亦步亦趨跟著領隊，希望聆聽更多登山故事。但他沉默寡言，一開口便是叮嚀，諸如縱隊前進保持安全距離、切忌隨意剎車以免後方撞上、將前方路況傳達後方注意、小心背包擦撞他人、切勿揮舞登山杖云云。我便偶爾眺望群山，聆聽溪流奔竄（左側麥巴萊溪，右側霞喀羅溪），享受登山的樂趣。

不過，如此緩行，我很難有充裕的時間踏查遺址。例如1.3K處的田村台（海拔一七四三公尺），柳杉林立，看不出此地曾駐紮百餘名警力，曾設砲台壓制底下的木喀拉卡社和天同社。沿「田村台至高嶺（結城）警備道路」南下，經根本、佐藤、檜山等駐在所，銜接「鹿場連嶺警備道路系統」，謂是日治攀登大霸尖山的路線。

過2K後遇大崩塌，原是高橋駐在所遺址，早已滑落溪底，須高繞，幸有繩梯助攀；抵3K越嶺鞍部（海拔二〇二〇公尺），遇一組人往霞喀羅大山（海拔二二三四公尺），說來回只需九十分鐘，不取；續行，進入薩克亞金溪流域，經4.9K松下駐在所（海拔二〇五〇公尺）、6.4K楢山駐在所（海拔一九八〇公尺）、8.5K朝日駐在所（海拔一七二〇公尺），在9K處過繩索橋跨越薩克亞金溪（泰雅語意為「磨刀石」，又稱「白石溪」）；續行，經10K石楠駐在所（海拔一六八〇公尺），穿越山葵溪，來到11.8K薩克亞金駐在所（海拔一六二九公尺，又稱「白石派出所」）——古道在此分東西段，西為清泉段，東為養老段，全長約二二·五公里。

此路原是基那吉群與霞喀羅群的社路，作為狩獵、探親、攻守同盟之用，在清代「開山撫番」政策下，曾闢七十里隘路；日治時期為便於三井財團採樟腦及種茶，大正十年（一九二一）闢建「霞喀羅警備道路」（清泉段）與「薩克亞金警備道路」（養老段），沿途每隔二·四公里設置一個駐在所，不像其他警備道路每隔四、五公里設置。此外，駐在所以夯土牆強化，可見日警極為忌憚此地族人，不時征伐，如李崠山戰役、霞喀羅戰役，累計死傷高達五、六百人，屢屢焚燬耕地和部落報復，迫使族人無以為生。

時至今日，踏查者重返這條殺戮之地，身處駐在所遺址，難免想像昔日泰雅族人如何與日警進行攻防。從日方留存的資料或知一二，卻無從得知泰雅族群真實情況，僅知大正年間經過數次戰役，霞喀羅群四散逃逸，有的投靠基那吉群，有的避居馬達拉溪與北坑溪，飢寒交迫；再至昭和年間，日警完全控制此地，將霞喀羅和薩克亞金兩條警備道路合一，成了一條景致優美的健行道路，從十八兒（五峰）出發，經井上溫泉、薩克亞金，至控溪（秀巒），全長六十公里，因而促成大霸尖山的首登（一九二八年）和聖稜線縱走（一九三一年）。

今日山風習習，楓況不佳，步道上鋪滿紅葉，但見燦爛金黃的山毛櫸點亮群山姿色，也照亮了我的心境。想到日治時期的健行標語「帶著微笑去健行，連風都是彩色的」，不覺莞爾。

遺憾的是，在楢山駐在所並未留意到所見巨木竟是百年櫻花樹。徐老師曾提及楢山遺址落櫻滿地，一抬頭驚見「飛鼠吸食櫻花蜜」，我覺得稀奇，請教徐得覆：「是大赤鼯鼠……我們調查時，霞喀羅古道人煙稀少，膽小的飛鼠也敢白天出來。」後來才知霞喀羅、田村台、薩克亞金等駐在所，皆有日警栽植的百年櫻花樹，氛圍更接近昔日尚未淪陷於觀光客的霞喀羅古道。

順帶一筆，楢山得名與泰雅語「Hanuk」有關，意指「長尾栲生長之地」，是飛鼠特別愛吃的一種櫟實，日人以殼斗科櫟樹漢字「楢」名之。

還有楊、徐偕天同社頭目秋冠傑父子，在密林中發現的朝日駐在所。據云基地尚稱完整，我們也錯過了，令我耿耿於懷。

歇腳所在的薩克亞金駐在所，曾設砲台、宿舍、酒保（販售日用品和糧食飲料的商店），謂是戰略據點，有警備道路通往檜山駐在所，銜接「北坑溪古道」，也是攀登大霸尖山的夜宿驛站。其時日警栽植的板栗、山梨樹、台灣泡桐、寒緋櫻猶存，可房舍已被拆得殘破不堪，當中一塊以紅漆書寫「各位獵人大哥，不要再破壞園區」的木板說明了一切。唉，旅人的抵達永遠太遲。

作為當代旅人，處境艱難，鍥而不捨地想從醬油瓶、清酒瓶等線索中，解讀昔日的常民生活，享受偵探推理的樂趣，重建駐在所景象。這些「垃圾古蹟」，顯然比駁坎遺構更能引發人們的思考和回溯。可嘆仍有人看不出文化遺痕的重要意義，一味無知「淨山」，製造歷史遺憾，究其因，就是在面對所見所聞上，缺乏足夠的文化素養和知識儲備，才會出現令人扼腕的撿酒瓶淨山之舉。

續行，經12.8K見返駐在所（海拔一四八〇公尺），一路陡下五百公尺至白石吊橋（海拔一二八〇公尺），越過湍急的薩克亞金溪，來到14.5K武神駐在所（海拔一二九二公尺），又經木炭窯、楓香林、16.9K馬鞍駐在所（海拔一四一五公尺）、桂竹林，來到18.5K粟園駐在所，此地立有一座被馘首的日警巡查森恒太郎紀念碑，令人不勝唏噓——不知陣亡的族人又如何安置呢？

但願，化作千縷微風，輕拂山林的花草精靈。

前些年春天來，在邊坡密林中，常找到有趣的蘭花草，如細葉春蘭、黃花根節蘭、豆蘭、大武斑葉蘭、石仙桃等野生蘭，還有七葉一枝花、胡麻花、血藤、台灣天南星、台灣鳶尾花、八角蓮、骨碎補等，此行寒冬來，無緣相見。

續行，經竹林、木炭窯、21K養老步道口，抵達22.2K霞喀羅養老停車場（海拔一二五〇公尺）。此時有族人兜售酷似甘藷、名為「天山雪蓮」的菊科多年生草本植物，亦稱「菊薯」，要我試嚐。口感甜脆如水梨，便買了些回家燉排骨湯，作為一方水土的念想。

02

與獵人同行：司馬庫斯的抵抗與傳承

新竹尖石鄉玉峰村司馬庫斯部落

❖ 1、台灣的「基布茲」：認同感旅遊

近幾年，司馬庫斯成為許多人嚮往之地，引起我的關注——若說是對泰雅文化的好奇，去烏來、復興、五峰、大同等地部落，幾乎一蹴可幾；若說是對神木群的嚮往，去阿里山、棲蘭、拉拉山也方便多了；其中，必然有些道理。此行遂成為我的一場「究竟之旅」。誠如美國作家亨利．米勒（Henry Miller）所言：「旅人的目的地並不是一個地方，而是看待事物的新方式。」

尤其在語言和文化愈趨一致的台灣，旅人尋求的「摩擦力」幾乎難以實現，即便原住民提供「異文化體驗」，也愈來愈趨同演化和表演性。難道原住民文化只剩下小米酒和烤山豬肉嗎？

司馬庫斯位於新竹尖石鄉海拔一千五百公尺的雲霧帶深山，曾是台灣最偏僻的部落，直至一九八〇年才有了電力，即使一九九五年開通聯外道路，從內灣過來也要三個多小時。

二〇一四年九月，我隨七星生態保育基金會初次來到司馬庫斯，部落頭目馬賽・穌隆啟動一項入山儀式，將插在竹筒的綠芒草打結，手持瓠瓜碗，以泰雅語唸唸有詞，祈求祖靈保護外來者；接著，部落推派唯一戴眼鏡、擁有碩士文憑的拉互依・倚岕做導覽：「部落有二十八戶，總共一七七・五人……」沒聽錯吧，怎會有半個人？

「那半個人還在媽媽肚子裡啦！」一下子把大家笑翻了。眾知原住民的想像力一向豐富，語彙蘊含幽默力，才能化解生活中的挫折或尷尬，就在上山前我還聽到有人將手機連同褲子放進洗衣機洗了。換作我肯定懊惱不已，可這位泰雅朋友只是自我調侃：「早知道它要洗澡，我就放漂白劑，讓它洗得更乾淨點。」從人類學觀點審視，原民的幽默感，既是天性使然，也是受壓迫民族在百般無奈下，衍生出來的一種安身立命的處世之道吧。

續往「小米教堂」，一入門便見聖壇牆面懸掛一串串小米，襯托著纏繞黃藤的肖楠木十字架，似乎有意作為聖經「看哪，我將遍地上一切結種子的菜蔬和一切樹上所結有核的果子全賜給你們作食物」之隱喻，也突顯小米對部落的意義。須知泰雅祖先覓選部落所在，端看那個地方適不適合種小米，一般都在海拔兩千公尺以內。

司馬庫斯有座小米穀倉，窖藏多種色澤的小米穗，說是為下一代保留，有黃色、淡黃、黑色、橘色、乳白、灰黑、橘黃八個品種。

大多數人去司馬庫斯，花一天半載便做完觀光客該做的事，例如走訪桂竹林隧道、神木群、瀑布，品嚐泰雅風味餐、搗小米麻糬、射箭、喝杯馬告咖啡等。但我更感興趣的是，原民如何以教會和部落主義出發，重現泰雅族傳統的 *gaga* 共享制度，打造類似以色列集體社區

「基布茲」（Kibbutz）模式，建立「上帝的部落」。事實上，他們十多年前也曾遠赴以色列取經。

在我停留四天期間，有一晚便是聆聽部落組織架構，劃分成三會（長老教會、社區發展協會、部落議會）九部（農業土地、工程、教育文化、研發、衛生福利、財務、人事、生態環境、觀光），像拉互依便是職司教育文化的部長。

這種以集體力量實踐「合作共生、土地共有」的集體生活價值，得力於部落在二〇〇四年成立「得努南」（Tnunan，部落議會），決議以「共享經濟」的共營方式，弭平先前因觀光發展爭奪客人引起利益衝突的裂痕，將部落導向重視關係、社群和承諾的傳統文化模式。

與族人交流過程中，我也發覺司馬庫斯早已將*gaga*中的傳統規範與智慧，轉化成類似摩西十誡的聖經內容，一切才能那麼契合，水到渠成，讓司馬庫斯成為「意義的容器」，讓司馬庫斯之旅成為一趟尋找意義的旅行。猶如阿里山是從日治時期積累多重意義而誕生的景點，乃至成為台灣的集體記憶，事實上，每個時代、每個地方，對山、對水、對大自然，皆有自己的想像、解釋和利用。

司馬庫斯式共享經濟的一項特色是：每個人所得都一樣，目前月薪一萬六千元（二〇一四年），初時還領過一萬元、一萬兩千元，但夠用嗎？

「結婚還可以領二十萬元，加上三到五頭豬，還有四十桌宴席……」拉互依解釋道：「如果家裡有小孩，每個月還可領四千元育兒津貼。」除了婚喪喜慶和育幼，福利津貼也及教育（從幼兒園到大學、研究所）、醫療、長者照護、家屋建造等，皆由部落基金支付；此外，還有年終獎金，按部落的說法是承襲泰雅傳統的分享精神，竟與聖經中所言「信的人都在一處，凡物公用，並且賣了田產、家業，照個人所需的分給個人」不謀而合，這種分工合作、利益共享的制度，無形中呼應了祖輩分享獵物的習俗。

但是，任何人都要工作。某天早晨我遇到晨會，會上眾人分派工作和意見交流，散會前還由牧師做祝福禱告。頭目馬賽被分派到神木步道修建廁所，他便騎著機車帶土狗前往；有些婦女則被分配去部落餐廳掌廚。此刻我才知道他們的午餐仍維持共食習俗。

旅客餐飲則指派烏芼當主廚，依時令變化推出泰雅風味餐，其中鹽烤塔克金溪高山鯝魚深得我心，炭烤山豬肉佐洋蔥酸菜捲、照燒馬告雞、南瓜泥拌刺蔥、炒龍葵桂竹筍，滋味皆美，讓料理成為部落文化最直接的傳遞。

可見泰雅族傳統上是一個人人平等的社會，沒有位階制度，帶頭的人通常是奉獻者，也是溝通者。就像上一任頭目倚芥．穌隆，從某個角度來說，也是一位「拓荒者」，將族人帶往新的意義上的「新大陸」——共營制，先是餐飲，後是住房，讓族人為部落的榮景一起努力；更重要的意義是，留住年輕一代不要外流。在這個漫長的發展過程乃至成就「上帝的部落」，不也像大遷徙中「英雄的旅程」？

這種生命共同體的部落意識，充分體現在部落廣場中一根三面人形、被稱為「生命之樹」的巨木雕像之上。一面是哺乳嬰兒的婦女，一面是扛山豬攜土狗的獵人，一面是肩背木臼的勇士——司馬庫斯的開基祖。

「他叫 Makus（馬庫斯），三百多年前，帶著我們族人來到這片山林……」拉互依談起地名由來；如前述，十七世紀泰雅英雄波塔率族人大遷徙時期，另一支由馬庫斯率領的社群，也在塔克金溪右岸的東泰野寒山（海拔二二一一公尺）山麓落腳，可見泰雅族的英雄也是拓荒型人物。

馬庫斯的族人後來往北拓展至今石磊溪、玉峰溪一帶（大嵙崁溪源流），建立玉峰、那羅、抬耀等部落，形成「馬里闊丸群」（Mrqwang，意為「水源地」，清代稱「馬武督番」），與一河之隔的「基那吉群」關係反而較疏遠。例如秀巒與玉峰在日治時期便曾因獵場糾紛爆發戰爭，所以，了解社群的遷徙和形成，有助於理解泰雅族何以群雄割據，彼此敵對，又為何遭日警分化離間。

爾後日人實施「集團移住」政策，深山「奧蕃」紛紛被迫遷移，司馬庫斯亦然，一九二六年遷往抬耀、拉號、烏嘴等部落（新樂村一帶），光復後遷回。可見回到祖居地，對族人有著重要意義，我甚至認為他們的韌性正來自於對土地、對部落家園的認同。

拉互依還特別介紹族人引以為豪、為下一代打造的「部落教室」。採泰雅傳統家屋形式，目前有十七位學生，除了三位派任老師，部落耆老和農人、獵人也會走進教室，傳授母語、種小米、狩獵、編織等傳統文化課程——在我認知，那裡不只是傳授知識，更是傳承過去的經驗與記憶的地方。這令我想起美國阿米許人（Amish），為了傳承自己的文化而設立獨棟校屋（one-room schoolhouse）。據此，司馬庫斯人得以一種「守舊」的姿態，對抗外界文化的入侵，讓他們的想法與經驗傳承至下一代，維持泰雅文化的生命力。

道路未開通前，司馬庫斯族人必須費時三、四個小時，越過塔克金溪，爬上新光部落（基那吉群），以人力搬運生活物資，就連子弟讀小學也須寄宿新光國小。直至二〇〇三年九月，部落內才成立了三個年級學童就讀的司馬庫斯實驗分班，採行國語和母語雙語教學——我突然有種感觸，當某個強勢文化想消滅弱勢文化時，最常用的手法便是：透過教育轉換孩子的文化認同，令其失去母語；就像日治「皇民化運動」，要求台灣人說日語、改日姓、尊崇神道教等。所以，司馬庫斯無論如何都要維護自己的母語和 gaga 傳統，即使相關規範失去律法地位，在外人眼中淪為「村俗野談」範疇，族人仍堅持以自己的方式傳承，對抗外來文化的侵蝕。

但 gaga 是什麼？

根據總督府發表的《番族慣習調查報告書第一卷：泰雅族》，「gaga 其意思一方面是慣習，另一方面是祭祀之方式」；若按泰雅人的認知，gaga 則是祖靈所訂的旨意，出於永生的企盼，必須完全遵守。信奉上帝之後，過去每個人必須遵守的 gaga 規範，如同現在遵守的教會規範，故言司馬庫斯的共享經濟與教會是分不開的，教會的方向與泰雅的 gaga 方向目標是一致的，不僅凝聚了族群關係，也形成強烈的部落文化保存意識，即使隱憂猶存（約兩成族人不認同共營制，各自經營自己的土地和民宿），外來力量仍難以乘虛而入。

再次前往司馬庫斯時，我從頭目馬賽、副頭目壘撒、長老優繞等人的談話中，更加確信基督教信仰和 gaga 的融合形成獨特的「司馬庫斯文化模式」，進而取得世人認同與好奇，紛紛前往朝聖體驗。請容我稱之為「認同感經濟下的旅遊」（簡稱「認同感旅遊」）。

走文至此，感觸良多。早期的旅行者有機會看到某些景象卻不知其背後意義，反而以「落後」看待；現代的旅行者知其意義卻已無法得見那些景象。也因此，當人們聞知已經不存在的景象再度問世，莫不紛紛前往追尋。

❖ 2、夜間薩伐旅

旅行的本質，是去經驗另一種文化、另一種生活；更是一種跳脫人生預設狀態、或對抗體制化思考，最直接有效的行動。而接觸異文化，體驗另一種生活，暫時變成不一樣的人，也是旅人的嚮往。司馬庫斯的夜間薩伐旅（Night Safari），許是參與司馬庫斯生活最直接的方式。

薩伐旅源於肯亞斯瓦希里語（Kiswahili），十九世紀末以來應用於英語，意為透著幾分冒險氣味的狩獵之旅。如今薩伐旅意指追尋野生動物——當然，也可能指稱某個上億用戶的瀏覽器吧。

此時正是殼斗科結實季節，拉互依帶我們進入舊部落密林，青剛櫟、栓皮櫟、長尾栲、狹葉櫟、塔塔加高山櫟、大葉石櫟、短尾葉石櫟散落一地，是否稍早遭一陣急雨打落？據云白面鼯鼠、赤腹松鼠、條紋松鼠、小鼯鼠、山豬、台灣黑熊等動物特別愛吃這些櫟實，說不定這裡就是牠們的「自助餐廳」？

沒多久，便見一張大帆布攤開呈ㄙ狀，司馬庫斯式獵寮，大夥各自找位子，安置好睡墊睡袋。

須知過多的「旅遊服務」往往會讓旅行失去摩擦力，把你拉回原來的地方。旅館便是這樣的「旅遊陷阱」，讓你不知不覺失去異域感。此行睡獵寮便是具有摩擦力的旅行體驗，約是復刻數十年前司馬庫斯的無電力生活。

接著，大夥四處撿拾枯木落枝回來當柴燒，但見主目俐落地架起三石灶升起烤火來，另一位族人也從「味道溪」取水回來。

「這條溪是獵人的天然冰箱，他們把獵物放在溪水裡冷藏，所以有獵物的味道……」往巨木群途中會越過一條溪澗滑瀑，猶記得拉互依如此解說。原住民的命名往往生動傳神、極富畫面感。

就連巨木群的發現也頗具傳奇色彩。司馬庫斯發展之初，一九九一年時任頭目的倚芥．穌隆（拉互依的父親、馬賽頭目的哥哥）到巴陵地區考察觀光資源，發現巨木群可帶來收入改善生活。他當晚即夢見上帝指示，司馬庫斯領域也有巨木群，又憶起長輩曾提及往鴛鴦湖（Bsilung，部落祈雨聖地）方向可見「紅水」之地，其上生長許多巨木。族人半信半疑前往踏查，果真找到巨木群。估計有二十餘棵上千年樹齡巨木，包括一棵樹齡兩千多年、樹圍二十公尺的神木級檜木。接著從巨木群後方往上走，果然有一條富含鐵礦質的紅色小溪，自此，司馬庫斯族人更加深信上帝的同在與祝福。

隨著夜幕低垂，火勢愈加閃動，主目從腰間抽出山刀，削出幾枝木叉，叉烤雞肉和山豬肉，油滋作響，大夥顧不得燙嘴就吃起來。

「好吃吧？」主目問，緊接著一句：「好吃到連山羌都想跳進火坑了。」這種想像力令人自嘆弗如。

吃飽撐著，主目彈著吉他，唱起泰雅歌。奇妙的時刻，當營火嗶嗶剝剝燃燒時，心中會油然升起一種奇異的舒暢感，心理學實驗也證明這種時候人的血壓會下降，更樂於與他人建立連結，產生交心的談話。此時此刻，印證了這個事實。營火是人際網路的CPU，此行便認識了一起烤火的單車旅行畫家張真輔、速描畫家朱啟助、花卉畫家林麗琪、繪本插畫家劉伯樂、《健行筆記》主編王迦嵐等人。

突然間，有人扛著槍入場，原來是拉互依的二哥，部落的獵人，他要帶大家去做夜調。可能因稍早一場雨，鳥獸紛紛躲起來，也可能聞到了人的氣味，第一回合出擊毫無所獲，撤回獵寮烤火。按獵人說法，他們的傳統領域內有山羌、黑熊、水鹿、山羊等，真巧，下午才遇到一棵有黑熊爪痕的青剛櫟。我以眼睛餘光打量周遭的同行者，沒關係，假如遇到黑熊，我想我有把握跑得比某些人快些。

再次出發，二哥的頭燈不時探照樹梢，有時低頭看看長尾栲樹下落果，說是尋找飛鼠啃食的遺跡，忽見他豎起耳朵，遠處隱約傳來幾道尖銳叫聲，便回頭要我們噤聲，躡足到一棵樹下，頭燈一照，獵槍一舉，轟然一響，一片黑影墜落，近看，原來是大赤鼯鼠。

回到獵寮，隨手丟入火坑，燒光皮毛後，開腸剖肚，插入樹叉再烤，生吃腸子就不描述了，某人說好吃極了，有芥末味，因為飛鼠吃櫟實、吃嫩芽，曾聽獵人說，感冒生吃飛鼠生腸，病一下子就好了。聽罷莞爾，我還是吃斯斯吧。

烤火燜燒數小時後，火光與星光逐漸黯淡，愈來愈冷，有人打了呵欠，睡意像傳染病般襲來，大夥紛紛鑽進睡袋，躺成一排人肉串燒。此時山林間迴盪起各種聲響，好比催眠曲，曲調不一，卻渾然天成；唯營地打鼾聲此起彼落，如滋滋作響的烤肉聲，間歇打破這片「靜謐」。不過，我僅能辨識出山羌的吼聲、白面鼯鼠的口哨聲，大赤鼯鼠如拉拉鍊般的尖叫聲（或悲泣聲），偶有幾聲角鴞叫聲傳來——想到拉互依導覽時，指著廣場那對貓頭鷹木雕，說是泰雅族的報喜鳥，不覺莞爾。如果聽到貓頭鷹叫聲，就表示家裡要添丁啦，而且生男生女的叫聲還不一樣，足堪比擬超音波。就這樣，森林進入夢鄉。半夜如廁，卻見獵人側身蜷曲躺在營火旁席地而睡，似在見證「惟有耶和華所親愛的，必叫他安然睡覺」。

隔天一大早，見二哥正在指點主目射擊技巧。只見他以一根細線繫住小木片，綁在二十多公尺外的樹枝上，主目射了兩次都沒射中，起初我以為瞄準的是小木片，稍後才知瞄準的是那根細線……

目睹狩獵乃至泰雅文化的傳承，是我此行最大的收穫。

❖ 3、蘭花祕境

有一天往司力富瀑布途中，心血來潮，撥開草叢，竟然意外發現好幾株開花的金線蓮。正印證了資料所載，司馬庫斯在一九九一年聯外道路之前，以種植段木香菇和桂竹為主要收入，也採金線蓮、靈芝、八角蓮等藥草出售。馬賽頭目猶記得小時候採過金線蓮貼補家用，如今主要收入來自觀光和民宿餐飲，以及水蜜桃、香菇、野蜂蜜等。

我視為司馬庫斯祕境的Ko-Raw生態公園一帶，位於東泰野寒山麓，以前便是栽培段木香菇和種小米的地方，如今恢復森林面貌；此行也攀登東泰野寒山，路程僅一公里多，卻陡上三百多公尺，花了兩個多小時才登頂。可惜一無展望，總覺得自己像是因貪吃獵人餐（竹筒小米飯佐鹹魚乾）而上去，錯過了生態公園。

再次前來已是春暖花開的三月初。我踏上生態公園步道，山紅頭、青背山雀、煤山雀、白耳畫眉交互鳴唱，還遇到黃花根結蘭、細葉春蘭盛開，以及數十株無法辨識的根結蘭；此外也發現了八角蓮、松葉佛甲草、賊仔樹、冷水麻、車前蕨、萎蕤、硃砂根、渡邊氏萬年青等。說來難以置信，整個場域竟然只剩我一人，大夥一窩蜂往巨木群賞櫻花去了。於是我在樹濤聲中手沖一杯咖啡，咖啡香氣摻雜著花草氣味，我感覺像在世界找到了屬於自己的角落。

「這一帶有六百多種開花植物，我們在林間放置蜂巢箱，去年只採集到三瓶野蜜，今年大豐收，有上百瓶……」我在旅行途中很少採買，可聽主目一說便下手了，心想返家後可以再三回味司馬庫斯，姑且稱作「百花蜜」吧。

驀然想起聖經詩篇的一句話，用來形容司馬庫斯再恰當不過：「願田和其中所有的都歡樂！那時，林中的樹木都要在耶和華面前歡呼。」

03

尋找另一種狀態：走過福巴越嶺道

桃園復興上巴陵　新北烏來福山

「這是酒瓶嗎？」我好奇提問。

當一行人來到8.5 K檜山駐在所（海拔一三二三公尺），領隊宣布歇腳半小時，我隨即取出我的「約翰．繆爾式午餐」——厚片吐司與手沖咖啡，一邊享用一邊環視這片遺址。我們正行走在福巴越嶺古道上，預計從桃園復興上巴陵部落走到新北烏來福山部落，穿行全台面積最大的紅檜森林。

如今我們能倘佯在所謂「國家公園」、「國家森林遊樂區」、「自然保留區」之中，莫不受益於一百六十年前，繆爾在森林與生態環境上的思想和先見之明。然而，他的「旅行方法」卻因此被忽略了。他在其代表作《我的山間初夏》一書有云：「一早，我就把筆記本和些許麵包繫在腰帶上，滿懷希望出發。」我也如是效行。

約翰．繆爾的旅行計畫一向簡明扼要，他在其十九歲的日記式著作《墨西哥灣千哩徒步行》中提到：「我的計畫很簡單，就是選擇我能找出的最荒野、森林最茂密又最省腳力的路線向南行，以能經歷最大範圍的原始森林為目標。」亦即從肯塔基州走到佛羅里達州墨西哥灣，這種「漫遊式徒步」的目的是觀察和享受大自然。途中難免見獵心喜而自創路線，亦賦予後代健行者踏查於山林鄉野的某種啟發。尤其是，他只帶了麵包、茶葉、砂糖、錫杯和毛毯就出發了。

美中不足的是，繆爾的行走顯然漠視印第安人的存在，也並未關注他們與大自然的互動方式，甚至沒能看清他深愛的優勝美地如此「荒野」，是因為先住民已遭到「清空」。不過，其時種族主義盛行，要求一名十九歲的白人男孩有著超越那時代之罪的思考，猶嫌過早；要等他到了晚年，才有了維護美洲先住民生存權利的省思。事實上，美國人對印第安人真正展開關注和省思，可能要遲至一九七〇年《魂斷傷膝河》(*Burn My Heart at Wounded Knee: An Indian History of the American West*) 出版後。這是一本描述美國政府於一八六〇至一八九〇年間，掠奪屠殺印第安人的血腥歷史，尤以一八九〇年第七騎兵團於南達科他州傷膝河無差別射殺三百名蘇族先住民（包括婦孺老幼）最為駭人。

閱讀此書時，我也在凝思，面對白人的步步進逼，不論是開採金礦、修築鐵路或圈圍牧場等各種文明化理由，印第安人在十九世紀的激烈回擊無疑是以卵擊石，他們知道嗎？他們在想什麼？

而台灣呢？

從清代「開山撫番」到日治「理蕃」，說白了，就是出於採樟腦、種茶、伐木等經濟利益，期間歷經牡丹社事件、大港口事件、加禮宛事件、南庄事件、大豹社事件、大嵙崁事件、李崠山事件、七腳川事件、太魯閣事件、大分事件等多次戰役，前仆後繼頑強抵抗，無異螳臂擋車，他們知道嗎？他們在想什麼？族人之中，是否有特洛伊的卡珊德拉、耶路撒冷的耶利米這般先知勸阻族人？族人又是如何看待先知呢？

直至日治中期霧社事件之後，總督府才修正治理路線，推動台灣現代化和皇民化運動，老一輩（包括先住民）多有懷念日治年代，可能與此有關。爾後二戰爆發，更有軍伕、軍屬、志願兵之支援，包括「高砂義勇隊」出征南洋。卑南族利嘉部落耆老陳德儀即以《一位高砂志願兵的摩洛泰島日記》，記錄了他的戰爭回憶。念及此，我想到外公曾提起在海南島當過日軍的伙頭兵，但我年少不以為意，等到我儲備足夠的知識來理解台灣人的歷史牽絆，想要做一點記錄的時候，外公已經往生了。後來還是由《再見海南島：臺籍日本兵張子涇太平洋終戰回憶錄》一書，才得以窺見台灣人在歷史夾縫中的閫境。我從朋友間看待日本的態度，約略可知其政治主張和族群背景。

◆學習「如何看見？」：是古道健行，也是心靈漫步

啜飲咖啡後，我在檜山駐在所遺址轉悠，果不其然，找到好幾樣「記憶符號」（亦有稱「垃圾古蹟」），像是日本酒瓶、瓷碗、礙子等碎片。雖然也想找到更多的生活用品，如茶具，甚至彈殼、錢幣，然而毫無所獲。儘管如此，我並沒有停止做白日夢，還是妄想在草叢中踢到前人遺物，忽見草地上有一只半掩埋在土裡的墨綠色玻璃瓶，便好奇提問：「這是酒瓶嗎？」

山友見狀挖出來，只見瓶身有「NODASHOYU」的字樣。博學的領隊 Chris 研判是「野田醬油」，即後來與「萬上味醂」合併的「龜甲萬醬油」前身。所以這瓶醬油顯然是一九四〇年龜甲萬商標統一前，從千葉縣野田市工廠運到橫濱，搭船到基隆，再循福巴越嶺道運至此

地，光思忖這趟上千公里旅程就不勝唏噓——不禁興起了想像，將人物放進歷史環境中去推演情節，去拼湊昔日駐在所生活情景：駐警如何吃？如何洗澡？如何結婚？是否娶了泰雅「內緣妻」（在本土早有妻室的日警，來台再娶的未登記婚之原民女子）？如何扶養子女？同時，我也想知道他們與泰雅人如何互動？我甚至虛構了一位叫村田的日本警官，從遙遠的九州家鄉來到帝國殖民地，欲有所奮發，參加了「理蕃」戰爭，協力三井財團蕃地拓殖，後奉派到「線外蕃」領域的駐在所，執行「教化」職責，過著耀武揚威又提心吊膽的寂寞日子，只能以酒精麻醉自己，在酒酣耳熱之際高唱〈蕃界警備壯夫之歌〉抒發壓力：

「今日的作業是爆破斷崖，聲響在山谷間迴盪，延續修築橫斷道路，男人的汗水愉快地流著；教化太古之民，是我等尊榮之務，首狩的手飼養著蠶，是可愛的兄弟；強健的男人在蕃山老去，厭倦了辛苦的勤務，可愛的妻子臥病在床，由衷地怨恨群山；七、八歲幼兒，送往市街的學寮，雲深處的幾重深山，早晚都挽著袖子工作；駐守治安防備動亂，仰望著先人的功勞，我願意一死報國，成為深山中芬芳的櫻花。」（摘自金尚德《峽谷山徑二十里》）

從歌詞可知，日治中期以後，理蕃警察的勤務轉為監修道路、教育蕃童、產業指導等，不再是防蕃征戰；但沒唱出來的還有執行「蕃社併合」、「平地誘致」、「集團移住」、「皇民化運動」等瓦解先住民社會的挑戰。而最終皆如櫻花飄落化作春泥，好像什麼事都沒發生過。

可見觸景傷情會將人送到另一個時空點，行走到更遙遠的地方。或借用詹宏志《旅行與讀書》附錄中一句話：「旅行窮盡處，正是幻想啟程之時。」的確，透過閱讀和想像，古道成了時光隧道，因為每一條古道都存在著兩種以上的時間。

上述臆想，來自閱讀《遙想當年台灣：生活在先住民社會的一個日本人警察官的紀錄》有感。這是青木說三在昭和三年（一九二八）派駐台東里壠支廳（今關山）和「內本鹿警備道」（西起六龜、東抵桃源，全長約一二四．七公里）各駐在所，擔任十八年理蕃警官的回憶錄。雖說是從日方「進步史觀」和「帝國秩序」角度寫就，卻是在帝國的架構中尋找台灣的定位。如同之前的清朝、之後的國府，如今都是台灣歷史的一部分，或能給予某種啟發——殖民地人民真的在乎異族統治嗎？還是只在乎日子過得好不好？

對先住民而言，部落意識就是國族意識，迫於無奈接受異族統治並不等於國族認同；反之，帝國主義者的心態，來自種族優越感的偏執心態，面對弱勢文化時往往企圖同化，因此喪失文化交流和文化多樣性的可能性。

順帶一提，內本鹿警備道原本是布農族郡社群領域，東段諸社即在青木說三勸說下遷移至都蘭山西麓，散布於今桃源村和鸞山村，期間還爆發「內本鹿事件」；猶記得二十多年前，我偕家人至台東延平鄉「布農部落休閒農場」，那時還覺得奇怪，布農族怎會在淺山區。直到遇見「鸞山森林文化博物館」主人阿力曼，才略知其祖輩遷徙歷史。但，對不起，這不是本文要說的故事，暫且按下。我想說的是，日治警備道路與族群關係及地理形勢息息相關，一旦完成部落遷徙，警備道路和駐在所也就棄置荒廢。

儘管此書主張日本殖民帶來現代化，但不能否認，一連串血淚斑斑的原民抗日事件、攻擊駐在所、馘首，就是先住民對殖民者的回覆。

真相不知凡幾，到底是日警的真相？高砂族的真相？漢人的真相？抑或後代人推敲的真相？行走在古道的旅人，又可以沉澱出什麼樣的智慧和想像？

大自然中的「明信片風景」，諸如神木、瀑布、溪澗、奇岩異石，幾乎不容易被錯過；但我們往往看不見或忽略了旅途中具有人文價值的遺痕、或具生態意義的景物。所以，我一直向各領域的專家學習「如何看見？」：如何識見野花草木、如何聆聽蟲鳴鳥叫、如何尋見岩層化石、如何辨識先民遺物遺跡——古道上的小廟、石屋、植樹、清兵營盤、日警駐在所等。

因此，不同於觀光旅遊的消費性質，古道健行意味著一種教育性的行動，也隱然帶著浪漫的情懷。在我看來，這不僅是一場連結過去記憶的奇幻旅程，也是一條追尋智識的道路，冀望開創新的意義上的文化場域，看到新的意義上的旅行風景。請容我再次引用美國文學家亨利．米勒所言：「旅人的目的地從來就不是地方，而是一種看待事情的新方式。」或如他的地下情人，作家阿內絲．尼恩（Anaïs Nin）所寫的：「我們旅行，但有些人永遠在尋找另一種狀態，另一種生命，另一種靈魂」（We travel, some of us forever, to seek other places, other lives, other souls），真是深得我心之言。我的經驗是，旅行到最後，往往是一條向內走的路徑，終將抵達思想的領域，就像人終究要回到命運為他安排的道路上。

如今，在我人生的「甜點」階段，我開始練習一種「心靈漫遊」的旅行方式。就像繆爾有個令人難忘的說法：「你要讓陽光灑在心上，而非身上；溪流穿軀而過，而非從旁流過。」走巴福越嶺道即有此感受。

・・・

一大早，我們從拉拉山生態教育館（海拔一五五〇公尺）出發。出發的感覺永遠那麼美好，就像「世界是你的牡蠣」（The world is your oyster）那般，充滿了各種可能性。

先是緩坡行七百公尺，即進入拉拉山巨木區。首先遇到1號巨木，解說牌上寫著：「紅檜，約一四〇〇年，樹高41公尺，胸圍9.8公尺」。若沿環狀步道走，可遍覽此區二十多棵神木，但此行逕往福巴古道入口，僅遇見五、六棵。我刻意逆光取景，令每張神木出現「觀音圈」，亦稱「布羅肯現象」（Brocken Phenomenon，常出現於德國布羅肯山而名之。其實是一種光暈現象，從背後射來的陽光被雲霧衍射後在影像周圍形成光環），紀念我仰望的「廣告教父」孫大偉。多年前他曾向我提到，身後希望樹葬拉拉山神木，不知遺願成真否？

不論樹葬花葬，骨灰化作春泥，都是回歸大自然的可取之徑，有朝一日我亦作此想。

若援引植物地理學的視野，台灣的紅檜、扁柏，日本的花柏、扁柏，以及加州的紅木，這些分布太平洋兩岸的扁柏屬不同種巨木，似乎意味著東亞陸塊與北美西海岸間存在某種「不連續分布」現象。是陸沉抑或大陸漂移、氣候變遷所致？

又想到，第一次尋到冰河孑遺物種觀霧山椒魚，便是跟著生態研究者游崇瑋（新蛇種「泰雅鈍頭蛇」發現者）在拉拉山巨木區踏查的成果。猶記得當時興奮之情溢於言表，猜想與一九一九年五月首次記錄山椒魚的昆蟲研究者楚南仁博不遑多讓。他在追分（翠峰）和能高駐在所翻石頭尋找昆蟲時，意外找到今名為「台灣山椒魚」的新物種，啟動了日後台灣島山椒魚的研究；後來陸續在其他高山帶不同海拔高度的溪流源頭，找到四種特有種，其一便以「楚南氏山椒魚」來紀念他。

「為什麼叫山椒魚？」心中不免有此疑問。

有一說，山椒魚的體表黏液聞起來有胡椒味，或說舔起來有微辣感。但游崇瑋認為以訛傳訛，至多是山椒魚為了保護自己而散發出氣味較重的黏液吧。得名其實來自發現者以其身形類似日本大鯢（俗稱大山椒魚）而以小鯢屬「山椒魚」視之，卻沒考量到後者不同於前者習性；前者生活於山澗溪流，後者成長後幾乎都在陸地水源附近活動，隱藏於苔石之下。

不免也想到，台灣島山椒魚究竟是由日本、抑或大陸播遷而來？

有學者以DNA序列資料庫進行地理親緣關係研究推測，台灣的山椒魚起源於日本西南，經由兩千萬年前歐亞板塊與菲律賓板塊相互撞擊形成的「東亞島弧」（阿留申、千島、日本、琉球、台灣、菲律賓）陸橋播遷至台灣，而非來自亞洲大陸。後因氣候暖化、海水上升而被隔離，只能往高山走——沒錯，學者已證實山椒魚的確具有翻山越嶺能力。就不知這五種台灣特有種，是在島外演化後而播遷，或是抵台後才在島內各自演化？

台灣島不大，眾多物種在一百多年間陸續被發現、命名。可我相信必定還存在許多未知的種類——甚至連名字都沒有，正悄悄隱藏在某處，等待他們的林奈、楚南仁博，或者游崇瑋去發現、去觀察。

行至19號巨木「紅檜，約五〇〇年，樹高40公尺，胸圍5.3公尺」，續行，見「插天山自然保留區」告示牌（海拔一六三〇公尺），即里程樁17K。此行逆走福山（海拔三五〇公尺），只要越過鞍部（海拔一七三〇公尺）就是一路「下山」；反之，從福山過來，就真是「爬山」了。

起初兩公里，巨木參天，枝幹張牙虎爪，桑寄生、蕨類、青苔、松蘿遍布，山嵐飄忽，頗詩情畫意，走來神清氣爽，較之規畫完備的拉拉山巨木區更具野趣。如16K有一棵倒臥巨木擋道，卻被鑿通，形成獨特路景。

掠過塔曼山登山口，很快來到15.5K步道最高點的鞍部，也是桃園復興鄉與新北烏來區之縣界。

相傳三百多年前泰雅族大遷徙，有一支卡奧灣群（Gaogan，亦稱合歡群、大嵙崁後山群）來到今桃園復興區角板山、巴陵一帶，之後又沿獵徑發展到大羅蘭溪、札孔溪與南勢溪交會處，名為「李茂岸」（或稱林望眼，「溪的對岸」之意，今烏來福山一帶），勢力一度伸展到屈尺，不知他們走的路徑可是福巴越嶺道前身？

大正十一年（一九二二），出於採樟腦的目的，始修築李茂岸至巴陵的警備道路，連接巴陵至角板山與角板山至宜蘭三星的警備道路。前者即福巴越嶺道，後兩者則成為台7線北橫公路前身。

氣象局在鞍部設有雨量觀測站，在此遇見兩位屏科大研究生前來調查鳥類生態。之前我已聽到五色鳥、冠羽畫眉、白耳畫眉、黃胸藪眉鳴叫，兩位學生又幫我添上赤腹山雀、大赤啄木、青背山雀、黃嘴角鴞等，說已練就聽聲辨鳥的能力。

接下來，一路下坡。

過14K拉拉山登山口後，步道採之字低繞，部分路徑崩塌，幸有輔助繩索穿越滑坡破碎地形，途中不時出現令人駐足的巨木、怪石，各具姿態，這些都是颱風、地震等大自然騷動所創造的特殊景觀。

稍有遺憾的是，四月的野花甚少，僅記錄到通泉草、海螺菊、七葉一枝花、台北附地草，以及凋萎的闊葉根結蘭，另有穗花蛇菰、海桐生、土馬鬃、珊瑚菌、羊肚菌等。不知不覺來到11K的泥濘路段，才驚覺錯過了12K附近的拉拉山駐在所遺址。

此行意外見到森氏黃連令我雀躍，這株中藥材與紅檜一樣，在血緣上更接近日本的五葉黃連，又一支持「陸橋說」的證據。日治時期植物學家早田文藏亦提出陸橋說假設，因為不少台灣高山植物也出現在日本：「日本與台灣的距離遠較中國華南為遠，但是在植物地理學上的關係卻是如此親密。若是以特殊的山地植物來進行三地間的比較，便可發現日本是中國的兩倍，顯示台灣與日本關係之密切。」（摘自吳永華《早田文藏：台灣植物大命名時代》），言外之意，就是大日本帝國占有台灣其來有自。

台灣主要形成於約六百萬年前至兩百萬年前，之後一連串戲劇性的氣候和地理變化展開「創世紀」，有的動植物從亞洲大陸穿越海峽陸橋而來，有的從北美透過東亞島弧陸橋而來，有的從南方海域漂流過來，再慢慢適應成原生種和特有種。台灣生態之可貴便在於，可以觀察到動植物的演化。

若能再來，我期待秋冬入山。以拉拉山一帶而言，山毛櫸、紅榨槭、青楓、楓香、九芎、山櫻、山漆等皆是此地常見的變色葉植物，帶來繽紛色彩。

行至9.5K又遇幾棵神木級檜木，頗為壯觀，不禁以手摩娑。不知昔日走過此路的人類學者森丑之助，是否也曾如此動容？

不久，抵達前述的檜山駐在所；續往福山，路程還剩八．五公里，感覺愈來愈溼熱，相較於巴陵段的巨木景觀，福山段卻多柳杉，常見整棵樹著生植物，樹冠層有桑寄生、山葡萄、鳥巢蕨、崖薑蕨、書帶蕨、毬蘭、石斛，猶如空中花園；中間段有阿里山五味子、青牛膽、蔓黃苑；下層有石葦、火炭母草、小膜蓋蕨等，還有苔蘚遍布，交織成亞熱帶森林景致。

此時步道屢有掏空、驟降現象，樹根盤據，木橋溼滑，碎石滑坡，走起來並不輕鬆，海拔落差九〇〇公尺對膝蓋可謂挑戰。果然，哀叫遍路，一不小心，我也滑了一跤，拍拍屁股，慶幸還能走路。

６Ｋ多遇坍方，須從左側森林高繞，接回古道，行至５Ｋ才脫離插天山自然保留區；在4.2Ｋ岩壁處再遇崩坍，無法高繞，只能緊挨著岩壁小徑扶確保繩而過，勉稱步道較驚險一段。隨即來到４Ｋ茶墾（又名「扎孔」，海拔六九五公尺）駐在所，天色漸墨，雲霧瀰漫步道，無暇探索，掠過，此時倦鳥歸巢叫聲和暮蟬嘶鳴似在催促行者加快腳步，眾人銜枚疾行，也無心瀏覽右下方奔流的扎孔溪，此溪一路相伴，終將在終點福山匯入南勢溪。

續前行，掠過２Ｋ的茶墾山登山口（海拔五三三公尺），此際夜幕低垂，眾人紛紛取出頭燈，行走於潺潺流水聲中。接著穿過大羅蘭溪吊橋（海拔三七五公尺），抵達里程樁０Ｋ，總算走出迷霧森林，我開心極了，雙腳也為之顫抖。

04

向高山舉目：朝聖大霸尖山

苗栗泰安鄉

二〇一二年四月三十日上午，我央請同行山友幫我在直落千仞、桀驁不屈的大霸尖山前，按下具有儀式意味的紀念照。此刻罡風呼呼作響，叉尾雨燕發出尖銳叫聲呼嘯而去，岩鷚在岩屑路徑四處蹦跳，彷彿在迎接朝聖者的到來。我一步步走向霸基，這座一百四十公尺高的塔狀奇峰，氣勢雄渾，好似將埃及古夫金字塔放在三千多公尺高的稜脈上。過霸基後，見左側有一碎石小徑上行，猜想是昔日攻頂的東南稜路徑，一九七〇年代曾於峭壁上架設懸梯助攻，最終在尊重泰雅族與賽夏族的聖山信仰之下，一九九一年間拆除了。的確，面對他族聖域，如同面對大自然，要心存敬謹，行有所止。

不論是澤敖列群的大霸尖山、賽德克群的白石山、賽考列克群的賓斯布甘巨岩，皆是祖先發祥地，亦為祖靈居所，具有不可侵犯的神聖地位。

標高三四九二公尺的大霸尖山，很早就以酒桶的外貌廣為人知，同治十年（一八七一）發行的《淡水廳志》稱其為「熬酒桶山」；泰雅族人更有想像力，將大小霸並峙稱為「雙耳山」（Babo Papak），被日人視為登山者的聖杯。但要攀登這座奇峰，還要等到霞喀羅群和基那吉群降服後——大正十五年（一九二六），日警在井上駐在所（清泉）召集新竹州各族群，包括泰雅族霞喀羅群、基那吉群、上坪前山群和後山群、馬里闊丸群、鹿場群、汶水群及賽夏族五指山群、南庄群各社頭目，舉行「埋石宣誓」和平相處，攀登大霸尖山方為可能。隨後更將「大討伐時期」（一九一三～一九二一）以隘路拓寬的幾條「蕃地膺懲道路」，升級成「霞喀羅、薩克亞金警備道路」（今霞喀羅古道）、「田村台至高嶺（結城）警備道路」、「茂義利（觀霧）經馬達拉至高嶺警備道路」（今「高嶺古道」，約略大鹿林道東線）、「二本松至茂義利警備道路」（今「北坑溪古道」），整理成所謂「鹿場連嶺警備道路」系統，其中薩克亞金、田村台與佐藤三個駐在所還設立「酒保」（供應糧食、酒類與日用品），前兩者亦是登山者的夜宿驛站。

此外，「高砂族勤行報國青年隊」於一九二六年間，開闢出沿馬達拉溪前往大霸尖山的路徑；次年，台灣山岳會會長沼井鐵太郎等人，僱用薩克亞金社族人擔任嚮導挑夫，經由田村台駐在所轉往檜山駐在所，下馬達拉溪谷，再由境界山翻上伊澤山稜線，經中霸坪，完成大霸尖山的首登。

值得一提的是，沼井氏於一九二八年發表〈關於攀登大霸尖山之考察與實行〉一文，提及「這神聖的稜線啊！誰能真正完成大霸尖山至雪山的縱走，戴上勝利的榮冠，敘說首次完成縱走的真與美？」。此即均高三二〇〇公尺以上、長達一一．八公里的「雪霸聖稜線」，從此成為登山者的仰望與夢想路線。

有別於當時蔚為風潮的技術登山，年輕學者鹿野忠雄啟發了日後影響台灣更深遠的「學術化登山」，一九三一年起陸續在雪霸、南湖大山、玉山、奇萊連峰等地調查圈谷遺跡，並於一九三四年《台灣次高山彙冰河地形研究》論文中，提出台灣高山有八十個圈谷地貌，其中編號29、30、31的圈谷位於大小霸南側。鹿野氏這種向人類知識未及的空白或黑暗之地探查的學術化登山精神，影響後人如楊南郡克紹箕裘，繼續探究台灣隱諱不明之地理、物種、或史前、或人文歷史各面向。

至此，攀登大霸尖山蔚為風潮，鹿場連嶺警備道路被稱為「國民鍊成道路」，薩克亞金社與天同社族人也淪為登山隊的嚮導挑伕。按徐如林《霞喀羅古道》一書揭露，挑夫費用每人日薪〇．八日圓，護送的日警則以一．八日圓計；其時公學校教員月薪約三〇日圓。

但今日登大霸尖山路線，乃林務局為了伐木，於民國五十三年（一九六四）從五峰鄉土場部落修建大鹿林道至觀霧，並參酌鹿場連嶺警備道路東段，構築一條長達三十五公里的東線深入馬達拉溪源流區；後來配合救國團健走登大山活動，一九七一年初在東線19K處設登山口，另闢一條十二公里長的登山步道，並在4K處興建九九山莊，還在大霸金字塔東南稜裝設攻頂懸梯，作為「時代考驗青年，青年創造時代」的政治需求。此舉在不經意間，啟動了山岳對人類情感的召喚力，驅策山友追求登山的純粹性：登山本身就是一種目的。

❖登山者的仰望：那接近神性的時刻

從九九山莊（海拔二六九九公尺）摸黑出發時，已是殘星曉月，上半夜噓聲不已的飛鼠已歇，山羌吠聲卻不絕於耳。一干人魚貫寂行，穿過箭竹草原斜坡，掠過加利山（海拔三一一二公尺）登山口，一個多小時便抵6K處3050高地。晨曦中已見大小霸和聖稜線輪廓，回首觀霧方向，樂山（鹿場大山）、鵝公髻山、五指山在一片仙氣縹緲中。

續行，朝陽光照，箭竹草坡中伴生的玉山小蘗、玉山薔薇、阿里山龍膽、台灣馬醉木、台灣繡線菊、高山薊、黃苑紛紛現身，如果再晚兩個月來便會百花齊放了。一路上大小霸不時出現在視野，似乎想展現它在不同角度與時間點的容貌。遠處的雪山北峰、北稜角與雪山二號圈谷，亦清晰可見。

我們按計畫一路直奔大霸尖山，匆匆掠過8.8K伊澤山叉路口、9.6K中霸山屋，穿過冷杉林，來到10.4K中霸坪。大小霸近在眼前，彷彿轉個彎繞一下就到，顯然是高海拔透視作用所致，將遠方景物拉近了，可惜雲霧半遮半掩，令人些許擔心抵達時會不會如墜五里霧中？

此刻視野層巒疊嶂，群峰競秀，近在眼前是東霸五連峰、大小霸尖山；往後有武陵四秀，品田山褶皺歷歷在目；再從大霸往西南方向延伸出去便是聖稜線；更遠處是南湖大山、中央尖山南一段。

面對雄奇的「雙耳山」，山友紛紛在此取景。有人取出五百元鈔對照——據云鈔票上大小霸圖像就是從中霸坪望出去的視野；隨手拍了幾張後，我被前方玉山杜鵑和玉山圓柏吸引而去，經「往大霸尖山1.22KM」告示牌，走入冷杉林和玉山杜鵑叢之中。出現「小心強風」警告牌——果然，從岩階登上山肩稜脈至霸基落石防護鐵網這一路段簡直是「風口」，寒風砭骨，登山靴踏在岩屑上嘎嘎作響，不經意踢到一塊碎岩嘩啦啦滑落，令裸露感更加強烈。嗯，難得有些挑戰性，但在此裝設鐵欄杆框架這種降低路線難度的登山設施，是否也破壞了地貌及登山本質的冒險精神呢？

既然入山，就必須對自己負責，唯有承擔意外的認知，才能真正了解山、敬畏山。但登山絕不是為了以身涉險獻祭，而是為了活著享受愉悅的恐懼和山林之美。

抵霸基後，路徑猶見雪泥鴻爪，懸壁滲出泉水，滴滴答答，抬頭張嘴接了幾滴，胸臆不禁沸騰激動，又完成了一個心願啊。

大自然常予人驚喜，在霸基竟遇到含苞待放的尼泊爾籟蕭，或許稍晚個把月，還會看到穿著棉襖的玉山薄雪草吧。前者源於喜馬拉雅山區，日治時代稱「兒玉菊」（紀念第四任總督兒玉源太郎），曾被印在「台灣始政紀念」明信片上；後者源於阿爾卑斯山區（電影《真善美》傳唱的〈小白花〉〔*Edelweiss*〕），這兩種萬里相隔的奇花，竟然在台灣高海拔山區相遇了，應有其地理意義吧。

順帶一提，致力於台灣植物調查研究和標本採集三十餘年的日治植物學家佐佐木舜一，一九三二年七月曾縱走聖稜線，進行植物採集，便是在此採集到玉山薄雪草作為模式樣本。其時，他在壩頂及周遭調查到三十二種植物，包括玉山薄雪草、尼泊爾籟蕭、刺柏、玉山圓柏、奇萊紅蘭、玉山小蘗、玉山佛甲草、玉山繡線菊、紅毛杜鵑、玉山杜鵑、台灣龍膽、阿里山龍膽等（刊於一九三三年十一月《台灣山岳》第七號，國史館珍藏）。

續往小霸，過箭竹林，遇聖稜線叉路指標，取小霸方向，行經圓柏、刺柏、冷杉、鐵杉、高山杜鵑，又見警告牌「小霸尖山岩石風化嚴重，請勿登頂」，但眾人不以為意，勇往直前。接著遇大片亂石瘦稜，不知是否凍融作用（freeze and thaw action）形成的礫石堆？

一行人小心翼翼拉繩踏石攀上小霸平台，再鼓起餘勇走一百多公尺衝上巉岩陡崖，登頂

（海拔三四一八公尺），可惜霧茫茫一片，寒風如刀割。大小霸距離才七百公尺，竟爬了四十多分鐘。說實在，比起攻頂，我寧可更關注於路面上的細節。

回程快多了，順登伊澤山（海拔三二九七公尺），雲散霧開，再回眸一次大小霸；接著下至加利山，一叢叢玉山杜鵑盤據山頭，隔著雪山溪與雪山北稜角相望，此際雲霧須臾間籠罩，大有山雨欲來之勢。

返山莊沒幾分鐘，驟雨掩至，我為自己煮咖啡慶幸，並檢視今日登頂和昨日從登山口至九九山莊的影像。沒多久，廚房旁鐵杉傳來酒紅朱雀的歌聲，還穿插著褐頭花翼和金翼白眉的合音，原來雨停了。在這樣溼冷的空氣中，透過影像和咖啡回味登高過程真是美好，尤其想到方才站在霸基，向高山舉目，突然一股莫名的動容和戰慄快感。當時我並不明白動容從何而來，直到日後走向耶路撒冷（錫安山），才領悟那是某種「猶太式仰望」——當猶太人需要神的幫助時，會「向山舉目」，隱喻「我的幫助從何而來」。就像先知總是上山聆聽寶訓，讓我想起二十多年前攀爬人生的第一座山：摩西取十誡的西奈山（海拔二二八五公尺），也有著同樣接近神性的時刻。

昨日越過馬達拉溪吊橋後，一連串陡上，從海拔一七五〇公尺到九九山莊的二六九九公尺，重裝背負四公里、上升九百多公尺，加上先前走了十七公里林道，苦路無疑，行經第三座木椅休息處，才略有展望，趁機回首馬達拉溪、大鹿林道、樂山。

推進過程緩慢，幸有同行山友聞聲辨鳥，為眾人帶來猜謎之樂。之前聽出竹雞、灰喉山椒、小卷尾、金翼白眉、冠羽畫眉、白耳畫眉、松鴉等；行經2.2K至2.9K的陡峭黑森林時，走在扁柏、紅檜、鐵杉之中，鳥聲飄忽，再聽出青背山雀、火冠戴菊、紅胸啄花鳥、栗背林鴝、小啄木等；約3.4K箭竹草原，又聽出深山鶯、叢樹鶯等。啊，此人的鳥語聽力讓我想起諜報戰中負責偵聽的「聽風者」，鳥鳴在他的導聆下成為天籟。也不禁想到英國自然學家古費洛的高山鳥類採集（玉山、阿里山），強化了郇和、拉圖雪奠定的台灣鳥學基礎，確立了台灣鳥類主要屬於中國大陸喜馬拉雅山類型，讓台灣在進化史中呈現出獨特的生態價值。

可惜無暇尋鳥，昔日為了追一隻鳥，跋山涉水在所不惜，如今就當聆聽交響樂吧——我一向奉行諾貝爾物理學獎得主費曼的賞鳥原則：「知道鳥名還不如觀察牠在做什麼來得重要。」除了鳴唱和飛行特技，還有覓食、求偶、驅敵、築巢、育雛等迷人的行為。

就這樣走走停停，竟走上四個多小時才抵達九九山莊。

告別九九山莊，凌晨四點出發，只花兩個多小時便下降到登山口。我盤算一下回到0.4K管制站，時間綽有餘裕，便想趁機探索大鹿林道東線後面兩公里（來時我們直接從17K處拉繩陡降19K登山口）。

之前為了探尋冰河孑遺物種，台灣寬尾鳳蝶和觀霧山椒魚，我曾數次走到東線10K。前者在3.5K處有片幼蟲食草「台灣檫樹保護區」，後者在10K工寮水源附近，皆有目擊紀錄，但可遇不可求。

果然，多走這兩公里值得。尋見豆蘭、水晶蘭，亦撞見驚慌遁入邊坡灌叢的黃喉貂，還有疑似山羌及台灣獼猴的排遺、山豬掘痕散布，一路行來，唯我踽踽獨行。突然，眼前出現一隻雄黑長尾雉，足足端詳數分鐘才閃入邊坡灌叢。

續行，經過14.5K東線瀑布，又見到圓滾滾的小剪尾停在岩石上，尾羽像把剪刀般不停地張合，真可愛。

至9.8K，遇「東支線」岔路，解說牌以「通往歷史的祕徑——霞喀羅與鹿場連嶺古道」形容，令人躍躍欲試。曾聽山友說，路徑未斷前，沿東支線行可銜接根本佐藤古道北上霞喀羅古道；往西行則可尋高嶺、本田、馬達拉等駐在所遺址——姑且稱鹿場連嶺古道系統之高嶺段，再下切大鹿林道東線4.4K處，不知日後可有機會作為替代道路？

每次參加登山活動，為了享受「獨處」時刻，我總是殿後，更有餘裕從容張望。就這樣，竟覓見路旁草叢中一顆山羌顱骨，不知遭誰獵殺？黑熊？黃喉貂？

此刻陽光灑落林道，瀑布、溪澗、青山更顯嫵媚，黃花鳳仙、台灣黃堇、玉山石竹、狹瓣八仙、火炭母草、紅毛杜鵑，毛地黃、商陸、大葉溲疏、台灣懸鉤子、鼠麴草、阿里山北五味子紛紛乍現，宣告盛夏花季即將到來。但沿途的巨株薑草更引人注目，葉片竟然大到可當海灘傘了。這可是台灣原生植物中第一種被正式命名發表的植物。

途中有落石坍方、路基流失跡象，也有小丘般的土石崩坍阻道，車不能行，但行人無礙。東線以往為了伐木造林闢為車道，如今僅供登山者行走，可惜了，若作為生態觀察也是很精采的路線。所以，與其一修再修維持「林道」形式，還不如以「山徑」步道思維治理，說不定生態會更為豐富。或許人們應當轉換對山林道路的思考，能抵達目的地就行了，能否通往「頓悟」的心靈道路往往在一念之間。

這時發現，林道每隔0.1K就立有里程樁。緩緩來到1.3K處，遠眺觀霧瀑布，憶起年少時曾看過一部電影《大霸尖山》，劇情描寫幾名大學生迷途遇險，片中群峰疊翠和壯闊景致令我心蕩神馳，想像有一天要走進那片風景，不，走進那片夢境去。沒想到「有一天」已是三十多年後，但重要的不是終於去了，而是於我產生何種意義——從畏懼高山到迷戀高山、向高山舉目，拙著《尋找台灣特有種旅行》和本書，就是那個意義。

對我而言，登山除了欣賞綺麗的風景，也在尋找山林的某種精神內在、某種隱而未現的心靈風景。我嘗想，實體的山和形而上的山不就是「見山是山」和「見山不是山」之間的轉換過程嗎？

離0.4K管制站不遠了，落單者的腳步愈見沉重，畢竟離開夢境不是一件容易的事。

05

探訪不老傳奇：在故事中旅行

宜蘭寒溪

近來，「聚落體驗」已蔚為風潮。好比原民的生活體驗有泰雅族的不老部落、阿美族的奇美部落、布農族的鸞山部落等；其餘型態如台東鐵花村的音樂聚落、埔里手作宣紙工藝村、鹿谷茶農藝聚落、南澳自然田的換工假期等，皆是「認同感旅遊」的實踐。本文即是頗具傳奇色彩的宜蘭寒溪「不老部落」體驗。

不老，並非泰雅的傳統部落，而是由七戶泰雅人家在一九九四年以「原住民保留地」開發的新聚落，並以泰雅族的回應語「Bulau」（音譯「不老」）命名。例如有人問「你要去哪裡？」，便回答「Bulau Bulau」，意思是「隨處走走啦」。

我喜歡這個詞，帶有遁逃、閃避、別管我的意涵，頗符合旅人心境：被忽視總比被操控來得好。

所以，大清早抵達羅東車站時，我就在附近Bulau Bulau。只見連鎖式速食林立，不由感到悲哀，地方特色的早餐攤哪裡去了？我不死心，總算在巷弄中找到「蒸粉」——類似廣式腸粉，現點現做，用在來米漿蒸成粉皮，再將豬絞肉和宜蘭蔥捲起來蒸，美味極了。今天的小旅行有了驚喜的開始。

接著，等公車去寒溪。突然間，一群男女高中生圍過來，令我猝不及防，以為是一群浮躁生事的年輕人，沒想到是來祝我聖誕快樂，還送我一張賀卡和幾顆棉花糖，讓我靦腆地不知所措，真是戲劇性的一幕：天使報佳音。

「你們是哪個教會？」

「不是，我們是羅東高中慈幼社！」一位帶頭的女孩說：「今天是聖誕節，我們正在進行『老吾老以及人之老，幼吾幼以及人之幼』關懷活動……」我的心情霎時五味雜陳，尷尬地目送青春背影離去。原來我已在不知不覺間成了「老」的對象了。

前往寒溪的車上，司機和乘客互動熱絡，上下車都放慢速度，畫面溫馨。我不禁向他搭話，才知他本來在台北開公車，因為「討厭與時間賽跑」才搬來宜蘭——啊，我又何嘗不是為此來宜蘭呢？

果然，旅行若不趕時間，就有許多不期然的遭遇，旅程也將趣味盎然。

下了車，等候不老部落接駁車時，與一位賣早點的泰雅婦女閒聊，才知「寒溪」不是吊橋底下那條溪的名稱，而是泰雅語「Stagis」的轉音——意思是「滴滴答答下著雨」，暗示此地雨水多，造就了森林和生物的多樣化。

原住民命名的地方，通常具有意涵。像羅東，即來自平埔人對獼猴的稱呼「Roton」，可想見早年獼猴必定很多。為了鼓勵婦人日後對旅人不厭其煩，我又吃了刺蔥馬告蛋和馬告貢丸湯。

接駁車來了，司機自我介紹：「我叫Kwali（寡歷），叫我『瓦礫』也可以。不要叫『蛤蜊』

就好。」一陣爆笑，奏起不老部落的序曲。

Kwali開著大吉普車，下到吊橋下坑坑洞洞的番社坑溪谷（羅東溪源流），像在進行障礙賽般繞來繞去，宜蘭十八景的寒溪吊橋（長三二五公尺）就在上方。

「我們部落在吊橋對岸的山頭，早上走比較晃，下午就不會了。」Kwali說回程會讓大家走過吊橋。

有人不假思索問道：「下午風比較小吧？」Kwali回答：「因為喝小米酒醉了，走吊橋就不會晃了。」哈哈，這是泰雅式幽默嗎？

吉普車爬上溪岸，沿著山徑鑽入密林，再循泥漿路陡上，左傾右斜，輪胎偶爾空轉、倒退幾步，搖來晃去，還沒抵達部落就已滿布驚險。或許這是台灣某些部落美麗猶存的原因——難以抵達，因而保留美麗的風貌。

途中暫停在他們的香菇栽培場。Kwali摘了幾枚給大家品嚐，果然比我們平日吃的還要香甜多汁。

「可是產量有限，三分之一都給松鼠和蜥蜴吃掉了。」果然，有些冒出來的香菇不是缺角、就是支離破碎。

Kwali回憶最初栽種時，發現牠們來偷吃，就想辦法趕，不料栽植香菇的段木卻給白蟻蛀了，才領悟到大自然一物剋一物的食物鏈道理，有蜥蜴才不會有白蟻，乾脆任牠們吃了。

「以前聽人說放CD有效，我們也試過，第一天有效，第二天勉強有效，到了第三天，竟然成群結隊來聽演唱會了。」對生活的無奈中有著不變的風趣，也隱含深刻的生態意義。

車子來到半山腰，一個泰雅裝扮的年輕人，正等著帶我們穿過叢林徒步上山，順便認識環境——沿途可見好幾個抓竹雞的吊子。啊，令人期待的野味！

抵達部落入口，眼前豁然開朗，如茵的草坪上點綴著幾棟茅草屋。但我沒想到他們也設置了頭骨架，上頭擺著好幾個野獸顱骨，人頭狀的是獼猴嗎？抑或祖先出草的遺物？

此時「Lokahsu」（洛卡斯）招呼聲此起彼落，響徹雲霄，為泰雅語的問候語，亦有讚許、鼓勵之意，可說是進入部落的通關密碼。

我們隨即被引進集會所，以竹叉子刺著小米醃製的豬肉烤火，佐以小米酒，說是泰雅族傳統待客之道。據說發酵半年的最好吃，不過，古早時候可是直接吃、不烤火的，令外國探險家、博物學家「聞」之喪膽。

接著，Kwali帶我們在部落領域Bulau Bulau，參觀他們的家園。

我頗為期待，雖看過不少原民傳統部落的式微與復興，卻是頭一次看到現代原民建立新部落，重新學習與山林一起生活。倘若一味固守傳統、傳頌祖先的生活智慧，只會讓自己與族人限在框架中，最終成了「標本」。

不老部落的概念，來自Kwali的父親Wilang（畬浪，可不要叫成「胃爛」，潘今晟）。他透過景觀設計的專長「以啟山林」，發展出一套自己詮釋世界的方式。對待傳統文化，有捨、有不捨，同時將過去設計五星級旅館的質感，表現在往往令人詬病的細節，例如洗手間或餐具。但我覺得他最高明之處，就是讓泰雅生活成了一個又一個故事，讓每位族人成了「說書人」，敘述自己在部落擔任的角色儼然成了保羅・史密斯《說故事的領導》的劇場版！

更有遠見的是，Wilang考慮到土地承載量，當農作物青黃不接時，會連休好幾週，等待它們長成。他也顧及族人負荷，週休三日，不像某些部落拚命接待旅客，累壞了土地和族人，最終淪為觀光勝地。

因此，看到他們將栽種段木香菇、古法釀造小米酒、建造泰雅式茅草屋、織布，甚至養雞，變成一個個「景點」，令人不得不佩服他們說故事的能力。

就說房舍這個「景點」，分成竹屋和茅草屋兩種，都是依泰雅工法用藤皮取代釘子建成。比較特別的是茅草頂，一片綠油油，上頭栽植了Kwali口中「九個太陽都曬不死」的鴨跖草，隔熱效果奇佳，遠看像山水畫中的草堂。

Kwali也讓我們參觀他個人的家屋。令人眼睛一亮的現代簡約風，裡頭最特別的是連接二樓臥室的階梯，使用整棵九芎樹幹搭建，要是一個不小心，鐵定摔個半死。

其中放養的跑山雞，讓Kwali頗引以為豪，宣稱這群「醉雞」（每天餵食一次小米酒粕）淋三天雨也不會變成落湯雞，會飛會跳會啼叫，還會找蟲找蚯蚓當零嘴，也知道同鳳頭蒼鷹玩「老鷹抓小雞」遊戲——當蒼鷹衝下來抓小雞時，母雞便張開翅膀保護小雞，甚而對抗。

有人稱奇，也有人質疑，曾留學澳洲與夏威夷的他只說：「我說起話來逗趣，但說的都是真話！」

織布坊不同於其他的原民部落，在這裡不是表演，而是傳承——由碩果僅存的耆老傳授小女孩如何用苧麻織布、編織，然後讓她們掛上自己的名牌，賣出誰的，收入就歸誰的。我從小女孩臉上洋溢的自信和成就感，發現或許這才是不老部落想完成的「交易」吧。

由此觀之，不老部落想完成的交易，不是價錢，而是傳統價值。例如種植小米來釀酒、種苧麻來織布，經濟價值都不高，但過程本身隱藏著與傳統連結的價值。

老實說，現在還有小女孩願意學習這種辛苦的技藝——挺直腰桿，讓身體呈L狀坐在地板，專注操作地機織布，簡直是奇談。

繞了一圈，最終還是要回到餐桌，驗收不老部落的成果。

果然，上菜時，部落栽種的根莖葉菜，紛紛上場演出。在Kwali精采的旁白下，傳達了不老部落的自然農法理念，享用者彷彿也獲得這片土地的能量。

席間，Kwali彈吉他，與族人載歌載舞，在「Lokah」（路軋，「加油」之意）聲中逐桌乾杯敬酒。泰雅的飲食文化，重點不在於吃了什麼，而是要酒足飯飽，因此午膳吃了三個多小時，十多種菜餚，無數杯小米酒，也就不足為奇了。

但小米酒略甜，難免招惹蒼蠅，Kwali拿出葉子當杯蓋，還安慰我們：「放心啦，早上開會時，我有要求牠們洗手洗腳才能出來見客。」除了爆笑，我們還能說什麼呢？

此行最開心之事，莫過於見證不老部落重新定義了旅行。他們扭轉了人們對傳統觀光旅遊的認知，通過說故事，將自己的生活塑造成一個個「景點」，讓文化經驗成為一門好生意，促成一個地方的再發現。

06 尋找撞到月亮的樹：走進台灣杉神殿

新竹尖石鄉　宜蘭大同鄉

閱讀，再一次影響我的旅行方向。

站在台灣杉三姊妹前，抬頭仰望三棵巨樹的英姿，脖子一下子就酸了，扼腕忘了帶上望遠鏡。人在與巨樹的合照中，彷彿作為比例尺般顯得更加渺小，想起多年前在公視《我們的島》節目中首度看到台灣杉身影，每一棵都是擎天巨木，有如埃及路克索神殿。當下無比震驚，台灣竟有那麼高大、媲美加州紅木的樹種，難怪魯凱族人形容它是「撞到月亮的樹」。也令我聯想到英國童話《傑克與魔豆》，傑克從天上帶回金幣，魯凱族人則是從樹上帶回愛玉子。

公視拍攝團隊和楊國禎、徐嘉君等植調學者，便是在魯凱愛玉子獵人嚮導下，穿行巴冷公主與蛇郎君傳說之地「雙鬼湖野生動植物自然保護區」，花了九天腳程才抵達中央山脈深處。海拔二二〇〇公尺的大片台灣杉林，估計萬棵以上，平均樹齡超過千年，胸徑三公尺、樹身七十公尺以上比比皆是。然而這座「台灣杉神殿」，於我簡直就像月球般遙不可及。

後來又讀到游旨价《通往世界的植物：台灣高山植物的時空旅史》關於台灣杉的描述，讓我對這第三紀冰河期孑遺、東亞最高大樹種更加心儀：

——「台灣杉居然是一種活化石，它最古老的化石紀錄可以追溯到北美洲阿拉斯加約一億年前白堊紀的地層裡，而在整個新生代，它零星地分布在歐亞大陸與北美洲各地。」

——「學者們遂推測世界上現存的台灣杉應該各是好幾個孑遺在各地的族群，其祖先原本在東亞廣泛分布，因為受到第四季冰河的影響而導致分布破碎化。」

前述文字也啟發我閱讀台灣杉命名者的傳記《早田文藏：台灣植物大命名時代》——一九〇六年，日本植物學家早田文藏，根據殖產局林務課小西成章在南投兩千公尺處山區採集的無名針葉樹標本，以台灣為名發布新種「台灣杉」（*Taiwania cryptomerioides Hayata*）。由於無法歸類在裸子植物任何一個屬中，又以台灣杉屬（*Taiwania*）建立了新屬，至今仍是植物界唯一以台灣當屬名的樹種。

早田氏如此描述台灣杉：「此杉為雌雄異株，球花圓形，苞極少，鱗片數列，呈螺旋形排列，種子存在於鱗片中間，倒生，胚有二子葉，葉為鱗狀形螺旋樣排列，球花頂生。」

想想難能可貴，來自東喜馬拉雅山系的台灣杉，與來自北美的檜木、日本的扁柏，在台灣的雲霧帶（一五〇〇至二五〇〇公尺）高山相遇。它們逃過冰河期的威脅，彷彿台灣成為這三種巨木在冰河期的諾亞方舟，再經歷六百五十萬到七千萬年前的大陸飄移，北美和亞洲裂開，才分散開來獨立發展成特有種；也因為經常與檜木、扁柏混生，台灣杉幾乎被採伐殆盡。

順帶一提，台灣的針葉樹新種幾乎都被躬逢其時的早田氏發表了。除了台灣杉，還有巒大杉、刺柏、台灣油杉、台灣雲杉、台灣二葉松、台灣五葉松、台灣鐵杉、台灣華山松、台灣粗榧（台灣三尖杉）、桃實百日青等。也因為日本自然學家田代安定、川上瀧彌、早田文藏、工藤祐舜、佐佐木舜一等人致力傳承，確立了台灣植物在世界上的獨特地位。

就在我朝思暮想之際，二〇二一年五月，「丘山行」創辦人Chris和Ally夫妻在臉書分享了三棵巍峨的台灣杉照片，才知他們已經勘查出一條路線，前往二〇一七年十二月號《國家地理雜誌》封面故事〈台灣杉三姊妹：撞到月亮的樹〉所在地；該專題記錄了澳洲專業拍攝團隊來台，為棲蘭山區三棵台灣杉拍攝等身照的過程。

稍後又得知，該計畫主辦人徐嘉君的著作《找樹的人：一個植物學者的東亞巨木追尋之旅》面世，展讀之際，感覺夢想更靠近了。心想可從100林道進入棲蘭神木區，再轉接170林道至11.2K處，便可瞻仰台灣杉三姊妹。

但我想得太天真了。要從林道進去這個區域，需要主管單位退輔會森保處特別許可，非學術研究很難取得許可，除非報名參加「棲蘭100林道越野超馬」。可這非我能力所及（100K，限時十五小時內完成），也非我所願；對我而言，徒步過程遠比抵達目標來得重要，加上超馬絕非說跑就能跑，更何況也無暇接觸沿途景物。

怪不得丘山行的追樹路線，需要跋山涉水，繞路而行：由司馬庫斯巨木群步道進入，下降塔克金溪（泰崗溪源流），取道蕃社跡山稜線，出170林道，再轉接100林道，出棲蘭山區。但兩條林道都得向森保處申請「借道接駁」——但別問我，為什麼可以借道出來，卻不能借道進入？

私下求教司馬庫斯友人拉互依，才知丘山行所走路線，大致是部落老一輩前往溪頭群的獵徑、社路：攀越蕃社跡山，腰繞眉有岩山，跨過南眉有岩山，一路打獵，採集香菇烘乾，再沿夫布爾溪出四季平台，拜訪族人或交換生活物資。

還好，我們只翻越一座蕃社跡山，我心想，這有什麼難呢？

❖汗水澆灌的巨木群之旅

二〇二二年五月下旬某日，天光乍現，鳥語花香，「上帝的部落」瀰漫「早晨便必歡呼」的氛圍，令人神清氣爽。早餐後，在白耳畫眉、冠羽畫眉和棕面鶯此起彼落的加油聲中，一行人踏上司馬庫斯巨木群步道，一路穿行桂竹林和溪澗，來到2K景觀公廁。突然間，領隊阿瓜發現路旁灌叢有一株盛開的黃花鶴頂蘭，讓我對此行充滿期待——難能遇到登山領隊有雙辨識植物的鷹眼。

須臾，來到崩壁碎石坡，底下是塔克金溪谷，視野開闊，得以展望雪山北稜線。由右至左，可數到邊吉岩山、馬惱山、南眉有岩山、眉有岩山、島倶子山；逸出視野之外還有東保津寒山、東丘斯山、西丘斯山、泰矢生山（雪白山）、東穗山（玉峰山）等。這條稜線從雪山、武陵四秀而來，至此跌落三千公尺以下，謂是新竹尖石鄉與宜蘭大同鄉分水嶺，接著一路下滑到海拔僅數百公尺的東北角入海，即雪山尾稜線，也是淡蘭古道群所在。

攤開地圖，可見司馬庫斯神木群、鎮西堡神木群（新竹尖石鄉）與棲蘭神木群（宜蘭大同鄉）、拉拉山神木群（桃園復興鄉）等檜木扁柏林區，都在這一大片中級山迷霧森林中。

阿瓜指著眼前一座秀麗山塊，說是接下來要攀登的蕃社跡山（海拔一五四八公尺），但要先下切四百公尺到塔克金溪，再翻上去銜接腰繞眉有岩山的170林道，看起來輕易可及，令人寬心不少。

來到2.6 K處（海拔一五三六公尺），取右側不明小徑急轉直下，旋即陷入比人高的芒草陣。接著一路陡降穿過桂竹林、崩塌地、闊葉林，有時蹲坐著移動，有時夾帶著岩屑石塊往下滑，幾經轉折，才有片小平台可喘息，有地圖指稱是樟腦寮遺址（海拔一二八〇公尺）。

下至塔克金溪（海拔一一三〇公尺），崖岸筆立，林鬱蔥翠，野水縈紆，溶溶蕩蕩迴響山谷，簡直就是「萬山不許一溪奔，攔得溪聲日夜喧」之寫照，美哉祕境，可惜時不我與，無法煮杯咖啡。

阿瓜見水勢湍急，先下水探深淺，找出一條迂迴溯溪的安全路線，還要再溯溪兩百多公尺，才能抵達蕃社跡山登山口。我則緊隨泰雅協作貼著山壁前進，吃水線竟達腰際，只能伸腳摸著石頭過河，每一步都得很小心，一失足或被石縫卡住絆倒，就是一江春水向東流：流經泰崗溪、馬里闊丸溪（玉峰溪）、大漢溪，注入淡水河。

涉溪途中，阿瓜手一指，峭壁上有兩叢「鄒族神花」金草蘭，令我雀躍不已。要是鄒族男子，可能就攀上去摘取兩莖葉子戴在頭飾上，接引戰神倍增戰力。

須臾，遇一平緩支流，研判源自鴛鴦湖一帶，在此匯入塔克金溪；過溪，轉眼抵蕃社跡山入口（海拔一一六〇公尺），赫然驚見一條山壁鑿出來的小徑，不禁倒吸一口氣，這哪裡是人走的路，根本是給山羊走的。只見泰雅協作以頭帶背起重物，捫壁蟹行，沒幾下就通過了，我卻是步步驚魂。

接著，一連串近乎攀岩似地陡升，幸好樹根密布，可以抓取，借力而上，如此氣喘吁吁上了小稜線，又陷入桂竹枯林，好不容易才抵達第一個香菇寮小平台（海拔一二四二公尺），應是昔日司馬庫斯族人烘烤香菇的營地吧。

續行，險徑上連立足喘息的餘地都沒有，每一步踩點都煞費思量，就怕踩到鬆動的碎石，或拉到色厲內荏、一觸即潰的雜木。突然，後方傳來呼叫聲，有人扭傷腳了。折騰了一會兒，阿瓜和山友分攤負重，將傷者調到前頭，行進速度更加緩慢，直至上了另一條小稜線（海拔一五四七公尺），才得以喘口氣。隨即快馬加鞭追趕失去的時間，行經一叢水晶蘭也沒趴下來拍照，稜線一路緩上，有時寬稜，有時窄稜，來到裸岩亂石區。

少頃，傳來「太美了」驚呼聲，大夥輪流站上岩稜頂（海拔一五九三公尺）方寸之地環顧群山，先前的倦怠感一掃而空，心中湧出一股力量。

經山友指引，我辨識出曾攀登過的李崠山（海拔一九一四公尺），那裡曾是日警與泰雅族卡奧灣群、馬里闊丸群激戰之地，一九一三年在山頂建砲台稜堡，被日方視為「五年理蕃政策」紀念物。大門門楣原有總督佐久間左馬太所題石匾「慎守其一」，但如同營舍砲台皆已佚失，此地亦僅存混凝土門牆供人憑弔。此人在一八七四年（清同治十三年，日明治七年）任中佐時，曾隨軍攻打牡丹社，謂是典型的日本軍國主義者。

然而，一般人多半不知李崠山在台灣植物史上據有一席之地：一九一三年間，植物學家川上瀧彌（時任台灣總督府博物館館長，國立台灣博物館前身）隨行佐久間總督來此做植物調查，採集好幾種植物冠上採集地名稱，如李崠山裂緣花、李崠山桑寄生；又將好幾種植物獻名給同行官員，如爬滿石牆的刺莓（佐久間懸鉤）；同時，他也記錄到多種喬木，包括此行見到的山毛櫸、昆蘭樹、台灣杜鵑；此外，沿著步道，我很開心記錄到盛開的八角金盤、嗩吶草、玉山黃菀，還有生長茂盛的裡白、稀子蕨、金狗毛等，想必川上瀧彌也曾遇見吧。

突然間，眼尖者發現岩縫中長出幾株小攀龍，令我大喜過望，此蘭大多著生在樹幹和樹冠層，不易見到。

地勢趨緩，我們進入台灣杜鵑純林，殘花點綴，若是早一個月來肯定「山花夾徑幽」。但愈走愈奇，腳下枯枝葉嘎嘎作響，樹上松蘿也如招魂幡病懨懨似的，可見乾旱嚴重，連芒萁都乾枯了；還有一大片枝狀地衣石蕊，地面彷彿鋪上一層薄雪，令我聯想到發明「石蕊試紙」測定酸鹼度的愛爾蘭化學家波以耳。

稍後進入針闊葉混合林，許多樹幹附生真菌苔蘚，宛如墨彩潑濺的抽象畫，還著生一株株蕨類及我企望的蘭科。果不其然，遇到台灣莪白蘭了，總狀花序如拂塵般垂下，花朵小到手機難以對焦；但此時我可能累壞了，注意力渙散，竟然錯過狹萼豆蘭、小腳筒蘭此等令人雀躍的音符，直至殿後押隊的副領隊嘉嘉分享照片才知，扼腕不已。

趕路中，只能掠過蕃社跡山三角點，想到登山口至此才走了2.1 K，不免有些著急；轉瞬陡上，抵一處獵寮（海拔一六五四公尺），稍稍喘口氣，又遇上更險峻的爬升，過程真是無言以對，充滿厭世感，卻又貪生怕死不敢多想墜落之慘狀，只能一筆帶過，來到山友所謂的「1930峰」（海拔高度）。此刻大夥已是強弩之末，而我的鼠蹊部也輕微拉傷。

夜幕迅速籠罩，頭燈亮起，山徑變得撲朔迷離，下切轉換肩稜時竟遍尋不著路標條，如鬼打牆莫名走岔迷途。此際心力俱疲，僅餘意志力撐著走，只好撤回轉折點研判軌跡，幸好協作憑藉泰雅族人天生第六感又找到路徑。

突然間，眼前巨木一棵比一棵粗壯，獨特的清香瀰漫，才驚覺來到扁柏鞍部（海拔一八八三公尺）。雖然伸手不見五指，頭燈也照不出氣勢，卻感受到走在神殿的震撼。此刻阿瓜有如裝上金頂電池，精力旺盛，不停打氣說「快到了」、「快到了」，還鼓勵大夥手牽手環抱一棵巨木——汲取植物的力量嗎？

當然，我一直是如此信仰的。一九七三年四月，印度喜馬拉雅山區婦女受到印度聖雄甘地非暴力抗爭運動啟發，以環抱大樹的方式阻止森林砍伐，史稱「抱樹運動」（The Chipko movement），影響深遠，令人深信植物確有奇特的感知機能（植物意識），透過人類不理解的賦能方式賦予我們力量——如果採用「植物神經生物學」觀點來審視生物智能的話。

重新得力，往往就在轉念之際。誠如《失樂園》作者、十七世紀英國詩人約翰・米爾頓所言：「心，決定了自己的所在，可以把地獄變成天堂，也可以把天堂變地獄。」我們提起最後一口氣，好像銜枚行軍，摸黑腰繞一座險峻山頭，每一步都在探尋著力點，蝸步挪移，一如走在地獄的邊緣上，及至制高點（海拔一九九四公尺），頭燈照到數條路標，才確知蕃社跡山東端入口將至，再一鼓作氣垂降岩壁，終於抵達170線林道10.1K處（海拔一九六五公尺）。

累癱了，大夥口乾舌燥說不出話來，只能就地紮營搭帳，等待協作前往8.2K水源處取水回來煮食。此刻深夜十點半，早上七點半出發，十三公里多竟走了十五個小時，大多耗費在翻越蕃社跡山的四公里半路程。再次領教泰雅族領域之險峻，不禁遙想清領日治征戰泰雅族死傷慘重，便不難明白蕃社跡山貌似秀麗，實是因草莽密林掩住猙獰凶險，這是台灣中級山的特色，比高山更加充滿敵意。

翌日清晨，顧不了肢體痠痛，迫不及待沿著薄霧籠罩的170林道走往11.2 K尋覓台灣杉三姊妹（海拔二〇〇九公尺）。幸好林道迤邐於眉有岩山腹，平坦易行，沿途亦見幾棵「撞到月亮的樹」，只是沒三姊妹高大有名氣吧。

遠遠就看到參天聳立的三姊妹。相較於檜木、扁柏的壯碩，三姊妹可謂瘦長柔美：大姊高六九．五公尺，樹齡約一千五百年；二姊高六三．三公尺，樹齡八百年；小妹不得而知。一旦面對心儀的巨木，忽地心生莫名感動，可見以汗水澆灌的旅程，更可彰顯出風景獨特的意義，就像台灣杉三姊妹。旅行的價值，從來就不是以費用來衡量，而是你為它付出的心力。

想到徐嘉君等人架繩攀樹，在樹冠層發現一個常人從未見過的新世界，隨後帶回這個新世界的見聞，改變台灣森林的視野，便覺得可謂一項近乎哥倫布式、麥哲倫式「英雄的旅程」。的確，有的人因路線而壯，有的人因行動而壯。

仰望中胡思亂想，台灣杉何以能長那麼高、活那麼久呢？為什麼沒有遭受閃電雷擊？為什麼沒被砍伐？樹冠層又有哪些特殊的動植物？

疑問尚待解答，但已有人在研究樹冠層。從徐嘉君書中的視野可知，二姊的樹冠層就有小膜蓋蕨、佛甲草、小攀龍、凹葉越橘、水苔、東方肉穗野牡丹等。顯然，一棵樹是一個生態系，絕非只有樹幹上的地衣、苔蘚、維管束附生植物，我相信某些樹冠層一定存在尚不為人知的物種，植物界的新大陸就在樹冠層。

所有付出只為這一刻，臨別，再三仰望，汲取台灣杉三姊妹的千年生命力，待會兒回程可要踢上二十六公里林道。與借道進來的接駁車會合啊。

漫長的林道行走像是拖著腳步，每一步都危顫顫的，人似乎彈性疲乏了。幸好沿途驚喜連連，在嘉嘉的辨認下，通泉草、台灣杜鵑、西施花、紫花野木瓜、李崠山裂緣草、深山野牡丹、台灣附地草、台灣天南星、毛地黃紛紛報上名號，烏皮九芎和大葉溲疏的落花如潮水過境散落在林道邊緣，裡白、燈心草、八角蓮、玉山抱莖籟蕭、針藺皆令人駐足，加上樹濤與蟲鳴鳥語交織，感覺藤蔓交錯的苔蘚森林都歡呼起來。今天的行走就像需要耐著性子閱讀的長篇散文，而非昨日充滿懸疑驚險的偵探小說。

我們在170林道8.2K小山澗取水（海拔一九八五公尺），掠過5.6K眉有岩山登山口（海拔一八五一公尺）；又在170林道終點轉接100林道，掠過21.6K東保津寒山登山口（海拔一八八四公尺）；來到16.8K鴛鴦湖管制站（海拔一七〇二公尺），續行半公里，掠過「司馬庫斯古道」東端入口（海拔一六九二公尺），突然想起我敬仰的《找路》作者林克孝在「詩一般美麗的十七歲」的高二寒假，偕六名同學走探此路，後來以〈司馬庫斯古道歷險〉一文發表在《野外》雜誌：

——「高度正值森林茂密處，所以仰不見蒼穹；又因溼陰，青苔至少五公分厚，空氣凝重得很難受，所經之處均是支稜尾根，坡陡而彎來彎去，方向不易把握……」

——「走到九點多還在深山中。幾乎每人都有輕微抽筋現象，有人體力已呈不支，面色蒼白，只靠一股毅力在走……」

上述記載與我們的過程驚人相似，令我心生希臘神話英雄阿爾戈號取得金羊毛歸來的壯遊感。簡直不可思議，只為了親睹三棵樹，竟冒著生命危險，付出偌大心力，像在挑戰自我的極限。

雖已蹣跚而行，仍舊馬不停蹄，很快便抵達15K鴛鴦湖工作站（海拔一七〇九公尺），接駁車已等候多時了。一上車倒頭就睡，忘記飢渴，忘記痠痛，忘記憂傷，忘記恩怨，忘記做夢，忘記年歲，現實裡的種種憂愁都被排除出去，此際心思與身體分離，生命得到純粹，快樂莫此為甚。

輯三　看不見的城市

——從家鄉遁逃的旅人終將領悟，一切探索的終點都將回到起點

「對那些經過卻沒有進入的人而言，
這座城市是一個樣子；
對那些深陷其中，不再離開的人，
則是另一個樣子。」

——伊塔羅・卡爾維諾《看不見的城市》（*Invisible Cities*）

嗄吧哖舊道的「白崩坪」。

01

家山：後印象畫派式象山

台北信義區四獸山

❖ 1、用一杯咖啡，標示怒氣消失的地方

在我人生的某個時期，曾因職場墜落窩在家裡，有時悲從心來，義憤填膺，難免情緒起伏。每當情緒來了，我就出門走象山、四獸山。

從住處走十多分鐘，就到了信義路五段一五〇巷淨宗寺旁的登山口。我會先去「您方便的好鄰居」統一超商盛裝免費開水。我想那種時刻，我的表情一定很扭曲駭人，光從旁人避之唯恐不及的眼光，就能感受到自身的晦氣。

就這樣，交織著憤怒、沮喪等多種情緒，一直走，走到情緒控制自如了，就停下來手沖咖啡（帶著負面情緒是泡不好咖啡的）——這是我從加拿大西北領地因紐維克（Inuvik）地區因紐特人（Inuit）身上，學習到的情緒管理方式。當他們極度憤怒時，便會外出往某個方向走，走到怒氣消失，再找根樹枝插在那裡，標示怒氣消失的地方。此刻我才得知，怒氣的強度原來可以距離標示，而且，走路真的可以消除怒氣。這種作法暗示了憤怒時最好出去走走，遠離你生氣的對象、原因和環境；總之，你需要一些把事情想清楚、冷靜下來的時間。

先來回憶，以前在媒體上班時我走的路。我總是清晨出發，先到象山燒餅店帶蔥酥餅和甜酥餅各一，再從登山口走花崗岩階梯上去，經蒲葵林、觀景台、古墓，右拐陡上，直奔「六巨石」，沿途可識植物有血桐、構樹、香龍血樹、長穗木、繁星花、冷水花、馬利筋、紅花鐵莧、山馬茶；另有烏臼、香楠、大葉楠、樹杞、杜英、金剛櫟、黃槿構成樹冠層遮蔭；某些樹幹還攀附著龜背芋、抱樹蕨，滋生野趣。

展望台北101，是六巨石的重點。此地在假日常擠得水洩不通，但人們多半不知足下踐踏的是座古墳；而我，總趁冬日霏雨人少時才走此徑，陪伴六巨石旁一片不畏風寒綻放的王爺葵。

穿過六巨石夾縫往上，會經過一排屏風般七里香叢，夏季飄香，令人駐足。但人多時，我通常不往，改取右側竹林幽徑，穿過一排紫背竹芋，再接回主徑，奔上象山崗（海拔一八三公尺）——此地設逸賢亭，一大早便有長者在此舉重吊單槓，充滿活力，喧嘩如樹鵲。

步道在此分岔。如果有朋同行欲攬景，我便取左，往永春崗公園方向，途中在觀景平台眺望永春陂和四獸山形勢，循「一線天」指示牌急轉直下，抵山腰一大片崩落的砂岩巨石群。說是一千八百萬年前的「濱海相沉積石底層」（四獸山主要地質）。接著傍左側山壁前行，側身通過一線天巨岩縫隙，掠過風化的大石壁，一路綠蔭幽意，蕨類叢生，可觀察到烏毛蕨、鬼桫欏、大羽新月蕨、冷蕨、長葉腎蕨等，金狗毛蕨尤多，稱為「蕨道」恰如其分，行來暢快。來到永春亭，再曲折而下淨宗寺登山口，便是我的「待客之道」了。

順帶一提。登山口十多級階梯處有靈雲宮，旁有昔日「大樹下理髮」風景，一張椅子，一面鏡子，罩布一圍，先以手推剪塑型，再用剪刀精修，拿篦子刷髮茬，取粉撲抹頸項，等等工序，十多分鐘便大功告成。疫情期間消失了，此情可待追憶。

若我一人獨行，便取右，下切凹狀步道，兩側月桃叢生，不禁令人想到仁丹；夏末秋初結果時，從其爆裂的鮮紅蒴果可見種籽。有一說日本仁丹創辦人森下博隨軍駐台時，從台灣人口含某種青草丸防風土病得到靈感而研製，而我以神農嚐百草精神咬碎月桃籽，滋味果然近似仁丹。我在阿美族部落餐桌的生魚片盤上，亦曾見過月桃籽綴飾，清口甚雅。

偶爾童心一迸發，我也會採扶桑花（朱槿），去掉花萼便可吸吮到蜜汁，某種童年的味道，小時我家住台糖日式房舍，圍籬就是扶桑。

途中血桐、構樹交織，曾遇獨角仙棲息；亦見好幾株相思樹，皆俊秀挺拔；當然，蕨類茂盛，如東方狗脊蕨、大葉鳳尾蕨、長葉腎蕨、台灣桫欏、觀音座蓮、金狗毛蕨等。

再往上走一小段，右側出現一排觀音棕竹圍籬菜園，我常在此遇一家子竹雞，曾見人割取棕竹，欲做手杖或藤條行家法乎？

接著遇一石敢當狀巨岩，上有小亭，但我嫌它無視野，蚊蟲噬血，不取，轉而往左側階梯下至松山靈隱寺的觀世音池園，聆聽紅嘴黑鵯謾罵「小氣鬼」叫聲與樹鵲「嘎—嘎—」叫聲交織，夾雜貢德氏赤蛙「苟—苟—苟—」的定音鼓聲，像施魔咒般，周圍姿態各異的十八羅漢塑像神靈活現起來。有一段期間，我把這裡當作我沖泡咖啡和晨思所在，然後帶一身元氣趕上班去。

此處金狗毛蕨叢生，又多水澤，我曾見過斯文豪氏赤蛙、黑眶蟾蜍、盤古蟾蜍，隱密處說不定也有台北樹蛙或其他物種。不知為何，這總令我聯想到百田尚樹的《青蛙樂園》——一本探討信仰式政治的預言書。

某次行經這一帶，一陣搗木聲突然加入樂曲，循聲至寺前，哇，一隻五色鳥正在高聳的山黃麻枯幹上叩叩叩地啄洞，彷彿悠悠晨禱，令人心曠神怡。

有時，也會突來一陣「嘰—嘰—」緊急剎車聲，便知紫嘯鶇來撒野了；還有一次驚見六、七隻台灣藍鵲，一隻接一隻，嘎嘎叫著，從山坳一棵大樹直線飛到左側獅山，猶如《台灣通史》裡飛出來，「俗稱長尾山娘，翠翼朱喙，光彩照人」。

靈隱寺坐靠南港山半山腰，更上一層樓乃開山堂，視野開闊，俯視豹山、獅山、松山，甚遠及觀音山、大屯山。此寺有路直探底下豹山溪步道、永春陂濕地——乃先民築陂塘蓄水所致，相傳晚清劉銘傳撫台時常至此泛舟，眺望四獸山奇峰巨岩。

曾遇到一掛單年輕僧人掃地，交談了一會，撞鐘般深受啟發：「活得痛苦就是不明白，明白了就不會痛苦。就像當羅漢是一種領悟，因為祂明白了；當菩薩又是一種境界，因為祂幫助別人明白了；成佛更是一種智慧，因為祂幫助天下人明白了。所以，我們拜佛、學佛，就是為了得到智慧，學個明白。讓人活個明白的方法，就是佛法；能明明白白過生活的人，便得到了佛法。」其時我慧根不足，始終不能活個明白，就先筆記下來備忘。

臨行他又給了我一句：「慢慢走，世界也會慢下來。」我當場一愣。彼時我尚未體會走路的真諦，直覺將走路當作一種運動或移動方式，快走也只是思緒快轉，人還沒下山已念及職場案牘了。

他日再臨，帶著領悟之心，卻見「閒階有鳥跡，禪室無人開」，原本開闊的山坳視野被增建的棚屋遮蔽，連五色鳥寓居的枯木也遭砍伐，令我悵然若失，就少往了。對我而言，那棵山麻黃猶如「因紐特人插的樹枝」，每次抑鬱上山，至此怒氣已消，於此領悟到走路的確可以消氣，至少，可消除肚中烏煙瘴氣。

象山步道可通往拇指山（海拔三二〇公尺）和九五峰（海拔三七五公尺），清晨常遇見竹雞、赤腹松鼠、黑冠麻鷺和石龍子、長蛇。但尋常之非常，莫過於幾位長者忙著掃落葉——我向淨山者道謝，卻飄來如「運動啦」、「再掃沒幾年啦」謙虛回應。他們是山上的「仙」，人與山合為一體的仙人。

「每天掃，掃到百二十歲。」我趕緊補上一句，換來仙人一陣宏亮笑聲。

還有一位終年打赤膊赤腳走路、自稱「山上人」的王姓光頭長者，總是一邊引吭高歌一邊撿拾垃圾，旁若無人，風雨無阻，在寒流霏雨中，也只多了一頂斗笠。他最常唱〈何日君再來〉，幾次相遇交談，略知他住九五峰下果園，說象山步道最早先是他父叔輩鋪設的山徑，如今的花崗岩步道便鋪在原先基礎上。

近日再遇，卻見他穿上鞋了，原來先前干涉山友排遺不掩埋，遭推倒跌傷，以致走起路來一拐一拐的。有善心人送上止滑鞋，他不好拂逆善意就穿上，但仍不改其志，帶著大袋子沿路蒐集垃圾，高歌前進，瀟灑自如，因為智慧告訴他，撿垃圾是修行，可提醒自己常常彎腰才能保持謙卑；經驗也告訴他，天冷或下雨天不出門，形同放棄了難得的大自然體驗。我喜歡上象山、四獸山，便是因為山裡有許多位王姓長者這般的山友，當正向力量大於負面力量，整座山就充滿能量。

繼行，登上巨岩堆砌的拇指山，地質學家說是濱海相沉積石底層，含有孔蟲、貝類和海膽等生物化石，可惜我尚未尋到。山頂展望極佳，北眺台北盆地，南望福德坑焚化爐、木柵，東望可及深坑、二格山、筆架山，東北方可及汐止、平溪一帶山勢，頗能開闊心胸。但我常在半途竹林處就岔開，循左側一條狹階陡上，盡頭便是萬壽亭了，沒有展望，更顯深幽靜寂，那株山櫻若盛開，即是我「插樹枝」沖泡咖啡之地。此刻若有餘裕，便拉繩攀岩上稜線往九五峰——如果命都敢玩了，我還在意什麼職場憂鬱呢？

很多人可能不敢置信，南港山系這一面可是垂直如屏的大峭壁，約四、五層樓高，有好心山友挑了五處攀崖點，分別架了纜繩，給不要命的人練膽。大約出過墜崖意外，如今纜繩被拆除，還豎起勸導牌。

萬壽亭的攀岩路線屬砂岩為階，陡峭溼滑，逼近岩壁時便見三條纜繩，也釘上幾個ㄇ字鐵梯，轉折處有踏板梯助攀，還算安全。我兒年少時，曾攜他來此練膽，作為攀桃山之預習。

據云九五峰得名，乃因數十年前有位楊森將軍在其九十五歲生日登臨而名。但不知何人的點子，在峰頂巨岩上銘刻紅字，十足煞風景；拇指山頂亦見塗鴉斑斑。人啊，何以少了對大自然原始風貌的尊重？

登九五峰後，心平氣和，我若不是往回走，便續往中華科技大學走所謂「南港山縱走」之東段，經打印亭、電視轉播塔、福德山莊、福壽石、仁者樂山巨岩、虎山步道口，沿途展望松山機場、圓山、觀音山；待下至鞍部，遇十字路指示牌——左往北興宮，右往麗山橋，乃昔日南港四分里坑一帶居民（今研究院路三、四段）糶米出茶至錫口（松山）的南北向「大嶺腳古道」，左右皆不取，繼續東行，過獅園福德宮沒幾分鐘，竟似柳暗花明，步道伴隨四分溪下降，流水潺潺如清幽琴韻，駐足小橋，忍不住又沖泡一杯咖啡，欣賞溪床壺穴地形。續行，經高壓電塔、菜園，見「南港山縱走」石碑便是盡頭了。

❖ 2、興來每獨往，勝事空自知

就這樣，象山、四獸山等南港山系成為我的「家山」。但四獸山步道近年卻成為「觀光步道」，有時過於擠迫，出現人龍，令我不得不另闢蹊徑，改從吳興街六〇〇巷底（舊稱「新陂」）沿新埤溪旁「糶米古道」上南港山西稜，有謂全程五百階梯，抵稜線銜接崇德街，可接拳山、土地公嶺、茶路三條古道，分別通往木柵、景美、南港，甚至深坑、石碇，再至坪林，往宜蘭礁溪，若說是淡蘭古道「南路」之延伸，可否？

但我總是踽踽獨行，心境猶如王維「興來每獨往，勝事空自知」，久而久之，即便常有人走動的地方，也被我走出少有人走的路，似乎就是我的旅行風格。

當我沿溪畔木棧梯而上，右側有座山嶺稱「捨石山」（慈鑾宮所在）。在耆老的回憶裡，說是新坡嶺德興煤礦（日治開採，民國六十二年收坑）洗選煤礦後廢石煤渣堆積地，恐怕連在地居民都遺忘了。

若第一次來，可探一下此地德興煤礦坑，前半段乃磚造坑壁，後半段則以「架牛條」工法用相思木支撐——據云礦坑若有崩塌跡象，相思木會先發出呻吟聲示警。

礦坑外有採礦意象裝置，結合拱橋、蓮花池、吉野櫻、柳樹，試圖轉換來者入山心情。卻還不如暮春初夏此刻，霜白蜻蜓、彩裳蜻蜓與紫斑蝶、琉球三線蝶、台灣紋白蝶飛舞溪畔花草間創造的情境。

拾級而上，林木庇蔭，蕨類繁茂，台灣桫欏和崖薑蕨尤多，花草亦盛。我能識別者有野薑花、長葉苧麻、卷柏、穿鞘花、姑婆芋、酢漿草、紫背鴨跖草（吊竹草），夾雜著巴西野牡丹、立鶴花、黃蝦花、馬利筋、宮燈花、耳挖草、蛇根草、巴西水竹葉、金銀花、通泉草、紅樓花、法國秋海棠；若五月來便是油桐雪和野薑花。此際蝶影翩翩，無尾鳳蝶、紫蛇目蝶、紅邊黃小灰蝶、豹紋蝶點綴其間，蟬鳴鼓噪中又處處聞啼鳥，竹雞「雞狗乖」叫聲響徹溪谷。

遇賞鳥者，攝影大砲瞄向溪邊水窪，問他拍什麼鳥，說在等候黑枕藍鶲降臨洗澡。他要我仔細聆聽，果然於樹冠層聽聞連續的「回—回—回—」叫聲，這可需要無比的耐性啊，頗有獨釣寒江雪之況味。

過地藏廟後，右側有一巖穴，鐵角蕨叢生，啾啾鳥鳴似有若無，曾不解，探頭一瞧，見斯文豪氏赤蛙才恍然失笑，怎沒想到是「鳥蛙」在叫呢？

不知誰數的，說耀米公廟位於三百六十階處，往左，有一「長春小徑」橫切山麓，通往舊稱「舊陂」的挹翠山莊，其間有排文殊蘭，盛夏花香襲人；下到山莊紫雲街，右行，盡頭就是名廈高林閣，我人生最豪奢的一次白松露宴就在裡面某巨商家宴，十幾道菜道道刨白松露，如雪花降臨碗盤，美呆了，最後一道冰淇淋也是如此堆疊——但不知主人可曾走過後面這座山林？

有人在家坐擁山水，有人只能離家走向山水，皆同樣富有。

紫雲街往上走，有不少植栽如立鶴花、桔梗花、翠蘆莉、絲緞茉莉、梔子花、龍吐珠、繁星花、九重葛。至高林閣前，右側擋土牆有一窄梯，說是南港山縱走西段之「拇指山妙台稜徑」（已納入淡蘭古道群）入口，但見林蔭蔽天，棕櫚竹、山棕叢生。隨石階陡上，經涼亭沒幾分鐘便來到我的祕境「紫花羊耳蒜」棲地。倘若匆匆而過，便會視而不見，幸而如此，才能保住一小片野生蘭棲地。能在南港山系找到野生蘭，我視之為一種成就感，不亞於上次觀察到小彎嘴築巢，讓這條靜謐林徑更有世外之感。

實在難以想像，市區有如此蓊鬱林相，讓人恣意接近的小山群，樹冠層有綠竹林、相思樹、青剛櫟、烏桕、香楠、無患子，林下有姑婆芋、台灣杪欏、觀音座蓮、長葉苧麻、颱風草（棕葉狗尾草）、香龍血樹，途中幾棵相互纏捲的榕樹，格外引人注目。過土地公廟後，路徑轉為陡峭，要爬三百公尺才能上到稜徑，曾往右走，欲探劍頭山是否有路銜接耀米古道，卻是墓仔埔一片，回頭吧，沿一排金毛杜鵑緩上坡，地上有飄落的大頭茶，若不留意便錯過左側林木掩蔽的「主光園」——在魔神仔滿天飛、神社佛閣滿山中見到十字架殊為意外，雖已荒煙蔓草仍熠熠發光。在我的認知中，伊甸園極可能就是一處「植物園」，一個大自然領域，因此，辨識植物的型態與特性，不就是在讚美上帝的創作嗎？

「你信這個啊？」有人進來打斷我的思緒，還唸出上面銘刻的字：「道路、真理、生命。」

「信什麼？」我問。

「拜十字架啊，有拜有保庇，有遇到奇蹟嗎？」他把十字架當作山裡那些塑像了。夏蟲不可語冰也。拜這個，拜那個，就像在玩吃角子老虎，賭一種微乎其微的機率。

「我不知道別人有沒有遇到奇蹟，但我看到十字架就充滿力量，這就是奇蹟。」凡宗教象徵都具有這種神祕的心靈力量，幫助人的內在與大自然和諧為一，每當你轉向它，就會向你展示新的奧祕。當時我突然有股衝動，想為他揭示十字架的隱喻。

然而，「我先走一步，這裡留給你。」那人不待我吐真言便轉頭離去。信仰，是一種沉浸在自己的世界、挖掘自我的獨處方式，外人無法進入。

復行，過陋寮般福象亭沒幾分鐘，路經一分為二，取右行，芒萁夾道，便會繞過「妙高台」。芒萁與一般喜陰溼蕨類長在森林底層不同，它喜歡生長在稜線或向陽坡。

取左行，踏十多塊砂岩而上，便見奉祀關公的「漢壽亭」和「妙高台」了，約在文山隧道上方，展望頗佳。值得注意的是，有塊「行樂碑」標記新一軍印緬遠征軍老兵所立，碑銘「妙景高台，出彼莽蓁。襟山帶河，挹翠鍾靈。大風飛雲，佇望干城」，頗有廉頗尚能飯否之氣勢；旁有一旗桿，基座題字「民國七十五年九月三日 廖／曹拓築」，兩者皆激起我的歷史感：它們為什麼會在這裡？

直到遇見一位在此打掃的長者，探問才知究竟：復員之青年軍響應政府國宅政策，於一九六六年在原砲兵營駐地（信義路五段一五〇巷街區）監造住宅，並命名「六三新村」以紀念一九四六年六月三日復員節，今已改建松仁富邑（信園國宅）。

突然念及，身為青年軍一員的作家司馬中原曾住附近吳興街二十年，與袍澤情誼可有關乎？

一九八〇年我曾訪作家舊居，邀約成大演講，不料十二年後，竟住其舊居旁公寓。可惜作家早一年即搬遷辛亥隧道一帶充滿靈異故事的山區。據云司馬夫人置產有一重要原則「要能看到東邊出太陽」，人才不會貪睡，果真如此啊，難怪寓居在此的我也成了早起的鳥兒。

回憶一九九二年搬來時，街頭巷尾仍會遇到「鄉音無改鬢毛催」的長者。如今人事景物全非，妙高台旗桿亦已折損，慶幸環境維持尚佳，蟛蜞菊年年盛開，或許薪火相傳下一代了。

續行，芒萁和巴西鳶尾花夾道叢生，月桃含苞待放，亦見竹林、穿鞘薑、小葉赤楠、大頭茶、白匏子、江某、阿勃勒、紫背竹芋、香龍血樹等向陽性植物，左側台北101如影隨形，令這條稜線山徑成了台北的化外之境。

其中，白匏子英文名稱「Turn-in-the-wind」，非常傳神地描述了其葉片特色，白色葉背常隨風翻轉，在陽光下嘩啦啦閃亮，有人奇想稱為「微笑樹」。

又江某材質輕軟潔白，日治時期常拿來做木屐，無左右腳之分，以閩南語來說就是「不分江某」(不分公母)，故「江某」就這樣叫開來了，像便當盒、冰棒枝、冰淇淋棒、番仔火枝、醫療壓舌棒多選用其材；因其掌狀葉類似鴨腳趾，又稱「鴨腳木」、「鵝掌柴」。

在此說說香龍血樹，在四獸山到處可見，俗稱「巴西鐵樹」，其實來自南非洲，曾因「貝克斯特效應」(Backster effect)名噪一時——一九六六年，紐約的測謊專家貝克斯特(Cleve Backster)心血來潮，將測謊器連接辦公室的盆栽香龍血樹，並以熱咖啡浸泡葉子，電流器沒有反應；但當他動念用火燒時，記錄筆突起強烈反應。經過一再實驗，他也發現，如果假意做出要燃燒的動作，記錄筆便毫無反應，似乎已經「看穿他的心思」，但植物又如何得知他的意圖呢？是否意味著植物具有某種超感知（extrasensory perception），可與人「溝通」？或者香龍血樹的超感知特別強烈？

接著，貝克斯特又做了一個「植物是否有感情」的實驗：找人將室內兩株盆栽的其中一株連根拔起後踩爛，再找來六個人（包括「凶手」）分別從倖存的植物——「現場目擊者」——面前走過。說也奇怪，只要「凶手」接近，記錄筆就會產生激烈反應。根據他的研究顯示，植物有「記憶力」且能「辨識凶手」；但植物沒有大腦，記憶又存在哪裡呢？（有興趣者可參考湯京士與柏德合著《植物的祕密生命》。）

旋即抵達一寬稜展望點，說是益壽亭遺址，旁邊的山櫻也是我近年來「插樹枝」沖泡咖啡之地——底下文山、象山隧道之間車子疾行，若將視野放遠，可見淡水河和觀音山，且不時有大冠鷲翱翔，飛入我的心境。

再啟行，遇岔路，往上銜接拇指山步道之馬蹄形觀景台——或稱「赤腹松鼠乞食舞台」更恰當，為了看牠們爭食、雙手捧食、用門牙囓咬的逗趣模樣，山友慷慨餵食。但願牠們還記得，背陽坡那幾株水同木的榕果滋味。

若往下走小徑，有崩塌地形，幸有一條確保繩協助下降，經數年大自然自癒，草木覆蓋得幾乎看不出來，就像大自然對人體也有同樣神奇的療癒力，在情緒和靈性方面尤具救贖力。旋即進入連光都透不進來的密林，踩著青苔岩階而下，只見樹幹懸掛伏石蕨、書帶蕨、鳥巢蕨、崖薑蕨，邊坡散布水鴨腳秋海棠、山棕、觀音座蓮、金狗毛蕨、鬼桫欏、三奈、雞屎樹、稜果榕、水同木、豬腳楠。正當我小心翼翼移動，以免滑跤，眼前竹叢下竟有一隻雄藍腹鷴閒情覓食，還無視我取手機拍攝，直至趨近才閃入山谷叢間。

帶著目擊奇蹟般興奮，出忍字碑小徑，又接回象山／拇指山步道。行人漸多，我掠過兩座清代古墓和土地公廟（民國四十三年新生煤礦重修），林相轉為白匏子、江某、樹杞、相思樹、血桐構成的向陽性次生林；見左側有指示牌往吳興街六〇〇巷，下切，階梯陡峭，望見濟公像便是北台慈惠堂。盡頭有幾棵馬拉巴栗落下燦爛的放射狀花朵，美極了，因其別稱「美國花生」引起我的好奇，曾撿拾果實，剖開取籽烤來試吃，口感似板栗，卻不怎麼好吃。這種植物於日治時期才從中南美引進作為紙漿樹種，後來滯銷散布四處，據云一九八〇年代有彰化溪州農民從女兒綁辮子得到靈感，將幾株幼苗綁成髮辮狀，讓根部變粗，意外培養出「發財樹」盆栽，創造數億元外銷商機；我家窗台也放了兩盆，每天提醒我「一切行業都是創意業」，也作為我仍念念不忘大自然的一種象徵。

順斜坡下去，便是「和興炭坑」（日治開採，民國五十年收坑）。與德興煤礦一樣，礦坑前陳列一些採礦意象裝置作為休憩景點，剷除了原先在那裡不知多少年的幾株山芙蓉，換成植樹，真是令人遺憾啊——他們豈知幾株山芙蓉開花就可以照亮整個場域，清晨朵朵白花，近午轉粉紅，下午成桃紅、凋萎，一日三變，又稱「三醉芙蓉」。

自從山芙蓉被砍除後，我又失去一個「插樹枝」沖咖啡的地方了。我嘗想，工程的驗收項目，可否包括周遭原生花草和蟲林鳥獸的生態環境呢？

路旁見一紅磚屋，已被高大的榕樹氣根緊箍纏繞，還披掛一條紅布，取名「情人樹」，說給人綁紅線求姻緣，可見樹已被神格化。台灣有許多「大樹公」信仰，如榕樹公、樟樹公、茄苳公，不失為一種充滿智慧的護樹方式，雖說是先民對大自然表達敬畏的儀式，亦有懵懵懂懂的環保意識在裡頭，不能全然以迷信視之。

但我沒料到，信義路五段一五〇巷竟從象山捷運站延伸過來，謂是台北市最長的巷弄，也是三張犁早期街區生活的文史場域，尚存土地公廟、礦坑、軍事設施、靶場等遺構。就地方變遷而言，舊埤溪見證了上述，然舊聚落已然消失，新形成的社區居民便難與地方人文風景建立互動，他們重視的是公共設施。

站在整治後的舊埤溪橋上，可看到砌石護岸、木樁節制工、打樁編柵等生態工法，溪床由此陡降，穿過信義快速道路底下，流經山腳聯勤兵工技術學校，沿著信義路五段一五〇巷成為「東大排」，至象山公園潛入地下涵管，再現明溝時已在松山「錫口廊道」，注入基隆河。查古地圖，可以想見清代之前的台北盆地遍布溪流埤塘，可現在大多覆蓋成車道了。如果能掀開幾條溪溝，引進活水，塑造溪流生態公園，台北的街道會不會更具可親性？

橋畔有數棵構樹，有一次經過恰巧起風，聽到噗噗輕爆聲，抬頭尋找，發現構樹上許多草綠色長條形花穗，冒出一股股煙霧，才知雄花蕊趁起風彈射花粉，旁邊的雌樹一叢叢圓狀花近水樓台先得花粉，待五、六月間便長出一朵朵鮮豔「紅花」——其實是果實。我曾嚐過阿美族廚師取其黏稠汁液作為奶酪醬汁，滋味微酸甜；我也曾目睹老人家摘其葉莖，擠白色汁液塗抹瘡癬，直說非常有效。

但更有趣的是，中央研究院生物多樣性研究中心副研究員鍾國芳根據太平洋構樹的分布和南島語族對構樹的栽培與使用（樹皮布），以次世代基因定序方法，發現南太平洋構樹源自台灣，再從生物地理學角度佐證南島語族「出台灣說」：台灣出發，沿海路經印尼、新幾內亞到大洋洲（如東加、薩摩亞、復活節島）。

過橋後，步道成了急降坡車道，每跨出一步都像在踩剎車，倒著走還比較輕鬆。此時舊埤溪已成深邃山溝，林木茂盛蔭溪，近乎陰森，只聞潺潺流水聲，左側陡坡叢生烏毛蕨、長葉腎蕨、觀音座蓮、台灣桫欏形成一座「蕨牆」；亦有構樹、血桐、姑婆芋、野薑花、颱風草、大花曼陀羅、非洲鳳仙點綴其中。待下至聯勤兵工學校，左側蕨牆下可見合果芋、酢漿草綿延，引領我前往大自然的「許願池」：一大片銅錢草，總有婦人在此採野菜（川七、鵝仔菜），此時總會傳來大冠鷲「回—回—回伊—」的鳴叫聲，盤旋上空。啊，我說不清為什麼，整個人就這麼快樂起來，心情如鷹展翅。

❖ 3、後印象畫派式旅行

因地緣之便，常在象山或四獸山、拇指山、南港山系走動，但重點已不再是當初的「插樹枝」喝咖啡，更不是化解當下的苦惱或尋求工作靈感；反而逐漸演變成一種日常獨處的心靈腹地，一種自然志踏查的學習途徑，多數時候更是我個人漫行慢走的思想流動。是故這些小山成為我的「哲學花園」，那些步道和山徑也成為一條條「哲學之路」，我終於體會哲學家和文學家何以如此著迷於「走路」。

如此透過自己的感官去感受、去描述的地景，是主觀的地景，是他人看不到的地景。事實上，每個人都會藉由主觀的眼睛看見不一樣的事物，地景亦然，透過主觀改造的地景遠比客觀描述的地景有意思多了，這才是旅行的奧義啊。

但世人多有一問：老是爬同一座山、走同一條路線，不會乏味嗎？

我的想法是，就像重讀一本書，每一次都會得到不同的體會。一次次走山，不也是如此嗎？

更何況，整座山實際上隨著天氣變化、季節更迭、蟲林鳥獸而推陳出新，呈現各種姿態、聲音、氣味、意象。所以，有人幾十年都爬同樣的山、走同樣的路——在四獸山多的是這種人。初時我不理解，如今老之將至才領悟，如果每一次都站在人文角度出發去踏查，再熟悉不過的地景和蟲林鳥獸，皆可能變得「陌生」而令人興味盎然，因而激發出不同的思考、視野和知識景觀。這形同將所身處的地理環境重新「創世紀」，走入嶄新的未知疆界。

「特定地點就像回憶的守護者，每次回去都能看到往日點點滴滴。這種山在每個人的一生都只有一座，相較之下，其他山岳只是不重要的山峰，即使是喜馬拉雅山，也不會顯得更了不起。」義大利小說家帕羅．康提在《八座山》中如此寫道。就像我透過往昔的路徑來到以前「插樹枝」的地方，例如松山靈隱寺、萬壽亭、益壽亭，彷彿就能重溯記憶回到過去，而我於此間經歷的主觀的「記憶地景」，旁人看不到，亦感受不到。因此，我很感恩能住在象山旁三十餘年，才得以細數這座綠山的細緻風景和蟲林鳥獸，整理了我在職涯上的遺憾與懊惱，並且擦亮我的心智。的確，每個人都應該擁有一座心目中的家山，才能夠支撐自己的信念，在人生低潮時給予自己力量。

有一天，無意中翻閱到法國畫家保羅·塞尚的油畫作品《聖維克多山》（*La Montagne Sainte-Victoire*，位於普羅旺斯的山脈），驚訝得知同一座山因創作時間不同、視角不同、心境不同、感受不同，畫家竟畫了數十幅！感覺畫家每一次畫這座山，都讓這座山有了新的生命。藉由這系列，可看到畫家晚年作品走向簡化、抽象化，開始運用幾何圖形來描繪自然景物，更大膽運用不同色彩表達畫家對世界的主觀感受；其時梵谷、高更的創作思維亦若是主張——即所謂「後印象主義」，因而改變了西方繪畫的面貌，激盪出後來的野獸主義、立體主義、表現主義、抽象主義。這種更多地表現畫家對客觀世界的主觀感受的藝術觀念，一旦應用在登山健行、各式各樣的旅行，所見景物是否也會產生新的面貌？

而像我這般從閱讀、從後印象主義體會而來的家山式旅行，又可否稱之為「後印象畫派式旅行」呢？

02

魔山野望：從柴山自然志出發

高雄鼓山區壽山

❖ 1、台灣最臭美的魔花

「台灣魔芋！」眼尖的涂建豐，發現礁岩孔隙冒出一株紫紅色筆狀植物，三十多公分，尚未發育出佛焰苞，可能還要幾天吧，誰知道呢。如同它的名稱帶有魔力，神出鬼沒，不知何時何地會冒出來，我們只能推測其棲地尋找它，就像此刻所在的柴山「龍泉谷」——盡頭有片嶙峋岩壁，光禿禿的，因滲水形成碳酸鈣澱積而幻化出硫磺般色彩，其餘岩壁則散布粉藤、三葉崖爬藤等，令谷中清幽涼爽，卻也散發腐敗霉味，催育了蕨類、蕈類、姑婆芋，以及遍生谷地的台灣魔芋——稱為「魔芋谷」也不為過。

另有片岩壁攀著幾株俄氏草，令人聯想到一八六四年間來台採集六百多種植物標本而名留台灣自然史的英國皇家邱植物園（Royal Botanic Garden Kew）採集手、植物獵人奧德漢姆（Richard Oldham）。為了悼念他二十七歲英年早逝，便將其姓氏拉丁化「oldhamii」作為俄氏草種小名，像柴山獼猴喜食的稜果榕亦以其名紀念；但奧氏的採集範圍集中在基隆和淡水，未曾南下，可見十九世紀的台灣植物大調查時代，到處都是寶。類似的採集手，台灣也有一位，就是人稱「介神」的植物畫家洪信介，隸屬於全球最大熱帶植物保種中心「辜嚴倬雲植物保種中心」（屏東高樹鄉）——我曾至該中心參訪，在其保種的三萬多種熱帶植物中，不乏瀕臨滅絕等級的物種，包括二十六種珍稀台灣特有種；我對蘭花、茶花、秋海棠種類之多尤其驚嘆。

十九世紀中葉來台且曾駐留打狗的西方植物採集者，有威爾福（C. Wilford）、郇和（R. Swinhoe，亦譯斯文豪）、史蒂瑞（J.B. Steere）、佩福來（G. Playfair）、韓爾禮（Augustine Henry，自取漢名）等，柴山因而成為台灣自然史的發源地之一，與淡水相呼應，開啟了台灣自然知識研究之路。

其中，據李瑞宗《探索壽山：植物篇》所述，韓爾禮於一八九二至一八九四年間，在打狗採集五百六十五種植物，包括猴山九十四種，如台灣魔芋、密毛魔芋、桶鉤藤、小刺山柑、毬蘭、垂頭地寶蘭、高雄卷柏等。睹物思人，見到台灣魔芋如同見到韓爾禮，這是值得紀念的一刻，當天便在臉書留下紀錄：

台灣最臭美的魔花

今天巡柴山，空氣中瀰漫著酸腐味，果然，台灣魔芋盛開，一路數下來，有上百株吧，讓柴山儼然成為一座「魔山」。

不知誰的遐想，說台灣魔芋是「雷公銃」，又聲稱它的臭味是「雷公放的屁」，倒是頗契合它的神祕色彩和味道。

遙想昔日愛爾蘭籍植物學家韓爾禮在柴山找到這株奇特的台灣特有種植物，應該很興奮吧？

有趣的是，台灣魔芋雌雄同株，但在不同時間成熟，雌性花序先熟，雄性花序繼之，如此「雌雄異熟」才能避免自花授粉。

外觀上，那根短銃附屬物就像空心蘿蔔的歇後語，只是虛張聲勢的臭美表徵，雄性花序其實躲在短銃下方佛焰苞中的花軸上端，形似黃玉米，而雌性花序則在花軸下端，柱頭密布如繁星，分泌某種難聞的酸腐味傳遞給特定蟲媒，吸引牠們飛來——我的假想情境是，蟲媒沿著花軸鑽入佛焰苞底部雌性柱頭流連忘返，直到臭味消散才爬出來，雄性花藥趁機擠出膏狀花粉，讓蟲媒沾滿花粉離去，接著蟲媒又飛到其他株魔芋，便完成異株授粉了。

資料說花期在四月中至五月上旬，無法預測何時何地冒出地表，倘若未能在花期得到蟲媒授粉，便會「華而不實」而枯萎、腐爛，然後消失得無影無蹤，只留地底塊莖（蒟蒻）進入休眠模式。

為了紀念韓爾禮一八九四年的發現和模式標本的採集，以其姓氏命名「亨利氏魔芋」。如今百多年後尾隨而至的我們，見到台灣魔芋依然興奮極了，因為它依然神祕莫測。

前述並未提到更稀罕、更神祕難測的「密毛魔芋」，係因花期稍晚些，約在五月中旬至六月底，按過去紀錄多出現在北壽山往小坪頂的「魔芋大道」，但我卻在南壽山荒僻處遇到數十株高低不等的密毛魔芋，是否為了便於異株授粉而群聚？抑或有人刻意栽植？亦有一說，密毛魔芋因花期遇上梅雨季，授粉不易，主要仰賴地下莖進行無性繁殖。

其中數株已有佛焰苞，高度多在一六〇至二〇〇公分之間，亦有超過兩公尺者，有幾株的腐臭味令人窒息，蚊魔飛舞更教人難以招架，叮得我滿頭包——窺探大自然奧祕可是要付出代價的。

❖ 2、公眾參與的「柴山學」

近幾年跟著在地媒體人凃建豐踏查柴山，改變了我的柴山印象，也確立了自己的觀察位置，慢慢找到了切入的方式。猶記得八年前南下高雄打工，便迫不及待往柴山跑。每次都是假日一大早從龍泉寺登山口上去，經「雅座」（海拔二五八公尺）、「盤榕」（海拔三三〇公尺）兩個奉茶亭，出千光寺登山口，偶爾也走到南壽山「七蔓」奉茶亭（海拔二三四公尺）再繞回來，大抵是循枕木棧道和礦區道路（銀合歡純林）而行。看山看樹看海看猴，久了便覺無趣，加上柴山缺乏野溪滑瀑孕育「靈氣」（芬多精），便嚮往屏東群山而去。

但柴山仍然給我很大感動，久久也會去一次汲取正能量。眾知茶亭的水都是志工一桶一桶背上去（每桶二十公斤），瓦斯桶亦然，只為了熬煮大麥養身茶分享山友；盤榕又多煮了洛神花茶、薑茶、青草茶，而且難以想像茶料還是由背水義工自行奉獻購買。此外，這支「柴山志工奉茶隊」不時會修補棧道、撿垃圾、清猴糞等，方便各路行者。

我因自備咖啡未曾飲茶，但每次遇見背水志工都很感動，常向來訪朋友推薦「柴山奉茶文化」是大高雄最動人的人文風景。這也是我私下稱為「柴山意識」之餘緒。

猶記得一九九〇年代初至傳媒上班，社會運動風起雲湧，我因八〇年代就讀成大時，曾有個暑期借住同學家壽山宿舍空屋，便特別留意一九九二年五月成立的「柴山自然公園促進會」（簡稱「柴山會」）。由吳錦發、王家祥等一干文化人發起「公眾參與」生態保育運動，欲喚醒公眾的自然意識，形成自我覺醒力量，實踐一座自然公園的夢想。最終，「壽山國家自然公園」在二〇一一年成立了。這場運動影響深遠，我認為二〇一一年六月的「搶救阿朗壹古道」亦有其遺緒，請容許我稱呼這種公眾覺醒、公眾參與為「柴山意識」。

除此之外，過去我總找不到上柴山的理由；潛意識裡，柴山的蟲林鳥獸對我不再具有風景的含義，而是習以為常的一般山林，直至跟著涂君上柴山踏查，才知道自己還未真正地認識柴山。我自以為是的熟悉，反映出我對自己所在之地其實並不如自己所想像的那麼熟悉；而這般態度亦阻礙我進一步去了解，因而陷入「熟悉的地方沒有風景」之迷思。此外，「排斥自己所在之地」實是一種逃避心理，如同我當初遠離台北到高雄打工，其時吸引過我的一切無法再吸引我，感動過我的一切不能再感動我，甚至激怒過我的一切也難以再激怒我，我的精神和心境常處於一種無知無覺的迷惘狀態，只覺得自己需要尋找另一片「新的風景」——直覺中就是在「遙遠的地方」找到「新的自我」。

但經過數年在柴山的沉澱，現在我已有定論：無論身處何方，以什麼角度看待周遭的一切，遠比我們在哪裡重要得多。就像藝術大師羅丹所言：「這個世界不是缺少美，而是缺少發現美的眼睛。」所以，好風景未必在遠方，有時就在自己所在之地而不自知；須知，身為一個世界旅人，最大的危險是，看慣大山大水之後，再回頭看自己所在的小山小水，不知不覺便失去了新鮮感和感動。

再回到涂君的引領。他帶我從柴山自然志出發，嘗試以社會學的角度去探詢柴山的歷史變遷；或從果農、住民、背水志工、導覽員、獼猴專家等各種角度去切入，進而與台灣歷史連結，讓我對地方旅行有了新的認識和體會。更重要的是，他也讓我感受到「有為者亦若是」，只要我們願意學習、比對、查證、思考，便有機會拓展自己的知識邊界。而往往透過地方文史的擴大敘述，不知不覺便與波瀾壯闊的台灣歷史和世界歷史產生了連結，例如揣摩早期打狗探險家必麒麟、博物學家郇和等人境況、對話，讓我逐漸有了「Earthing」(接地氣)的感受，不再視柴山為日治「打狗公園」的延續，或市民爬山運動的好地方，而是一座看似平凡卻有著豐富生態的魔山，也是增進大自然感知力的一座魔山。

觀光客和旅行者的分際便在此；前者就像初來乍到柴山的我，一陣風拂過，不知自己身在哪裡；後者就像現在的我，透過閱讀和在地文史工作者的協助，不僅有能力感知柴山之美，還能感受一個地方的具體存在，學習到一個旅人該有的養成，在人生中創造一段向山學習的生命旅程。

誠如小說家王家祥昔日揭櫫的「柴山主義」：「我希望跟別人分享我親近自然的感受，從大自然中得到一些美好的啟發，甚至調整自己的方法，尊重生命、敬畏自然的態度。」時至今日仍是真知灼見之言。我有幸認識的「地球公民基金會」生態講師傅志男，即是柴山主義的實踐者，也是柴山意識之典範。三十多年來，他背負另一種「茶水」：柴山的生態知識。

經由前仆後繼踏查一座山，帶動公眾參與，對一座山的解讀才會誕生如此多種的可能性；此亦呼應時代需求，人人皆可成為「柴山維基人」，這套逐漸積累出的獨特「柴山學」，猶如一部眾人共同寫就的維基百科——在台灣可能僅此一座山。

而涂君就是柴山學之中的維基人，盛情邀約我這隻夢想著遠方的天空、又一邊奔波眼前苟且的野鴿子，再度飛向柴山。

❖ 3、植物觀察，增進大自然感知力

通常，我們會從龍泉寺登山口登入。出發前，先探視寺旁乾涸的「龍巖冽泉」池底有哪些植物開花了，例如開著小白花的過長沙、開著小黃花的台灣水龍。

入口石階旁有一棵出牆樹，初秋開花時會誤認欒樹開花，卻是「星光燦爛」的克蘭樹，星狀蒴果纍纍，名稱洋化卻是道地台灣原生種。

拾階而上，循枕木棧道展開步道觀察，按涂君的觀察重點，可分喬木、灌叢、草本和藤本植物四種：

其一，所見喬木有恆春厚殼樹、正榕、雀榕、稜果榕、咬人狗、蟲屎、血桐、構樹、相思樹、銀合歡、山柚、破布烏、刺竹、土蓮霧等，其中，恆春厚殼樹立有解說牌強調它的「駢幹現象」（為適應貧瘠，主幹不停長出側幹增加存活率）。有人取其嫩葉咀嚼，味澀而甘，說可清熱解暑、治腸炎腹瀉，嘴中還冒出棕褐色汁液，故稱「山檳榔」，可想見蟲族也會喜愛這一味，

只是蟲害過多時，它便會在葉片上分泌某種如鞣酸的氣味，令貪食者食不下嚥，但不知有否類似金合歡的「危機處理」功能——釋放「警訊」（氣味）給周圍同類應變，趕緊分泌鞣酸，令掠食者聞之卻步。

因此，我頗好奇，樹與樹或與其他生物之間，如何透過我們不了解也看不見的溝通方式說「悄悄話」？它們的「語言」是什麼？都在聊些什麼呢？

《國家地理》雜誌便曾介紹，加拿大黃杉會透過根系，利用地底下真菌網路彼此溝通（互聯網概念的「樹聯網」），交換水和養分，孕育幼苗，甚至在遭遇威脅時發出警訊，彷彿電影《阿凡達》中聖樹伊娃透過「神經網絡」傳遞訊息。未來，若能解碼植物語言，或許能刺探山林無法言說的生態危機。

其二，所見灌叢有山棕、小刺山柑、烏柑、七里香、瑪瑙珠、毛柿、雙花龍葵、數珠珊瑚、白花丹、密花白飯樹、羅芙木等，其中，烏柑帶銳刺，每次鑽探柴山都很難倖免；小刺山柑名稱帶刺，卻不具威脅，花形展翅欲飛甚美，還會像山芙蓉般改變花色來招蜂引蝶；白飯樹的白色漿果似米粒叢生枝葉間，口感微甜多汁；七里香在夏季盛開時，一簇一簇的白花，為暑氣漫天的七月帶來清香，有時突來一陣驟雨便落成花徑。

春夏總是群蝶飛舞，可數到玉帶鳳蝶、大鳳蝶、青帶鳳蝶、大紅紋鳳蝶、小灰蝶、青斑蝶、大白斑蝶等，有些汗流浹背的幸運者，還能招引雄蝶停駐、吸食汗水（鹽分和礦物質）來提升生殖力。

其三，草本植物中，最常見沿階梯生長的細葉麥門冬，俗稱「山韭菜」，乃柴山山羌食草。

當我新冠確診後進行保養，在中醫師所開藥方竟見麥門冬一味，才知有「乾咳痰黏、勞熱咳嗽」療效；眼尖些，可能會見到磨盤草，果形如磨輪，據云能治耳痛、耳鳴、耳聾，難怪柴山自古以來就是藥草山；亦見賽山藍，植株型態多變，頂生穗狀花序，形似蝦蛄。

至於可遇不可求的野生蘭，就看各人走運了。例如五月有山芋蘭和紫花脈葉蘭、六月有垂頭地寶蘭、八月有矮折唇蘭、九月有狹瓣玉鳳蘭，多在步道旁輕易可及之處，可許多人渾然不覺走過。果然如大偵探福爾摩斯所言「你看見了，卻沒有觀察」，沒有觀察，就會視而不見。

其四，柴山最具可看性的藤本植物，為此壽山國家自然公園籌備處還出版了一本圖鑑《逐光綠蔓》。可等到現場一對照，圖鑑也難以掌握，仍須仰賴涂君的判讀經驗；加上柴山已有不少外來種入侵，種類繁多，若以自然公園的意義來說，最好都是柴山原生種，任何人為的干涉——即便移植來的是台灣原生種如血藤，也不被允許，更甭說黃金葛、吊竹草、萬年青、數珠珊瑚這些到處氾濫的異域外來種了。

猶記得三月下旬往盤榕途中，棧道旁遇見血葉蘭開花，欣喜之餘，往蓮花洞途中，又撞見血藤垂掛山壁，一串串含苞待放，禁不起「幸運之花」誘惑，摸藤而上，立見許多串犀角狀花序，此株莖藤粗壯如人手臂，已有相當年歲。

以往我都在深山中遇見血藤，沒料到柴山也有，可涂君卻說是有人種上去的。血葉蘭也是，原產緬甸，形似金線蓮，花序卻大甚多，這類外來種常見於山友私闢「祕境」，例如「幽美台」便見巴西鐵樹成群。

又如柴山最浪漫的路段「一簾幽夢」，錦屏粉藤如垂簾狀夾道，暱稱「麵線藤」，可惜是外來種蔓延開來，是福是禍難說，自然公園本應以原生、野生為要。

若循常規棧道走，可遇見的藤本植物甚多，難以細數。如海金沙、菊花木、盤龍木、山素英、扛香藤、隱鱗藤、風藤、恆春山藥、王瓜、垂果瓜、三角葉西番蓮、鈍葉朝顏、銳葉牽牛、雞屎藤、桶鉤藤、黃獨等，都是凃君帶我一一辨識；有時還會加上一些趣味知識，例如台灣菝葜，便提及同科、同屬不同種的墨西哥菝葜（俗稱 Sarsaparilla）是「沙士」的主要原料。這讓我聯想到以前在美國常喝的 Root Beer（麥根沙士），即引自墨西哥菝葜飲料加以碳酸化。我對西番蓮「時鐘花」尤感興趣，初期花柱高舉，花葯開裂向下以便將花粉搽到蟲媒背部，到了晚期，花柱還會折腰與蟲媒帶來的花粉進行異花授粉，必要時也可與花葯剩餘的花粉進行補償式自花授粉，是相當有智慧的生存策略。

另有一事值得銘記，或有助於拼湊我這位媒體好友凃君的形象：

話說，我曾上「菜刣崎」（借刨絲器形容路徑崎嶇）拍到不知名黃花，卻因影像模糊難以辨識，凃君旋即上去確認，才知是俗稱「木玫瑰」的姬旋花。等到翌年二月，我早忘記此事，他又悄悄上去補拍，方知名稱其來有自——原來花冠凋謝後，宿存花萼會包覆果實，直至成熟裂開，萼片木質化，蒴果裸露，宛如一朵木雕玫瑰。「贈人玫瑰，手留餘香」驀然浮現我心頭。

• • •

龍泉寺登山口的棧道巡航標準路線是：經龍泉亭、龍門亭、小坪亭、泰國谷、猴區亭、雅座、蓮花洞、盤榕、新翠嶺、四棵榕，出千光宮登山口，即為北壽山O型路線；其間路徑交織如網，便衍生出許多山友自行組合的私房路線。像我遇岔路指標便會臨時起意改道，有時取四棵榕（海拔一六二公尺）、盤榕方向，有時取中心亭、蓮花洞、雅座方向，就看當時心境流轉；順便一提，蓮花洞旁有棵巨大榕樹著生毬蘭，每到花期（四至十月）宛若繡球高高掛。

位於兩棵大葉雀榕庇蔭的雅座，設有茶亭，人多，猴也多，常有鳥群覓食它的隱花果，又稱「鳥榕」。在鳥鳴不已中，沖杯咖啡眺海景令人心曠神怡；據云「內惟古道」在此越嶺，與西向的「柴山古道」銜接，可惜後者位在軍事管制區域，故只能遠觀柴山漁港；若循指標繼續北行，陡下猴岩（海拔二二二公尺）、猴區亭，往泰國谷（海拔二四〇公尺）、小坪亭（海拔二三一公尺），可銜接「魔芋大道」回到登山口。

猴岩有株稜果榕，常見獼猴摘食。桑科榕屬的果實多為鳥獸所愛，但人類更挑嘴，專挑美味的無花果、愛玉、大果藤榕、羊奶頭來吃。荷蘭作家藍柏在《福爾摩沙拾遺：歐美的台灣初體驗一六二二－一八九五》中提到，英國外交官郇和在一八六〇年代派駐打狗期間，曾對柴山獼猴進行觀察，並取得模式標本，確認為台灣特有種：

「台灣獼猴……白天大多數時間都在洞穴裡尋求庇護，黃昏時則聚集成群，覓食漿果、植物嫩芽、蚱蜢、甲殼類和軟體動物。牠們在夏季夜晚成群現身，大肆劫掠甘蔗田和果園，表現出對龍眼類漿果的偏愛。」受到人類入侵影響，柴山獼猴的習性已不同於郇和年代，逐漸演化為會索食、搶食的「柴山特有種」。

依據壽管處二〇一四年委託計畫調查，柴山獼猴有三十多個族群、一千三百多隻（未包括軍事管制區），多聚集在棧道區，如今恐已超過環境承載量，常見獼猴面黃肌瘦，可與此有關？

若無人餵食（包括果園），或許能慢慢重建人猴關係，恢復柴山獼猴的自然行為——曾見五、六隻獼猴大啖某種黃色漿果，細看，竟是木鱉子（種子如鱉甲狀而得名），才得知柴山也有原生種木鱉子，況且，野食行為對物種散播也有意想不到的效益。

在柴山走動，偶爾會聽聞「嘎嘎—嘎」聲響，大概是赤腹松鼠的叫聲。常看到牠上樹下地奔走，莫非正忙著到處藏匿食物？

有時候我覺得自己的思緒像隻松鼠，整天在不同事情間跳來跳去，腦袋充滿轉動的噪音，讓自己變得筋疲力竭。是故，當我觀察到野生動物一次只專注在一件事上，便領悟到，活在當下，就是一種恩典。所以，常常接近大自然，便可修煉當下的力量。

如果松鼠忘記去吃牠藏匿起來的種子，那些種子就可能發芽破土而出。故有一說，松鼠愈多的地方容易蔚成一片森林；同理，野鳥和獼猴到處野食排遺，也有播種效果。有人曾將獼猴排遺混入土壤放進小花盆，過一陣子後，長出稜果榕、咖啡樹或其他植物，便稱為「猴糞盆栽」。

如今柴山鬱鬱蔥蔥，很難想像一八七三年曾被博物學家史蒂瑞形容為「整座猴山幾乎是光禿一片」。這可能與荷治以來發展的石灰業（一六三八）和伐木業（一六四三）有關；直至日治（一九〇八）實施保安林政策，持續植林，才有今日風貌吧。

在郇和的年代，外國人上柴山展望，大多從哨船頭、英國領事館後方上南壽山，眺望打狗灣。但郇和似乎是到處穿梭，他的許多採集，例如咬人狗、山豬枷、恆春山藥，極可能都來自柴山。有關郇和在台灣的採集多不勝數，包括兩百多種鳥類、兩百多種植物、四百多種昆蟲、兩百多種蝸牛和貝類，也及兩棲爬蟲、魚類等；其中至少三十三種動植物以其姓氏命名，如藍腹鷴、斯文豪氏赤蛙、斯文豪氏攀蜥等，就不贅言了。柴山常見的翠翼鳩、小彎嘴也是他最早發現。他的名字已與福爾摩沙緊密連結。

順帶一筆，郇和發表的鳥獸文章甚多，於一八七七年十月發表一篇〈福爾摩沙來的新鳥種〉——黃胸藪眉（藪鳥），以發現者史蒂瑞命名。沒想到當月底，郇和便因癌症病逝倫敦，享年四十一歲，該文成為絕響之作（見陳政三《翱翔福爾摩沙：英國外交官郇和晚清台灣紀行》）。

到了日治，上柴山展望，多從哈瑪星溯「山腹逍遙道」（今萬壽路）上去，參訪壽山館、登山紀念碑、宮之台（景觀台）。按李文環、蔡佩蓉《打狗公園野望》一書所述，這也是皇太子裕仁於一九二三年來訪時的登山展望路線，也及高雄神社（今忠烈祠）、禪寺在內的打狗公園。在此略作補注，「逍遙」在日語中有漫步、徘徊、散步之意；「野望」則語出隋末唐初詩人王績詩作，描寫詩人的歸隱，閒逸中又帶著幾分苦悶、惆悵和孤獨，頗似我在高雄的景況。

可能因不同時代的人類活動，影響柴山的植被變遷，造成南中北壽山林相差異極大。譬似南壽山，因造林引進外來植物種類較多，中壽山也因貪求快速復育而栽植銀合歡，皆不若北壽山因軍事管制區而保有較多樣性的原生植物；如今南壽山這條面海路線，或可視為壽山的人文視野，而北壽山龍泉寺登山口的棧道路線，則是我的逍遙道。

初入柴山，我都會帶上《探索壽山：植物篇》當植物觀察指南。書中將柴山區分八個植物樣區來觀察：魔芋大道、泰國谷、北壽山頂、北壽山西谷、猴岩崖壁、猴岩頂、鳳凰亭、台泥運礦道路，約可視為柴山自然知識的八間實習教室，其林相多少也反映了柴山的植被變遷和不同時代的人類活動。

因此，「柴山教室」與「柴山意識」，便是我認為「壽山國家自然公園」最珍貴的兩個意義；而那些親山步道網，則成了我寄居高雄的「安身立命之道」，這是柴山給予我的第三個意義。

❖ 4、熟悉的地方沒有風景？

柴山有許多隱密步道，皆是潛行者走出來的，錯綜複雜，如果方向感不佳，必然迷途。某次入山，我便是走柴山古道群的內惟古道：從龍泉寺旁民宅後方「柴山瀑布」（約七、八公尺高，只在大雨滂沱時出現）乾溝攀上去，沿月光溪小徑（海拔六〇公尺）往蓊鬱林間深入，出龍門亭，陡上菜刴崎，登雅座，越嶺，可折往南壽山的清代大坪頂砲台遺址（日治「宮之台」，位於軍事管制區）。按文史研究者廖德宗〈清代打狗大坪頂砲台及軍事古道考證〉一文所載（《高雄文獻》第五卷第三期），以大坪頂砲台為中心，曾有四條古道分別通往周遭四個聚落，即哨船頭、鹽埕埔、內惟，柴山。

走著走著，一股濃烈氣味陣陣襲來，原來來自山棕隧道中。我們走在山棕隧道中。山棕是雌雄同株異序，先開雌花再開雄花，吸引蟲媒來，蟲媒吸引青蛙來，青蛙再吸引蛇來，接近時宜加留意；趁機提出一說，昔日的蓑衣說是山棕底部棕毛所編，非也，其實是以蒲葵網狀葉鞘纖維所織就。

至今，我心中仍有個疑問：雌雄異株如構樹，相較於雌雄同株如山棕，是否隱藏某些演化動機？對植物而言，這是一種「進化」嗎？植物的演化又是如何進行呢？

忽見腺果藤火柴棒狀果實掉落滿地，涂君拾起一枚笑說「忍者暗器」，常見猴子身上沾黏腺果藤，便因果皮分泌黏液所致，如此一來便可散播柴山各處。先前，我亦在浸水營古道崁頭營段遇過同科同屬（紫茉莉科皮孫木屬）不同種的「捕鳥樹」皮孫木，梗狀果實也會分泌黏液，植株型態卻大不同；前者藤木，後者喬木。

續行，遇古老土地公廟（海拔七〇公尺），顯見山徑曾是內惟聚落通往柴山漁港之東西向古道。突然想起一生反抗強權的作家楊逵，在其自述文章提到一九三一年賃居內惟，撿柴維生一年多，必然也走過此徑。我慣稱「柴山」亦有此因，隱約透著一個時代社會底層的生活況味，高雄山、壽山、萬壽山之稱雖說是時代產物，還不如荷治時期稱為打狗山、打鼓山、石灰山，或清領時代的耶普山（Apehill，猴山）來得有意義；民間以傳說命名的埋金山、麒麟山也有意思多了。無可厚非，每個時代、每個地方，大自然的地標難免會被賦予意義和運用，並以不同的名稱和面貌出現。

我們也遇過幾座古墓，有的墓碑不見了，僅存墓耳，但從其疊砌的紅磚可辨別年代，若是長方形TR磚，大約來自愛河旁「台灣煉瓦（Taiwan Renga，簡稱TR）株式會社打狗工場」（中都唐榮磚窯廠前身）的規格化紅磚，顯然不同於清代紅磚。有一落款光緒十五年墓碑之墓耳，即由閩南式扁平方磚砌成，不禁臆想，柴山要不是有軍事管制區，恐怕早已成為墓仔埔山。

途中不時看到貝類裸露，提醒我們走在「內惟小溪貝塚遺址」之上。根據考古學者土屋恭一、國分直一、林朝棨、黃士強、劉益昌等人考證，距今四百至兩千多年前，確有先民住在柴山，可是馬卡道族先民嗎？

要不是識途老馬，外地人不可能走上這條鳥況極佳的古道祕徑。耳際不時傳來山紅頭、黑枕藍鶲、綠繡眼、褐頭鷦鶯叫聲，還看見一隻疑似台灣畫眉和大陸畫眉雜交的混血畫眉，鳴聲嘹亮，婉轉動聽，差點以為是善於模仿各種鳥鳴的白腰鵲鴝。

曾聽山友讚美「柴山的鳥，愈來愈會唱歌了」，令人莞爾，不禁回懟：「阿伯，那隻是人放出來的外來鳥白腰鵲鴝啦。」這種唱作俱佳的籠中逸鳥，涂君描述得最妙，說牠是「終生學習，一直在模仿其他的鳥叫聲」，但這種鳥領域性極強，已對本土鳥類和蛙類帶來生存威脅。植物亦然，看看小花蔓澤蘭、銀合歡到處蔓延，便知事態已嚴重到不可收拾。

除了上述鳥鳴，柴山也聽得到五色鳥、繡眼畫眉、竹雞、小彎嘴、白頭翁、樹鵲叫聲，大冠鷲三不五時飛來客串。其中，小彎嘴和白腰鵲鴝常在棧道跳來跳去，與獼猴同樣不把人看在眼裡。

正待出龍泉亭（海拔六三公尺）銜接棧道，竟見翠翼鳩在眼前草叢間漫步覓食，毫無懼色，令人喜憂參半。猜想郇和於一八六五年發表在國際知名鳥類期刊《IBIS》上的翠翼鳩，也是在柴山發現的吧？

亭旁立有小溪貝塚解說牌，圖示有獸骨、陶片、貝殼、錢幣，以及並未解釋的玉璜——我誤認了，涂君說是玻璃。但不免大吃一驚，這意味著先民有海外貿易行為，不知是否作為配飾或辟邪？

再至「馬卡道澤蟹橋」。但橋下山溝往往乾涸，看不出名堂，經涂君指點，雨後形成濁流沼澤時，站橋上凝視，便會發現馬卡道澤蟹悄悄現蹤。

過橋後，沿左側山徑菜剉崎陡上，經中心亭（海拔一五四公尺），仰攻雅座茶亭——路徑似經人工打磨過的珊瑚礁階梯，可是以前內惟古道遺跡？據載日軍攻占大坪頂砲台前，防守的黑旗兵便是從內惟古道竄逃。

途中，切往龍泉洞、龍泉谷，山徑不時飄落蟲屎的黃花，時而被生毛帶角的炭角菌吸引停駐。涂君似乎對微觀世界極感興趣。的確，大山大景看多了，還不如觀察細膩景物來得有趣。

走文至此，肯定會發現本文可見許多奇怪地名，係因我手上有張山友流傳的「壽山登山步道彩色全圖」。地名可能是採集眾說或各人對地貌的觀感，曾有山友對地名持異議，被回懟「如果不同意，就畫一張自己的版本吧」。

憑藉路是人走出來的精神，山友在柴山走出許多山徑，將自己屬意的地景透過想像命名，如一線天、鳳凰展翅、四棵榕、奇妙谷、百壽岩，行徑類似大航海時代荷、西殖民者到處命名，建立排他性領域。雖然祕境設施皆被拆除，地景名稱卻成為「指南」，憑藉這張繪圖，幾可掌握柴山全貌和方向感。

曾在拍攝垂頭地寶蘭時，見花朵僅兩、三公分，便蹲跪取景，哪知飛蚊猛烈攻擊，連手機都難以持穩，此時素昧平生的山友路過，不聲不響便取出扇子為我搧風驅蚊。此種人情味與前述背水上山、日常清掃、手繪地圖如出一轍，都是「柴山意識」之遺緒，日積月累，形成「柴山文化」。

回到本文開頭，出龍泉谷銜接魔芋棧道，三分鐘後抵「鳥瞰高雄觀景平台」（海拔一五〇公尺），龜山、半屏山在目，多半灰濛濛的，不禁慨嘆，到底是誰讓港都變成充滿煙塵的地方呢？

旋即踏上魔芋大道，可魔芋仍不見蹤影；須臾，遇岔路，捨棧道，取右切入林蔭小徑，剎那間，不敢置信，台灣魔芋竟如雨後春筍般林立，顯然是熱點區。這一帶屬於小坪頂區域（海拔二三一公尺）；續行，過小紅橋又有驚喜：遇見高雄卷柏——再三現身不能不提，台灣許多區域的林相大同小異，但對動植物學家來說，「同中求異」就是破案關鍵了，再三求證反覆比對，結果往往出人意表，竟是區域特有種，譬似馬卡道澤蟹、高雄卷柏，太魯閣櫟也是一例；無獨有偶，柴山與太魯閣都是石灰岩地形，前者珊瑚礁岩，後者變質為大理石，都是植物生長困難的環境。若根系能克服石灰質的危害，必然有其獨特生理機制適應高鹼土質，我猜想，因而化育出地區特有種？

未識高雄卷柏之前，以為稀見，自從認識之後，便很容易看見，可見人們對不明白、不認識的事物皆視而不見，一旦認識之後便會常常遇見。當然，這需要基本的觀察力，可當我們自以為熟識後，又會視若無睹，就像看到麻雀不以為意。可知動植物有了名稱後，人們也容易放棄觀察細節，包括牠的行為到底是在築巢、覓食、求歡，還是示威呢？

從涂君不停地涉入一座小山的生態踏查，我看到一位地方性博物學家的初養成。「單純想和山待在一起，就像去拜訪一位朋友，除了與他作伴，再無其他意圖。」我想到蘇格蘭小說家、詩人娜恩．雪柏德（Nan Shepherd，蘇格蘭五鎊鈔人物）在其散文集《山之生》如此寫道。

隨後往觀海岩（海拔二〇〇公尺），又遇到川七、玉山紫金牛、地桃花、山黃梔、小刺山柑等，抵達時恰逢一大片扛香藤盛開。我站在一棵有著板根現象的巨榕蔭下，望海遐想，此際背後似有噴水聲，回頭一看，一隻銀灰背大公猴竟然對著我潑冷水——從樹上撒尿，還朝我齜牙咧嘴，顯然是針對我先前的行為有樣學樣的惡作劇。

小坪頂謂是柴山祕境，遍布精采的珊瑚礁石灰岩地形，有時拔升成峭壁、峽谷，有時陷落成溝壑、斷崖、岩洞，令人流連忘返。

先前與涂君踏查附近的「清風峽谷」，處處可見老榕攀爬在高位珊瑚礁岩，造型優美，宛若巨型盆栽。這似乎是桑科榕屬特有的「吸功大法」——樹根透過分泌酸性物質溶解珊瑚礁岩，讓根部深入岩縫扎根，吸收岩縫裡的養分。

植物的生存智慧往往令人驚嘆。我猜想《聊齋志異》中的千年夜叉姥姥，肯定是老榕修煉而成的樹妖，將數十條氣根一根根扎在地上，猶如「會走路的樹」。在此便遇過一棵老榕走了數十步路占地為王，還將附近一棵七里香（聶小倩乎？）緊緊掐住，典型的「纏勒現象」，一如在棧道遇見的黃連木幾乎被一棵榕樹環抱纏勒——涂君常在此拷問同行者「有幾棵樹？」」，令人莞爾，我順勢將此地「獨木成林」現象命名為「有幾棵樹」，以資紀念。

附近有多處岩洞地穴可探，但我們志不在此，沿途龍船花散布，亦見毬蘭宛如吊燈垂下；還有以氣根攀緣樹幹的柚葉藤，實在很難將它與天南星科一起聯想，但它確實有佛焰苞，只是極小，授粉後會長出紅色漿果。

抵清風峽谷時，山棕和姑婆芋遍生，皆相當高大。隨即被一整片榕樹氣根震住，那片氣根如同垂簾般從谷頂垂落，山友以「氣根瀑布」名之；倘若有科幻小說家在此，說不定會將其想像為一道「時空門」。接著又上上下下，穿行狹壁，在奇樹與奇岩間繞行，清風峽谷之行果真如涂君所言「五分鐘一個驚奇」。

少頃，來到逍遙頂（海拔二五四公尺）。只見猿尾藤盛開，花型如幼鳥展開絨羽，還帶著黃色斑塊。但它的奇妙，要等到五、六月果實成熟時方得見——我見過它的翅果從樹冠旋轉飄落，細看，竟有三片革質翼宛如螺旋槳。

還看到兩種有趣的藤本植物：一是莖藤如劍龍背脊的雙面刺。葉軸上下均長尖鉤刺，但不是每片葉子都長，有的只長上面，一看就知道不好惹。也難怪，芸香科花椒屬的葉片一揉便散發奇香，對草食動物絕對是美味，不得不演化出自我防衛機制，不然整株葉片都會被吃光，或者被人採光。

二是山豬枷。顧名思義「捕捉山豬的枷鎖」，可想見枝條強韌；對桑科榕屬的山豬枷而言，此地真是得其所哉，長得十分濃密茂盛。但為了適應柴山的乾旱，便將葉片衍生成皮革狀，減少水分蒸發，這是山豬枷因地制宜的生存策略，不知可否稱為「植物的智慧」？本文和本書中例舉多種植物的生存策略，諸如西番蓮花柱折腰受粉、金合歡遭侵犯時告知同類讓葉片變苦、榕樹的纏勒、恆春厚殼樹的駢幹現象、落地生根的「自然克隆」（clone，指通過無性繁殖誕生同自己一模一樣的後代）現象，即使植物沒有中樞神經（大腦），卻有達爾文所謂的「根腦」（root-brain），顯然也會因應外界刺激，透過「演化」出的結構和設計做出生理反應。是故，我認同「植物擁有智慧」的觀點（非科學定義的智慧），也是未來我更感興趣的求知方向。

可惜逍遙頂毫無遮蔭，眺望幾眼海景就曬昏了，旋即轉往北柴山三角點（海拔二五〇公尺）。岔題了，再回到觀海岩。我們循原路返回，過小紅橋後，不經意抬頭，看到難能一見的膏葖果裂開，懸在半空中，有說是絨毛芙蓉蘭，也有說是歐蔓，未有定論。來時渾然未覺，要不是傅志男指點便錯過了，可見生態觀察不能依慣性只看地面，偶而也要抬頭看看樹冠；接著，傅君又引領我們去看山黃梔，已至花開末期。我對梔子花倍感親切，小時吃的粿粿都是用梔子花染色，後來我也將其萃取的紅、黃、藍色素及其混色應用在烘焙。據云成語「節外生枝」便來自對山黃梔的觀察，一般植物的枝芽和花多生長在節上，然實際觀察山黃梔，節上生枝和節外生枝兼有之。

返程遇大自然清道夫——糞金龜，正以倒立姿勢用後腳推著糞球（猜想是猴糞）前進，我們當牠是「昆蟲界的薛西弗斯」，圍著為牠加油打氣。的確，對涂君而言，柴山的小東西似乎更加有趣，譬似蕈菇世界的紅蓋小皮傘、易碎白鬼傘，或者緊貼葉片的大銀腹蛛、叉紋閃舞蛾、黃腹鹿子蛾。

更重要的是，涂君具有哈斯克《森林祕境》一書的思維：與其四處走動各地，還不如尋找一處感情認同之地（柴山），當作祕密花園仔細觀察，創造一處屬於自己的曼荼羅，然後就像莊子的隱喻「道行之而成」；近年，也有台北朋友觀察起陽台窗口植栽（祕密花園）的飛鳥築巢育雛行為。一念之間，曼荼羅就在眼前，在都市生活中創造了另一種「自然」面向。

想起美國神話學大師喬瑟夫．坎伯一句話：「如果你不能在你所住之處找到聖地，你就不會在任何地方找到它。」其言持之有故，令人茅塞頓開。柴山就這樣成為我打工高雄時的「家山」，一如象山、四獸山、植物園、大安森林公園曾是家住台北時的心靈腹地，由此，我在車水馬龍的都市生活中多了另一種面向與可能。

有一說，熟悉的地方沒有風景，真的嗎？

柴山經驗讓我明白：「風景」無所不在，唯己身缺乏覺醒。

03

追尋鈔票上的風景：從象鼻隧道到台灣特有種風景

花蓮秀林鄉和平村　玉山、塔塔加、阿里山、陽明山、太魯閣、大鹿林道

❖ 1、壹圓鈔上的象鼻隧道

「啊……」右腳踩空剎那驚叫聲還不及迸出嘴巴，人已墜落數十公分，繩索猛然收緊拉直，臀部也被安全吊帶緊縮，雙手不由自主緊緊抓住繩索，所謂「命懸一線」大約是這樣的光景吧。顯然崖頂的確保手將我制定在半空中，此際腦袋一片空白，心臟劇烈跳動，呼吸急促，人隨著繩索晃了幾下才冷靜下來，所幸沒有撞壁，靠壁 Take（休息）一下，彷彿一隻緊貼岩壁的毛毛蟲。

至此也明白，方才 Belay on（預備起攀），領隊一再保證絕對安全，卻也不忘再次檢查安全吊帶（一條腰帶連結兩個腿環）、大D勾環與確保繩和身體的連結，要不然初次攀岩者如我看到那條細繩難免會胡思亂想：會不會突然斷裂？

我們正在進行頂繩攀登（Top-roping），循著攻擊手架設的確保繩攀登一片二、三十公尺高且暴露感極大的峭壁。但更大的心理威脅，其實是偶爾傳來的嘩啦啦落石聲。

經過上述近乎殉身的嚇破膽墜落體驗，讓我更安心上方確保。理論上，只要保持確保繩在身體和雙手間，便可放手攀爬，即使失足、鬆手、失去力氣都無需擔心，繩子定錨在上方，也有確保者控制繩索，不會有直接墜地的危險，頂多只有繩子的彈性所造成的落差。

可我的核心力量幾乎耗盡了，大約是嚇到腿軟，領隊在下方吆喝鼓勵。的確，總不能就這樣吊著，多糗啊。於是，用腳撐住踩點，勉力一蹬，左手往上方裂隙抓，沒料到秒間又被重力拉下來，躊躇間，人冷靜下來，告誡自己，應該多使用腳來推動上攀，減少使用手臂力量。還好右腳摸索到一個踩點，一蹬，右手順勢抓住一個小凸石，總算有了進展，就這樣不停地摸索腳點和把手點，忘了幾次撐不住體重而墜落，應是登山鞋的觸感欠佳吧，沒有踩到適當的著力點，而且老早就把行前叮嚀——如「將專注力放在身體的重心」（我哪知道身體重心在哪裡？臀部？）、「不光是用手與腳，也要利用身體的拉與推」（什麼是身體的拉與推？）——忘得一乾二淨。

我的處境艱難，站在一個小小的踏腳點，雙手痠痛顫抖，卡在半途不上不下腎上腺素狂飆的慘狀，真令人欲哭無淚啊。事後檢討才知我的眼睛一味盯著上方，忘了尋找左右的可行性，還不自量力做出Lock-offs（鎖定）動作，結果可想而知，又墜落了。瀕死邊緣的掙扎是否也如此呢？

事後觀看影片（山友以自拍桿由崖頂往下拍），才發現自己每次出擊總是咬牙切齒（這樣就會長出力氣來嗎？），雖然取得一些進展，但沒幾下就像出水後的魚奄奄一息，失去行動力，這個過程與其說是攀爬，還不如說是蠕動。

就這樣帶著某種病態恐懼，使出渾身解數，跌跌撞撞又爬升了幾公尺。突然間，感覺繩子有一股拉力，原來山友正努力拉我上去，這種力不從心的感覺真令人汗顏。

崖邊在望，卻是一片光滑岩壁，幸好有一條前人打結的麻繩垂下來，讓人可以借力使力，我鼓起餘勇做最後一搏，用手撐住崖邊引體向上（請想像從游泳池邊上撐起身體爬上去的感覺）。無奈力不從心，肩臂再也無力下壓撐體，最終只能設法用右手肘壓上崖頂，使盡吃奶力氣將身體重心往上撐，再想盡辦法將不聽使喚的右腳跨上去，慢慢蠕動僵硬的身體趴上平台，最後還得勞駕兩位大力士各助一臂之力，把我拉上崖頂。此際汗流浹背，氣喘如牛，感覺心臟快要跳出來，但我興奮極了，身體為之顫抖，肉體的緊繃感過了好一陣子才鬆弛下來。我終於明白，攀岩有一種致命吸引力：瀕死瞬間的恐懼，以及之後的回味無窮——可否名為「愉悅的恐懼」？

等到後面幾位山友陸續上來，我才見識到自己剛剛是怎樣爬上來的，全仰賴先行上來的兩位大力士，在攻擊手口令下齊喊「一、二、三」，釣鮪魚似地將人一個個拉上來，哈，個個面如土色。像這樣付錢買的「愉悅的恐懼」，就像觀賞恐怖電影，是如此令人嚮往，成為一種「時尚商品」。

回想上午帶著忐忑心情從花蓮市區出發，沿舊台9線（已更名台9丁），過卡那崗溪（和仁）出和平隧道，至162.5K右轉鐵路涵洞，下和中沙灘，往南走至山海交界處，有一座一百多公尺高的山嶺橫亙眼前，岩壁崩落極大，疑似飛田盤山（海拔一四〇二公尺）稜脈末端，陡峭嶙峋，半山處有個大洞穴，說是日治「蘇花臨海道」殘存的11號隧道，我們要攀岩上去，依序穿過

10號、9號隧道，才能抵達此行目標8號隧道——也就是民國五十年（一九六一）發行印在壹圓鈔上的「象鼻隧道」，讓舊蘇花公路成為嚮往之地。

眼見洞口落差約三、四十公尺，我的下巴差點要掉下來，想回頭也太遲了。人實在很奇怪，沒有勇氣留在地面，卻有勇氣攀登可能摔死你的峭壁，為什麼？顯然我認為留在地面不在乎他人異樣眼光需要更大的勇氣，才選擇了攀登，這是「從眾效應」作祟嗎？還是內心想獲得自我肯定或他人肯定的需求呢？或者僅僅是陶醉在易思婷《一攀就上手》的閱讀世界？

幸好，山壁底下有一堆崩落的亂石堆墊高，大概可以少攀七、八公尺吧。

此時一個嬌小玲瓏、戴著岩盔的女性逕自爬上亂石堆，臉龐堅毅，五官精緻，眼睛炯炯有神，燦爛笑容中流露著自信、無畏且果敢的氣質。但她的背影卻讓我大吃一驚，緊身衣上浮現出花崗岩般的背闊肌，一堆吊環繩索繫在安全吊帶上卻沒有絲毫沉重感，就像聖經裡的大衛無畏地迎向歌利亞——難以置信，她是攻擊手，將進行先鋒攀登（Leading），為我們架設上方確保繩。

這個嬌小的女性套上攀岩鞋，繫上繩索，仰頭稍作評估後，隨即向上攀爬，另有一人在底下拉住繩索擔任確保手（Belayer）。我們屏息望著她俐落地往上挪移，只見她循著岩壁凹溝裂縫爬升，身體操演宛如岩壁上的現代舞者，身形優雅地將繩索一一扣入岩釘作為確保——萬一墜落，岩釘將成為支撐點，並由下方確保者拉住，此時才發現早就有人在上面置入了岩釘，可見吾道不孤也，早有人來此攀岩。她行雲流水般很快抵達崖頂洞穴，消失一陣子，再出現時已經架好上方確保繩。

緊接著上去兩位漢子。看他們身手矯健攀爬上去，身體洋溢力學之美，給了眾人很大信心，可見肌耐力相當好。年輕人哪。

全員到齊。大家紛紛拍起照，將剛才的驚恐遠拋九霄雲外，眼前有兩個隧道，猜想左隧道應是更早先開鑿的東海徒步道，從其明亮耀眼顯見前方已崩塌；我們取右側伸手不見五指的11號隧道（約四三公尺，殘存二五公尺），頭燈一照，鑿痕清晰可見，路況仍是昔日砂礫路面，覆蓋了厚厚的風吹砂，腦海不禁浮現一九四〇年間拍攝的政績宣傳片《南進台灣》中東海巴士穿行臨海道情景。出隧道立見道路芒草叢生，崖邊有一叢叢茂盛的五月艾，接著通過10號隧道（約三八公尺，殘存二五公尺），續行，轉彎處落石狼藉，回首一望，疊石路基猶在，顯然是「浮築橋」工法（道路通過低窪地時，以疊石方式築高地基，保持道路高度，常見於日治警備道和越嶺道）；再過9號隧道（約二八公尺），裡頭有幾顆巨石，不知如何滾進來，可見此地帶落石頻仍。出隧道，啊哈，「象鼻隧道」（約三二公尺，殘存二公尺）在望，左側猶見間斷式塊狀混凝土護欄，想必是臨海道遺構。

蘇花臨海道共有十四個隧道，11至8號隧道位於舊台9線和仁到和中路段之下，姑姑子斷崖之上。從花蓮過來時，途經「和仁臨海短隧道」，即6號隧道灌漿拓寬；至於7號隧道早已崩毀。

我們帶著朝聖心情，逐漸逼近，手觸摸著岩壁，不，觸摸著歷史，走過象鼻隧道，眼前赫然出現一大片怵目驚心的崩坍地形，只能止步興嘆，望著如拉鍊般的道路迤邐在怒濤拍打的斷崖上，美得令人驚心動魄。從姑姑子往南至石硿仔，曾是昔日臨海道和第一代蘇花公路最壯觀的「斷崖道路」，長約十五公里，包括姑姑子斷崖（高約四五〇公尺）、卡那崗斷崖（高約三七五公尺）和清水斷崖（高約九〇〇公尺），是一條深具意涵的歷史廊道。

回頭見大家興高采烈模仿大象伸展象鼻的動作，我則趁機煮杯咖啡，沉澱一下心情。回首後山正式劃入台灣版圖，也要等到一八七四年「牡丹社事件」之後，台灣道夏獻綸與福建提督羅大春奉命率軍千餘人開鑿「平路一丈，山蹊六尺」、「俾能通行輿馬」之「北路」，全長一一八公里，花費四個月便草草完工，如今僅留下幾處碉樓遺址和石碑供人憑弔。

從史料得知，北路很快就廢棄了，並未發揮預期效益，但它的意義在於，讓後山完整呈現在台灣地圖上。羅大春在《台灣海防並開山日記》中有一段描述頗深刻：「大濁水、大清水一帶，峭壁插雲，陡趾浸海，怒濤上擊，炫目驚心，軍行束馬捫壁，蹜蹜而過，尤深險絕。」極可能就是此行所見景色，包括今和平（大濁水）、和中（姑姑子）、和仁（大清水）一帶山海。

順帶一提，一八八二年，英國科調船「馬卻沙」號（*Marchesa*）悄悄航行東海岸，停泊和仁外海。當時派遣生物地理學家古里馬（F. H. N. Guillemard）上岸，溯卡那崗溪谷五公里遠，但除了看見孤獨的鳥、抓到一隻大蛇外，毫無所獲。倘若他們再早幾年來，可能就遭遇駐防在此的北路清軍了。

我對此地生起一股莫名的興味，主要來自陳昇唱的〈卡那崗〉。當我被迫從媒體下崗開車環島療傷時，特別停駐那裡，在風雨中煮了一杯咖啡，心中不時響起陳昇反覆唱著「拚死拚活是有什意義，世間冷暖可比一齣戲……」，我望著荒涼的海灘和水泥廠構成的物哀景色，不禁泫然淚下。事後回想，通過陳昇的歌，我感受到卡那崗的存在，不就像人們通過詹姆斯．

惠斯勒的畫、才真正感受到「倫敦有霧」（借用愛爾蘭詩人王爾德語錄）？事實上，許多風景的被「看見」，都是被描述出來的。

日治初期，從宜蘭和花蓮往南往北各自修築了「大南澳路」（蘇澳至南澳，一九〇八～一九一四）和「沿岸理蕃道路」（新城至姑姑子，一九一四～一九一六）。猜想南澳與姑姑子之間，還是借用清代北路吧？

「太魯閣戰役」之後，日方決定將蘇澳與花蓮連成一氣，乃於一九一六年起，按等高線修築新路段，路幅約三．六公尺，耗時九年，稱為「東海徒步道」，全程近一百二十公里，為未來的臨海道奠下基礎。

此刻海風拂來，大海湛藍壯闊，往北流的黑潮清晰可見，崖下傳來一波波拍打礁岩的浪濤聲。我品嚐著咖啡，懷想蘇花公路的前世今生，仿若一九二六年站在此地眺望太平洋絕壁景觀的旅人大橋隨鷗……

請容我從李瑞宗《蘇花道今昔》一書中，摘錄大橋隨鷗父子遊記〈蘇花崖道の探勝〉中一段，文中描寫的顯然是此行寫照：「懸崖的地形看來壓迫著海面，滿目所見的石頭都是石英質的硬岩，看到的海依然是廣闊的太平洋。接著，我們經過有如羊腸小徑般的崎嶇石子路，然後長堤、岩角、石門，再穿過五個隧道，最長的隧道有二十四日間，就這樣來到了溪口……」此處溪口即大清水溪，今稱卡那崗溪，位於和仁。

大橋父子行走東海徒步道後翌年，該路也著手改築，鋪設車道，迄一九三二年全線通車，耗時十四年，改稱「蘇花臨海道」，長約一百二十公里，包括九座大型鐵線橋、十四個隧道，車行五個小時半。其時開鑿斷崖道路，類似錐麓古道，都是將工人以長繩繫腰下垂到半崖壁處鑿洞安置火藥爆破，死傷不知凡幾，那種懸吊海邊峭壁的滋味，此次攀岩已經領略一二；光復後，第一代蘇花公路仍大致循蘇花臨海道行車，直至一九七一年雙向道和平隧道完工，公路不再繞行姑姑子斷崖，11至8號隧道遂走入歷史，包括壹圓鈔上的象鼻隧道，也包括我的童年大旅行——愛旅行的母親懷抱著稚子參加中橫和蘇花旅遊團。在單向管制通車的一九六〇年代，依稀記得行經斷崖路段車內便驚呼連連，車內不停傳唱著日文歌，還有在和平管制站等待會車時，攤商聚集，母親特地為我買了一包糖漬地瓜止饞，至今，仍是我經過花蓮必嚐的回味。

後來錦文隧道開通，車子不再行經小清水至石硿仔間的清水斷崖，臨海道上的1至5號隧道也因而廢棄了。爾後蘇花公路不停鑽隧道改善路況，乃至今「蘇花改」，行車愈見快速安全，卻失去了太平洋的壯麗景觀和峰迴路轉的驚險風貌。

• • •

仔細觀察「象鼻」，其實是一片外拱的兩公尺長石壁。突然想到這可能是拓寬車道時殘存的隧道外壁，蘇花臨海道常在路外側保留大小不一的岩體作為天然護欄，俗稱「雙切仔」，仁清隧道旁的「屏風石」即是一例。但象鼻迄今已有九十年，落石崩塌不歇，未來若崩毀，終將成為遙遠不可及的記憶，就像攀岩對我何嘗不是「一次旅行」呢？人生有許多片段都是一次旅行，只是當下不知或不願承認。

該下山了，眾人在象鼻隧道旁蹉跎了一陣子，天色漸暗，那名嬌小的女性也在11號隧道崖邊設置好垂降系統。說也奇怪，下去的勇氣突然倍增，我不知哪來的技能，多半是從戰爭電影揣摩而來，頭朝上，面向岩壁，身體重心往後一傾，拉著八字環下降器，一邊放繩索，一邊制動，腳踢岩壁猶如在岩壁上倒著往下走，沒幾下就垂降到底部亂石堆上，得到一陣喝采。

回家過了好幾個月，背包和登山鞋仍不時滲出幾粒砂子，帶著似有若無的海水氣息，將我的思緒帶回象鼻隧道，而我竟還冒出冷汗。猶記得朋友聽了我的分享，問我：佩服你的勇敢，但為什麼要去冒險呢？

面對關心，我不知如何應答，只知道那裡是我的未知領域，而一張壹圓鈔促使我出發了。但也因為抵達，讓我回家之後又從《蘇花道今昔》、《台灣海防並開山日記》挖掘出更多淹沒的歷史，所以，我一次又一次的旅行變成個人未知的探索；如果我從未出發，不是安穩在家、就是在往辦公室的路上，這種日常是我的期待嗎？

若是極端檢視此行，攀岩只是比較具挑戰性的「旅遊體驗」，可能有人會羨慕，但並不覺得有什麼了不起，與傳統定義的勇敢和冒險一點邊都沾不上。在我心目中，真正的勇者，是那些勇於探索人類未知和挑戰不可能的人，就像詹偉雄選編的《攀登的奧義：從馬洛里、尼采到齊美爾的歐洲山岳思想選粹》中所列舉出那些具開創性的偉大登山家，每個人感受山岳的方式是如此桀驁大膽；就像澤木耕太郎《凍：挑戰人生極限的生命紀錄》中企圖在壯闊山壁「爬出美麗的路線」的極限登山家山野井泰史。他們的眼光已經從「山峰」轉移到「路線」，登山方式也從沿途設置營地的「極地法」(Polar Method)轉移到不攜帶氧氣瓶、從基地營一口氣攻頂的「阿爾卑斯風格」(Alpine Style)。

「山野井先生，我們應該更勇敢地向世界挑戰才對吧？」在《凍》書中一位十七歲的登山好手這般問道，促使時年二十一歲的山野井泰史在冬季前往阿爾卑斯山脈單挑艾格峰北壁最困難的路線。亦即，挑戰無人知曉能否攀爬上去的全然未知路線，才是登山家偉大的樣子。

數年後，二〇一九年五月二十七日，手機跳出新聞推播，台灣又有一位登山女傑登上聖母峰，竟是那天帶我們攀岩挑戰象鼻隧道的嬌小女性——詹喬瑜，山岳界暱稱「三條魚 Tri Fish」。看她受訪不斷，驀然發現登山已是台灣人關注的重要活動；緊接著二〇二二年七月二十八日，她又登上八千公尺以上最難攀登的喬戈里峰（K2）。然而，透過閱讀和想像感同身受的「沙發登山客」(Armchair Mountaineer)如我，更關注她執意攀爬險山的內在動機與情感。或許台灣年輕一輩的冰峰戰士正嘗試用行動回答「我們為何冒險？」，探究生命的恐懼和人生意義，因此不期然地重塑了台灣的面貌與心靈。

想到三條魚以一副小小身軀，抵達了難以想像可抵達之地，不禁暗自讚嘆人類的不可思議。而我仍媚俗地想請問她：站在K2是什麼感覺？

❖ 2、千元鈔上的生態風景

我一直認為，穿透一個地方的角度，會影響旅行視野。但穿透的角度難尋，就像攀岩者的路徑搜尋，往往必須透過閱讀或觀察才能得到靈感——當然，這是我的旅行方法，讓所見所聞更深刻、更有意義，或更有趣味。

初次拿到一張民國八十九年發行的兩千元鈔時，心血來潮檢視了一下，發現背面有南湖大山、櫻花鉤吻鮭和松針圖案，皆是具有台灣特有種意義的景物。便在好奇心驅使下，檢視了其他紙鈔，發現五百元鈔、千元鈔上也有類似的生態圖案。

於是，我挑了圖案較多的千元鈔——有玉山、阿里山雲海日出、黑長尾雉、塔塔加薊、七葉一枝花、台灣金線蓮、麥門冬、射干、梅花、菊花等，作為島嶼旅行的蒐集目標。旅人，不也是故事搜集者嗎？我搜集旅途中的大自然風景和人文風景，更愛蒐集旅途中遭遇的事件；這是另一種對我產生意義的「風景」，再用鏡頭捕捉旅行的珍貴剎那，或以文字凝住旅行的時光，形塑我的世界觀、我的旅行記憶。

當然，有些圖案唾手可得，如梅花和菊花，麥門冬亦然，全台平野至低海拔林蔭下步道旁皆可見，又名「沿階草」，為台北市中心常見植栽；高雄柴山沿木棧道，也有一叢叢在地俗稱「山韭菜」的細葉麥門冬。

鳶尾科的射干，以花莖細長如「射人」（古代官職）之執竿而名，花色橙紅帶有豹斑，相當惹眼，常見於園藝，卻是台灣原生種，主要散布北部濱海，野外難得一見。按國立自然科學博物館記載，由於分子生物學上的證據，二〇〇五年已將這個射干屬唯一物種併入鳶尾屬。

但是，要看到其他植物就需要指點或走運了。就像七葉一枝花，我在中低海拔山區如霞喀羅古道、福巴越嶺道、砂卡礑步道皆曾遇見，但最方便處莫過於陽明山國家公園的「天溪園」。

還有蘭科的台灣金線蓮，據云有抗癌功效而遭大肆採集，如今已經很難在野地見到。我曾在錐麓古道、文山綠水步道、霞喀羅古道遇到好幾株，但開花的金線蓮，僅在司馬庫斯遇過族群更稀少的「恆春金線蓮」，花期在九月；台灣金線蓮則可能要等十月再去尋它開花，若錯過花期，就得再等一年。所以，每次遇見台灣特有種植物開花，我都有一期一會之感。

至於塔塔加薊，多年來大家一直以為是玉山薊，直至二〇一九年中興大學森林學系曾彥學副教授與其博士班學生張之毅重新審視，證實不是玉山薊，而是一種未命名的台灣薊屬植物，並正式發表為台灣特有種「塔塔加薊」，為已知的十種台灣薊屬植物再添一新種。

從其新聞稿得知，塔塔加薊花期約在八至十月，侷限在海拔兩千至三千公尺的玉山區域，族群數不多。曾教授特別指出「塔塔加管理站附近公路兩旁開闊地，有機會一睹開紫花的樣貌」，可對吾輩一般人而言，如何與玉山薊、阿里山薊或其他種區分，便需要專業知識了，如裂葉型態、花型、果莢長度等。據云薊屬植物具有保肝療效，因此民間亦有栽培，主要是雞角刺和小薊。

若要追尋上述植物，第一次往往有看沒見；等到你認識了它，再來就像訪友般容易多了。

再來說說千元鈔上的地景。阿里山的雲海日出和玉山，人們耳熟能詳，卻未必如願得見，前者容易抵達，卻因天氣瞬息萬變，未必看得到雲海日出；後者呢，老實說，登山步道不難走，困難的是排雲山莊的床位抽籤，這令我不得不另闢蹊徑，申請台灣山屋中海拔最高的圓峰山屋（海拔三六九四公尺）。但山屋內空間狹隘不透氣，我寧可搭帳在屋外玉山圓柏林，可半夜風聲鶴唳，只好死命壓著帳篷，好幾次都以為快被吹走了，幸好半夜就出發攻頂看玉山日出。

千元鈔上最不易收集、可遇不可求的，便是台灣特有種鳥類黑長尾雉。我的首遇是在往大霸尖山途中的大鹿林道東線上，雖然只有驚鴻一瞥，剎那間卻像意外撿到千元鈔票，不，像中了樂透那般雀躍；後來又在八通關古道觀高坪、大雪山林道等多處遇到，牠們在迷霧森林中覓食嫩芽和果實，顧盼生姿，難怪被稱為「迷霧中的王者」。不禁想起發現台灣近半特有種鳥類的英國採集者古費洛（W. Goodfellow），他於一九〇六年在阿里山採集時，從鄒族頭飾上發現兩支長尾羽，返英研究後，判定為台灣特有的新種鳥類，取名「帝雉」，引起日人關切，是年才由動物學家菊池米太郎在塔山採集到二十隻帝雉，後來以其分類歸屬，正名為黑長尾雉。

綜觀鈔票的圖案，設計思考藏有中華文化思維。例如百元鈔的梅花、兩百元鈔的蘭花、五百元鈔的竹子、千元鈔的菊花、兩千元鈔的松針，應是來自「四君子」（梅蘭竹菊）和「歲寒三友」（松竹梅）的思考吧，在台灣皆是尋常可見的植物。

我曾在一次演講中，推薦千元鈔和兩千元鈔背面圖案的搜集旅行，席中便有人提出不易搜集。不似五百元鈔的圖案，竹子到處可見，梅花鹿亦已在墾丁國家公園進行復育，大霸尖山對一般人仍有一定難度。所以，我立即建議，百元鈔的陽明山中山樓和兩百元鈔的總統府，許是最容易完成的目標，你去過了嗎？

04

林下經濟廊道：噍吧哖舊道踏查

台南左鎮、玉井

「找到了……」茅明旭指著灌叢中一根黑色蔓藤，順著落地方向，拿出鏟子挖起來，土質乾燥鬆脆，不到五分鐘便露出地下塊莖，估計還要挖一、兩公尺深才能出土。問題是，此地為「淺土殼仔」，只能掘起淺淺的表面土，底下可是堅硬如石，而且，我們站立的地方是極陡坡，再挖下去恐怕連立足之地都沒了。我可是攀著一棵樹幹才得以觀察，可見挖野生山藥沒那麼簡單。

我們並沒打算挖出來，便將土石回填，小心翼翼從陡坡退回下方的買姓山採人家。再等一陣子，有人「注文」時，才會來收成這支山藥，這是山採人家靠山吃山的模式，有人預約才上山採集，不然就放任生長，以致有長柱、圓柱、塊狀等奇形怪狀。

按茅兄說法，在初春看到山區樹冠層有逐漸枯萎的戟狀金黃葉片，極可能就是攀到樹頂即將枯萎的山藥藤，只要順藤摸瓜便可摸到山藥所在。此地品種有白皮白肉、紫皮白肉及紫皮紫肉三種，本來在山區野生，山採人家以定置漁場概念鎖定後，任其自然成長數年，到了冬末春初藤枯葉落，也是採收時候了。

山藥燉排骨湯甚佳，雖有云山藥是避孕藥原料，但慶幸只對草食動物有礙，或可視為植物的一種防禦或報復設計，對人體並無任何影響，畢竟萃取和合成是一段繁瑣複雜的人工化學過程。

此次追隨左鎮文史工作者茅兄入山，從其駐地「茅廬」出發，預計從菜寮（榮和里）往此地制高點牛港嶺（海拔一六一公尺），眺望左鎮風土，再接上噍吧哖古道，穿行高低起伏的雜林區和粗放農墾區，入玉井盆地，出後坑（層林里），再循台20省道返左鎮老街，體會先民在這片惡地形的走動及農墾。但以往走在稜線上的古道不是崩毀、就是被產業道路或農路取代，可能也所剩無幾了。

數年前，我慕化石之名初履左鎮，在化石出土地菜寮溪流域巡訪，雖然未有所獲，卻在當地人家看到好幾件，如茅蘆便藏有牡蠣化石。似乎左鎮人家中多多少少都有幾件收藏。

眾知左鎮出土的海陸化石生物群，源自一九三一年台北帝大教授早坂一郎在菜寮溪的發掘。主要仰賴在地助手陳春木的採集，陸續發現了古象、犀牛、劍虎、鱷魚、鯨魚、野牛、古鹿、海龜、海膽、貝類諸多種類化石，掀起化石熱，遂使菜寮溪成為化石研究地域，每每颱風過後就出現「漱石」（洗溪床）現象，吸引不少人前往撿寶。按陳春木《台南地方鄉土誌》自述，化石出土區位於平和橋下溯菜寮溪而上，如臭堀仔、三重溪、水流東等地。

其中又以一九七一年在臭堀仔出土、距今九十萬年至四十五萬年前的「中國犀牛早坂氏亞種」（簡稱早坂犀）骨骸化石著稱，據此想像左鎮的景致並非一直不變，其時應是濱海帶刺雜林相環境。

❖西拉雅文化復興，惡土之下的豐美資源

數百年來，左鎮一直是平埔族聚集地，經友人引見，認識了西拉雅族裔的茅明旭，知他十多年來致力於西拉雅族文化復興，追尋西拉雅先人遺留的蹤跡，解說西拉雅文化的前世今生，以致途中遇見人、或經過哪一戶，便能指稱姓買姓兵姓卓，又說哪個地區姓哀姓穆為主。我猜想這些罕姓可能來自清國賜姓制，或漢化、或光復後強制原住民改漢姓，也造成今日特殊分布的「一姓村」。

左鎮舊稱「拔馬」，原由眾說紛紜，尚不知西拉雅語是何義，倘用閩南語唸，有「摔下馬」之意，揣想是地貌崎嶇，在地人常以「白崩坪」(碎裂之地)、「白善格土」(泥濘之地)形容，因土質多為泥岩，旱季堅硬無比，下大雨便軟化泥濘，易受雨水沖刷和溪流侵蝕，形成半屏山、深谷、山崖、曲流、雨溝密布等多種地貌，可是先民初闢之樣貌？

看似窮山惡水，在茅兄眼中卻是另一種風土資源，誕生了風味獨特的耐旱農作，例如沿途經過的破布子(樹籽)、香蕉、芒果、龍眼等農園。但我更感興趣的是他所謂的「林下經濟」，例如上述野生山藥，或農路旁野地中大片生長、有著一條條長穗花序的野莧，取其嫩葉炒煮，微澀，卻爽口回甘；可惜未見刺莧——另一種可遇不可求的野菜，加蒜片清炒極美，上回叨恆春龍水村總鋪師林秋月美意，才有幸吃到。我想對付入侵物種的最好方式就是，吃掉它。

亦見七層塔，得名可能來自總狀花序層層疊疊如塔狀，常與九層塔(羅勒)混淆；前者，在地人常採來煮青草茶；後者，我記得小時家中若有人咽喉腫痛出現感冒症狀，母親總是在

後院採其嫩葉剁碎打蛋液香煎，此舉猶如芒果吃多了，會用破布子煎蛋來解毒，皆是所謂「阿嬤的古早味」。因為以前的人慣習食療，各種野菜皆有其功效訴求，謂是先民嚐百草累積下來的智慧。就像此地到處攀爬的葛藤，有謂「千杯不醉葛藤花」，具有解酒護肝功效，又言葛根粉可調節女性內分泌、滋潤肌膚、降血糖等；但眼饞如我，想到的卻是日式黑糖葛粉。

野地到處是寶，問題是，識或不識，又某些民俗療法以訛傳訛，若誤食可就慘了。

經過一農家，見放山雞到處啄食，想到左鎮有好幾家土雞城，可與放養方式有關？其中，茄苳葉和蒜頭焗烤的土窯雞，滋味甚得我心。但我可不是為了店家強調茄苳葉能顧肺或行氣活血什麼的……

此際傳來大冠鷲「忽～忽～忽忽悠～」的叫聲。每次來左鎮，必然看到大冠鷲利用熱對流原理嘯傲天際，叫聲隨時隨地可聞，有人將之視為生態環境指標物種，代表當地自然生態良好，虵虺蚊蚋狸鼠孳生，確保猛禽擁有充沛的食物來源。這令我想到《西拉雅追鷹人》紀錄片導演萬俊明，長期在緊鄰左鎮的新化（舊稱大目降〔Tavocan〕，意為「山林之地」）做生態調查攝影，尤其是大冠鷲和草鴞，這是他連結西拉雅文化和自然生態的方式。

沿農路上到稜線，去年來時邊坡已見侵蝕，一年後再臨，遇見邊坡鞏固工程也不訝異了，可見地層極不穩定。右側深谷還有個裸露泥岩圍起來的小斷層湖，顯見白堊泥岩的不透水特性，湖畔刺竹環繞倒映，蔚成另一番風情。

續行，遇怪手拓路，挖出一堆堆堅硬泥塊，茅兄撿起一塊泥岩敲打，隨即龜裂剝落，說昔日在地人會取碎塊回家放進熱水浴盆，便有類似泥漿溫泉浴效果。但我心想，會不會敲出化石來？

農路來到牛港嶺下方，意外看到攔砂式土木階梯，原來是茅兄偕在地志工仿千里步道協會「手作之道」就地取材完成。去年來時仍須攀繩而上，可見手作步道具有某種召喚力量，凝聚眾人齊心打造愚公式夢想。

相形之下，怪手施作的工程道路，缺乏對當地人文、生態、景觀的關照，以致過度擾動、傷害自然生態，下場恐怕也是重蹈前轍——據云菜寮溪床原有一段段石灘路，一九一五年「噍吧哖事件」後，日人為了加強管制左鎮、玉井，闢建台20線前身之新化到玉井段道路時，路基便是取用菜寮溪卵石所鋪，改變了菜寮溪生態，以致滂沱大雨時便成土石泥流。果真如此，玉左公路底下可能埋有許多化石吧。

土梯上去便見夾徑而生的「落地生根」族群，顧名思義繁殖力極強。我曾童心大發摘取數片葉子夾在書中，沒幾天就發芽了，難怪有「打不死」之名。

穿行刺竹林時，茅兄指出林間較瘦直的一支，稱為「刺竹公」（其餘為母株），非常堅韌，多取來製成扁擔；刺竹的用途在一七一七年清代《諸羅縣誌》已有翔實記載：「旁枝橫生，而多莿堅利，人不敢犯，密者可禦盜，草屋取為梁柱，器物資之，其用甚廣。」但正式學名直至一八九九年才由《台灣樹木誌》作者金平亮三發表為台灣特有種。值得一提的是，該書也觸及植物分類學上的地理分布，金平亮三主張台灣植物與中國大陸有極度相似性，尤其是薔薇科、大戟科、殼斗科、樟科；另以蘭嶼植物種類與菲律賓關係更為密切，主張生物地理線「華萊士線」（Wallace Line，劃分不同生物地理區的一條虛擬線）應向北延伸至蘭嶼與台灣之間。

鹿野忠雄則以蘭嶼的六種球背象鼻蟲具有菲律賓動物相的特徵，且象鼻蟲不具飛行能力、容易形成地理隔離，證實該論點，稱為「鹿野修正線」。我曾前往蘭嶼尋找「鹿野忠雄的生物地理證據：球背象鼻蟲」，開啟一場極深刻的生物地理之旅（請見《尋找台灣特有種旅行》）。

順便一說，一九一〇年代初，植物學家佐佐木舜一便是在金平亮三指導下，進行台灣民間藥用植物利用的系統性調查研究，開啟台灣林下經濟之先河。

的確，左鎮甚多古厝至今猶見刺竹梁柱，茅兄搭竹橋、做步道扶手，也用刺竹，但吃筍可就難了，刺竹叢生枝條狀長刺，難以採筍，除非等到出青的竹筍（幼竹）遇上颱風折斷落地，再撿取筍尾，去掉筍籜，將嫩芽削成條狀，入鍋煮去苦味後曬成筍干、或切片辣炒豆鼓小魚乾來吃，此即「風打筍」、「風颱筍」的再利用。

猶記得兒時外婆家裡會煮一道「筍滾筍」湯菜，即用風打筍筍干煮新鮮麻竹筍片，酸中有苦有甘。以前吃的是惜福味，現在吃的是懷念味。

據云高雄舊名「打狗」，來自高雄馬卡道族稱刺竹為「Takau」。這是人類學者伊能嘉矩的說法，但有爭議；台灣史學者翁佳音考證英、西、荷文獻，大抵寫為「Tancoya」，發音如「銅（打）鼓仔」，主張極可能源於漳泉漁民聽見海浪拍打岩岸的聲音而名。

眾知左鎮刺竹有四季變色之美，在二寮惡地形山谷中，春夏交日出之際常有山嵐霧氣形成潑墨山水畫，蔚為勝景。然有次夜行，月亮當空，但見月光灑落惡地形山谷，形成反光、相互輝映的荒涼景致，彷彿魔幻奇景，忽焉想起作家呂自揚曾提到《高雄新聞》一九四〇年一月三十一日的一篇〈田寮庄的見聞〉。該文形容田寮惡地形在月夜中猶如「月の世界」，所描繪之見聞竟與一九六九年阿姆斯壯登陸月球所見景色相同。

除了刺竹、麻竹，亦見台灣特有種長枝竹，在攝影家湯姆生拍攝的木柵、荖濃影像系列，便見其蹤，常用於編織畚箕、菜籃、米籮、筍籃等生活器具；還有用於承載瓦片或茅草屋頂的「桷仔」材料，如左鎮崗仔林李家古厝即見「桷仔竹」。

再循鋤頭墾出來的土階陡上瘦稜，只見右側深谷侵蝕嚴重，危危顫顫走著，過麻竹橋，也是就地取材，一旁便有麻竹林，正盛開密密麻麻的花穗，意味生命已走到盡頭。

沒想到茅兄等人在短短一年間，就將廢棄狀態的舊道起死回生，還保有現地特色樣貌。台灣各地志工的力量實在不容小覷。

續行雜林不久，終於爬上愛文芒果園環繞的牛港嶺，僅見兩株黃荊（在地稱「埔姜仔」），昔日「楓港炭」便是以此樹燒製，比相思木炭更耐燒。但不知「負荊請罪」和婦女髮髻所用「荊釵」，可是此種黃荊？謙稱髮妻「拙荊」，也是由荊釵而來吧。

台南永康舊稱「埔姜頭」，可是當地遍生黃荊？

還有，來自鄉下三、四年級生的記憶深處，應該都吃過父執輩的「埔姜炒肉絲」吧？因其枝條堅韌、不易折斷，古時亦作為刑杖之用。

牛港嶺視野無礙，南望可見左鎮老街和長老教會的十字架塔頂，更可遠及二寮、草山、龍崎、高雄內門、田寮、燕巢綿延三十公里童山濯濯的月世界；望向西南方，可見新化林場；望向西北方，可見山上區一片片桃花心木林、台灣柚木林和刺竹林，也隱約可見菜寮溪蜿蜒注入曾文溪，但兩百多年前可是注入不同水系的那拔林溪（鹽水溪上游）；再望向東北方，便是後堀溪和竹圍溪（曾文溪流域）構成的大片密林，也是噍吧哖事件余清芳、羅俊、江定等人抗日躲藏之地。

噍吧哖地名源自荷語文獻中的「Tamani」，音譯為漢字「噍吧哖」。清國設噍吧哖街，有一說原是荷治大武壠族領域，日本學者的調查卻是新化的西拉雅族社眾在康、乾年間向東遷徙、驅逐原領域社番所據之地，到了一九二〇年取其日語近音「玉井」（Tamai）作為庄名。

噍吧哖事件後，日警針對今玉井、左鎮、楠西、南化一帶，展開報復性屠村，牽連甚廣，茅兄遙指好幾處斬首之地，不禁想到不少驚悚的地名如「殺人埔」、「萬人堆」，可能皆與此事件有關。

下牛港嶺後，穿行芒果園，邊坡遍生閉鞘薑，幾乎都枯萎了，一株株形如拐杖，難怪俗稱「土地公拐」。

亦見槺榔——冰河時期孑遺至今的「台灣海棗」，很難不注意到它的樹形。一八七一年四月湯姆生來台拍攝的打狗港，便見槺榔樹，可想見其時普遍存在各地，是故台灣各地才有「槺榔坪」、「槺榔庄」這類地名吧？

地方誌也多有記載，說榔心可烤食；榔皮中有粉屑如麵可做餅食，故稱「麵木」；也提及莖幹可製筆筒、槺榔葉可製衣編斗笠、綑成掃帚等；其中，槺榔掃帚至今猶見，卻是作為一種儀式用具，用來幫人改運、入新厝、結婚、辦喪事時掃出不乾淨的東西，俗稱「天地掃」。

❖逆行舊日時光，建立旅人與古道的親密關係

回到採山藥的買宅，稍事休息，心中不禁讚嘆茅兄設計的「菜寮／牛港嶺步道」環形路線，或可視為噍吧哖古道支線之「林下經濟廊道」，讓人對西拉雅族先民靠山吃山有了粗略理解。但此行不僅於此，我們還想踏查聚落間往來舊路。

按日治《台灣堡圖》，有條路從左鎮通往玉井，且稱「噍吧哖古道」；還有一條一九二二年開通的人力台車軌道（鋪於台20線之上），往來台南、新化、左鎮與玉井；至於糖鐵，要等到一九三四年才有灣裡（善化）糖廠過來的小火車，光復後延伸至玉井。從舊照中，可見糖鐵穿越惡地形的奇景，不禁喟嘆沒能保存下來至為遺憾。

辭別山採人家，續行農路往玉井方向，但見圳溝清澈，魚群優游，兩側不是果園就是刺竹、月桃。不久接到稜線上的噍吧哖古道，旋即急轉直下，來到一處埤池，僅兵姓蕉農一戶，周遭有多株金合歡盛開。我想起「刺仔雞」——「刺仔」是金合歡俗稱，因整株帶刺而名，荷治時期從印尼引進，不知誰發現的療效，說可固筋骨，便有人取其莖根切片曬乾熬刺仔湯，後來加入中藥材燉煮放山雞做成美味刺仔雞，宣稱是平埔族美食招徠。

不知攝影家湯姆生來時嚐過否？又曾一嚐泥岩惡地孕育的白堊蕉、破布子、芒果、竹筍、萬能薯（牛皮消）等作物嗎？

早期的旅行者意在旅行，不在飲食，隨遇而安，卻也小心翼翼，就怕一個不小心水土不服，影響行程。湯姆生雖誇誇其談「要盡量靠當地最容易買到的食物來過活」，仍在聞到醃

蘿蔔氣味後奪門而出，斷定他吃不慣平埔人的醃製食品。他以雞塊和水煮蛋佐米飯，但不知是烤雞、白斬雞或何種雞料理了。

左鎮有家餐館標榜平埔族美食，推出刺仔雞、燒酒雞、梅子雞、九尾雞、筍絲雞、胡椒雞、剝皮辣椒雞、鳳梨苦瓜雞、香菇蒜頭雞和老菜脯雞等雞料理，亦見油爆溪蝦、溪魚、蟋蟀、蜂蛹及炒山鼠、山螺肉等，均可視為店家對其祖先飲食的想像；卻少了攝影家湯姆生在遊記中提到的蛇、醃蘿蔔、番薯酒等。但依我所見，邊吃邊吐籽的「蛋炒破布子」最具平埔風味。

飲食往往是辨識文化的方式，然而經長期漢化融合，恐怕僅剩下文化的遺緒和想像了。平埔菜是什麼，今人已難以辨識。其實只是在吃一種文化想像吧。

倘若從「植物的智慧」角度觀察金合歡，可能更加有趣。《樹的祕密語言》一書中，便提到金合歡遭侵犯時，會釋出苦味物質如鞣酸儲存在葉子裡；同時釋出信號生成乙烯，「告知」方圓百尺內的金合歡一同應變，讓樹葉變苦，草食動物因而難以下嚥而避開。若說金合歡釋放的氣味是一道訊息，是否表示植物彼此之間能夠「交談」？

•••

從兵宅循農路上稜線，又接上噍吧哖古道，此處乃左鎮、玉井交界處，日治時期曾設管制站，亦有山砲設防，可惜找不到殘跡。本以為翻越此山便可往玉井莿桐腳，但茅兄說前面一排半屏山光禿陡峭像刀鋒般無法跨越，只能沿斜面急坡側行。於是伺機找「齒刃間隙」翻越過去，起先遇到香蕉園，接著是銀合歡林、絆手絆腳的灌木叢，還有沖蝕甚深的乾溪溝，可想見暴雨來時的恐怖泥流景象。茅兄在前披荊斬棘，我跌跌撞撞隨後，陡下時須抓住樹草或蹲坐下來才能挪動，不知何故，地上散布許多菜螺（非洲大蝸牛）屍殼，不知被何種饕餮所食？日治時期，從新加坡引進的菜螺曾一度氾濫成災，慶幸台灣人愛吃「九層塔炒螺肉」稍稍抑制了其擴張。看來帶鹽分的泥炭鈣土環境很適合牠們生長。

終於下到平坦處，可能是以前的河灘地，已形成一大片及腰的白茅草。此時才看清右側那一排數十公尺高的刀鋒狀連嶺根本就是垂直狀鋸齒稜，難怪茅兄說攀越不了。

突然間，傳來潺潺溪流聲，不，再聆聽，竟是刺竹林搖曳的「竹濤」。茅兄說此地常有野兔出沒，我卻突發奇想，這一帶會不會也是草鴞的棲地？

越過銀合歡林，走入一片寸草不生的惡地形，宛若迷宮。走到全身汗涔涔，宛如有蟲子爬上身來，好不容易摸索到一條蕉農行走的農徑，從後坑二號橋走出，回到產業道路上，見前方有蛇，欺身近前，竟是被輾斃的龜殼花。

回想整條路徑，如同茅兄的鄉野觀照，有時農路、有時山徑、有時竹橋、有時溪溝、有時瘦稜、有時陡坡、有時惡地形；有時刺竹林、有時香蕉園、有時芒果園、有時破布子園、有時銀合歡林、有時茅草叢，路況充滿變化和趣味，加上如數家珍的解說——追隨擁有深厚鄉土情感的帶路者，逆行舊日時光，令簡單純樸的鄉野景觀轉化成人文意涵豐富的地域，恐怕才是左鎮最有價值的旅行內容。緣於這樣的認知，是否走在噍吧哖古道上已經不重要了，皆是先民走過的舊路，旅行者與荒廢古道的親密關係因而重新建立。

左鎮雖以台灣古生物學研究重地著稱，也有引人入勝的化石園區，市況卻沉寂沒落，或有產經學計畫企盼活絡地方也不見多大成效。讓我想起創新學教授蕭瑞麟曾撰文例舉日本鄉野餐飲店如何運用「隨創」（bricolage）思維——就地取材、將就著用、資源拼湊等等，將看似不利或平凡的資源重新組合，創造出新價值、新商機。換言之，旅程的設計必須與地方產業和在地文化緊密相扣，才能突顯獨特性。如將這番思維應用於左鎮，或可見榮景。

走往刺桐腳時，沿路遇倒地鈴、烏籽菜、樹豆、高粱。但引起我注意的是，農家曝曬葛鬱金（粉薯）洗出來的天然太白粉，說可清熱解毒，多用於勾芡原料，我曾在台東達仁鄉森永部落生吃現採葛鬱金，口感像馬鈴薯。據云南島語系海上遷徙時以此物充飢，因而在台灣扎根，成為部落作物，不知人類學家關注及否？如今左鎮將它當作一個產業來推廣，製成麵條、甜點來吃，甚至植萃做成面膜，稱為「白金」。

返回左鎮老街，沿著鐵支路步道，路過秀娥阿嬤的柴燒粿老店，買了一顆月桃葉包的木瓜粽，帶著意猶未盡之感離開左鎮。突然想起一說「當一個地方有食物讓你回味不已，便會再回來」，果然，至本文完成時，已重返六次了，所言不虛也。的確，有沒齒難忘的木瓜粽，怎能不來呢？

輯四

旅行的奧義在旅行之外

——在山林的氣味間覺察，尋找行走的意義

「我一直想著我們應該對深刻的地景提出兩個問題：
首先，當身處此地時，我認識了什麼，
而這又是我在其他地方無從知道的？
其次再徒勞地問：此地知道多少我所不自知的自己？」
——羅伯特．麥克法倫《故道：以足為度的旅程》（*The Old Ways*）

大禮部落夏蘭婆婆的眺望。

01

遠山在呼喚：天狗岩、砂卡礑林道與同禮部落

花蓮秀林鄉

標題的「遠山」，指的是花蓮太魯閣地區海鼠山「天狗岩」和「清水大山」，兩座毫不相干的山。但我之所以放在一起談，是因為它們都帶給我嚮往，同時給了我難得的激情、焦慮和恐懼，啟發我對「抵達」的思考。

儘管如此，友人仍不明白，為什麼我要去爬海鼠山這塊多餘的岩石？

「因為山就在那裡！」(Because it is there!) 我立刻想到一九二四年英國登山家馬洛里（George Mallory）以這句話作為「你為什麼要攀登珠峰？」的回覆。但我沒勇氣吐出這句名言，唯有企圖攀爬八千公尺以上的登山家才有資格引用。

我想引用的是，海明威在小說《吉力馬札羅的雪》中寫的一段話：

「吉力馬札羅是一座海拔一萬九千七百一十英尺的高山，山頂終年積雪。其西高峯被馬賽人稱為『鄂阿奇—鄂阿伊』，即上帝的殿堂。在西高峰的近旁，有一具已經風乾凍僵的豹子屍體。豹子到這樣高寒的地方來尋找什麼，沒有人能夠做出解釋。」

無需解釋，也是一種解釋。

但不免自問，一隻豹子為什麼會來到吉力馬札羅山頂？牠遭遇了什麼事？是餓死或凍死？

或許豹子嚮往的精神聖殿就在山頂，常人無法理解，答案自在牠的心底、在牠的生命中。就像那些罹難的偉大登山家，讚嘆過大山的雄偉美麗，也見識了大山的狠絕無情。

一如書寫者，登山者用腳書寫，他們或許都擁有幾分「豹子精神」，想用自己的方式追求自己的嚮往。可為什麼，美麗的地方都很難抵達呢？

我不想成為那隻風乾的豹子。在花蓮走古道時，我找了令人安心的在地嚮導雪巴（楊偉仁），這次為了去清水大山（海拔二四〇八公尺）和天狗岩（海拔一二五〇公尺），又邀了太魯閣族好友山羌（常寶華）同行。登山嚮導和領隊比比皆是，但懂得照顧人文意義的領隊嚮導少之又少。

在我心目中，厲害的領隊嚮導就像山羊，在緊要關頭會停下腳步觀察、傾聽、嗅聞，他們是天生的尋路人，會留意環境中的細節，指路時會指出某棵樹某塊岩石某處山澗等類似空間記憶點作為路標；而我們雖仰仗科技導航系統，最終還是迷了路。

❖ 1、花蓮港廳下名物「天狗岩」

天狗岩這個「景點」，數年前才開發出來。起因是有山友在海鼠山西南稜，意外發現一塊斷崖巨石地景，經比對，與印行於日治大正年間（一九一二至一九二六）、名為「斷崖上的蕃人」並注記「花蓮港廳下名物天狗岩」之繪葉書形似，就連岩層裂痕都雷同，幾乎可以確定就是了。多年來，許多山友遍尋花蓮山區不著，還懷疑天狗岩早已崩塌，不料卻像天狗般跳了出來。

日人取名天狗岩，顯然借用傳說中天狗妖怪之擬態，哈日族大抵都見過類似圖像。實際上天狗源自《山海經》：「有獸焉，曰天狗，其狀如狸而白首，其音如榴榴，可以禦凶。」說是像狐狸的白頭動物，後來用以形容彗星和日蝕現象（天狗食日）；只是流傳到日本卻變成有著翅膀的赤臉妖怪，長著皮諾丘式的長鼻子，如今更有了《名偵探柯南》中故布疑陣的〈霧天狗傳說殺人事件〉。

當我凝視繪葉書斷崖上的「蕃女」，見她將右手舉至額頭做出眺望狀，似乎在等待誰歸來，竟讓我心生嚮往，想像有一天要走進那風景裡，也難怪山友紛紛前往朝聖、戲仿。

在葉柏強《顧我洄瀾：花蓮歷史影像集》中，除了這一張圖片，還有另一張「斷崖上的三位蕃人」（分別是背藤籃者、持長槍者與跪坐者），並未留下任何注記。雖然不清楚攝影者的意圖，卻隱然透著「理蕃成果」的況味。

此外，我也在網路爬梳到類似的兩張圖片，一張來自台大圖書館數位典藏館「日治時期繪葉書」檔案中，注記「（臺灣角板山）山の勇者」（站在岩崖擺出射箭姿勢的蕃人），背景也疑似在天狗岩，而非角板山。

我很好奇，被拍攝者可否理解拍照的意義？可知拍攝者的目的？可曾看過自己的影像？按我的解讀，被拍攝者可能被視為「馴服的生蕃」而入境。

還有一張，來自國家攝影文化中心的典藏《花蓮分屯海鼠山分遣隊─西末吉寫真帖》。隊長西末吉大尉著戎裝、持軍刀，與軍犬合影於天狗岩；對比古時天狗在畫像中總是穿戴武將盔甲、腰配武士刀、著木屐，流露出不可一世的傲慢姿態，難不成被拍攝者自詡為天狗出世？當然，這是我的解讀。

總之，我被一塊巨岩打動了。

由上述繪葉書，顯見天狗岩在日治時期被視為花蓮代表性風景之一。但我手上資料也提到「太魯閣討伐戰」（一九一四年五月十七日至八月二十八日）後，日軍駐防海鼠山，名為「海鼠山分遣隊」（編制兩百餘人），還養馬運送物資和山砲。一九三〇年裁撤，改設「海鼠山警官駐在所」，對照日治五萬分之一地形圖，其時海鼠山已有多條警備道路通往太魯閣族各社，例如往南可至牧水社、合流社、荖溪社，往北可至巴支干社，往西北可至陶塞溪蘇瓦沙魯社等上游諸社（陶塞群），往西南可至伊波厚社、陀優恩社、塔比多社（內太魯閣支廳所在），上述警備道路或可視為合歡越嶺道支線。

立霧溪流域因耕地狹小，很難形成大部落，只能以小部落垂直分布於各個河階台地。按馬淵東一《台灣原住民族移動與分布》調查，泰雅賽德克系統之「托洛閣群」越過奇萊北峰遷入立霧溪上游流域，再沿溪遷徙內外太魯閣而稱「太魯閣群」，甚至入侵木瓜溪上游，形成「巴托蘭群」，將更早先越過能高鞍部遷來木瓜溪、同屬賽德克系統之「霧社群」，擠壓到中下游去，稱為「木瓜群」；另有一支「陶塞群」，乃賽德克系統「道澤群」經思源啞口翻越南湖大山遷入立霧溪支流陶塞溪而形成。

族群部落之間，多有社路或獵徑相通，其中有些被日方闢為隘勇線和警備道路，但太魯閣地區還多了伐木林道（砂卡礑林道）、發電道路（砂卡礑步道）、砂金道路（太魯閣峽口至綠水）。

日治警備古道或許有一種鑿空拓荒的意義，卻是今日山河破碎的啟端。後來經大肆開發，風災地震破壞，道路每況愈下，甚至崩毀，以致難於上青天，我們要去的天狗岩、海鼠山便是如此。

按太魯閣國家公園《合歡越嶺古道調查與整修研究報告》所載，作者楊南郡、徐如林曾偕登山前輩林古松於民國七十五年四月間，從合流駐在所（海拔四六〇公尺）舊址上攀，踏查合流經海鼠山駐在所至蓮花池的「合流梅園警備道路」：「於二十分鐘後，相當於原合歡古道合流吊橋位置之地，步道左上接到古道，海拔五八〇公尺。古道呈之字形沿荖西溪西岸不斷上升，於四十分鐘後上至海拔八六〇公尺之桂竹林，竹林間有屋基，再前行五分鐘，路左下方為自多用社上來的古道。古道續成之字型陡升，於五分鐘後到達稜上，海拔九一〇公尺，此後沿稜而行。十五分鐘後到達稜上之突角展望點，下望荖西溪谷，景致頗佳。古道續行，於半小時後到達海鼠山駐在所邊緣，海拔一一八〇公尺。由此開始，幾乎有如置身於大草原地帶。」從上述行程可知其時路況尚佳，但不知文中下望荖西溪谷的「突角展望點」可是天狗岩？

時至今日，有Sonia Chen等山友從綠水出發，經合流攀上牧水社山（海拔八七六公尺）探訪忠魂碑，仰攻天狗岩，再轉往海鼠山駐在所，回程循西南稜經天狗岩下馬黑揚，銜接綠水文山步道，經陀優恩（多用社）出綠水，等於走一圈O型路線。

觀其在「健行筆記」網站記載，形容牧水社山「陡峭岩稜，手腳攀爬」、「裸岩崩壁」、「垂壁拉繩攀岩」，顯然合流梅園警備道路的牧水社山路段已然崩毀；接著，直攻天狗岩，過程

「鑽不完的芒草海」、「垂直拉繩陡上，沿山壁腰繞」、「持續不斷的陡坡，跨距又大，雙腿頻頻抽筋，肌肉劇烈疼痛」等。

相形之下，回程輕描淡寫，路程七公里多，高度落差八百公尺，似乎沒什麼特殊挑戰。所以，我們決定循綠水文山步道上天狗岩、海鼠山駐在所，再原路折返。

猶記得十多年前與雪巴走過綠水文山步道，從文山端進入（中橫泰山隧道旁吊橋，海拔六二八公尺），行走兩公里半便上到最高處伊玻厚駐在所（海拔七七〇公尺），之後便是下坡路，經綠水吊橋（海拔七二九公尺）、馬黑揚（海拔七二五公尺）、陀優恩（海拔七四八公尺），出綠水地質景觀展示館（海拔四四八公尺），全程近六公里。沿途臨崖險峻，當時展望海鼠山（海拔一六四四公尺），便覺得難以親近，沒想到今日偏向虎山行。

此行由綠水端楓香林道進入，過三岔口路標不久就陡上。沒有大山大景，只好一路辨認植物，有太魯閣櫟、青剛櫟、太魯閣千金榆、風藤、白雞油、山毛櫸、呂宋莢蒾、通條木等，每辨識一次就趁機喘口氣；雪巴還試圖在白雞油樹下尋找海桐生蛇菰，芳蹤杳然，雖然以前也見過，但我們企求一種久別重逢的驚喜，讓過程滋生探索之樂，人生不也是如此嗎？

值得一提的是，尚未陡上前的步道，有千里步道協會志工「在森林裡寫詩」的痕跡。一般看不大出來，但長滿腎蕨的砌石護坡和砌石階梯顯然是手作之道的特質。

此外，數種有趣植物也值得關注。例如雌雄異株的構樹，正開著雄花，淡綠色穗狀花序有如毛毛蟲，我曾在阿美族餐館吃過清炒時蔬，口感微甘帶咬勁；亦可煮排骨湯，戲稱「毛毛蟲料理」。至於常見的紅色球狀果實（雌株），微甜，我曾嚐過阿美族廚師取其汁液淋上奶酪。

此地曾是陀優恩社耕地，駁坎散布，接收此地的榮民改稱「綠水」，還利用合流梅園警備道路趕牛上海鼠山馬場放牧，如今林木蓊鬱，黃藤和山棕夾徑。忽然出現一個大深坑，立有解說牌，才知是一九三九年總督府技師小笠原美津雄在立霧溪河階地探勘砂金礦藏的數十個採樣坑之一。綠水河階的黃金含量尤其驚人，日方宣稱儲藏砂金四十億（日圓），想來四百年前荷蘭人「黃金河」之說並非空穴來風。

再往前，巨岩當道，岩壁上羽狀蕨龍飛鳳舞，生氣盎然，可底部卻密布鱗狀枯葉，果真是水龍骨科槲蕨。枯葉其實是「腐植質收集葉」，專司收集空氣中的雨水和塵土，好讓植株得以安然附生在岩壁或樹幹上。

繞過巨岩，又見一樹幹遍生骨碎補——名稱來自《本草拾遺》所載「主傷折、補骨碎」，可民間卻以其肉質莖毛茸茸狀稱「兔腳蕨」，信者恆信，便取之燉排骨湯。

拉繩攀上岩頂，腰繞，接著是一公里的陡峭木棧梯，待上到稜線（海拔七一六公尺）始有警備道路樣貌。須臾來到1.4K陀優恩社（海拔七四八公尺），腹地廣闊，山椒鳥啼叫，山豬犁土痕跡散布，還有駁坎、疊石、蓄水池遺跡，規模甚大，設有警官駐在所，但皆不及鬼傘、鬼筆蕈菇令我驚豔。

續行兩百公尺稜線，趁機展望牧水社山、海鼠山，想到「花蓮港廳下名物天狗岩」就在其間，便充滿期待，不禁加快腳程，連綻放如煙火的杜虹花也不顧了。但前導的山羌倏地剎車，原來邊坡發現數株金線蓮。這種植物因金色葉脈脈脈相連，故名金線「連」，後人可能因具抗癌功效而予以「蓮」化？

路徑往右側山腰緩下，落葉堆積，走來沙沙作響，又穿過小片蕨海，頃刻抵達2.2K馬黑揚社，一道三十公尺長、兩公尺高的駁坎牆映入眼簾。此時飄來一股臭味若隱若存，本以為鳥獸曝屍，赫然發現氣味來自腳下——啊，是血藤花。抬頭一看，二十多公尺高的巨藤盤樹開枝散葉，垂掛著一串串紫色蝶形花，恍若紫斑蝶瀑。

解說牌提到，日軍駐守海鼠山期間，常有勞軍團體由對岸塔比多跨越大沙溪（陶塞溪與小瓦黑爾溪匯流後名稱）爬上來，經馬黑揚往海鼠山分遣隊，說這條循西南稜線走的道路「險峻卻直線距離最近」，還附上一張海鼠山分遣隊基地圖，注明「金尚德提供」。這令我沾沾自喜，因為此行我閱讀的即是金尚德《峽谷山徑二十里：內太魯閣警備道路》和《百年立霧溪：太魯閣橫貫道路開拓史》；當然，還有徐如林、楊南郡《合歡越嶺道：太魯閣戰爭與天險之路》。

此時見一隻烏鴉鑄鐵般站在枝枒間，叫聲粗礪，隨後像魯迅小說《藥》中所描寫「墳頂的烏鴉『呀』的一聲飛走了」，走得如此戲劇性且猝不及防，是在隱喻什麼嗎？

順著駁坎牆右轉另一條路徑，只見血藤花滿樹滿地，還延伸到左側山谷，令馬黑揚台地瀰漫著死蔭幽谷般的陰森感。查看其間，疑似墓葬群立石散布，果真，便是大正十三年（一九二四）倡導「蕃人共同墓地」，改變了族人室內葬習俗。

起初，步道平坦易行，左側邊坡整排早田氏鼠尾草搖曳生姿，還有幾株菸草，令我聯想到電影中莫那魯道叼竹菸斗的場景；右側深谷也因密林灌叢不致有曝露感，且有樹濤予人涓涓細流潺潺而過的錯覺。但暢行沒多久，路斷了，開始高繞，唉，山河破碎早就在意料中，只能尋著路標布條摸索前進。喘吁吁地上到一處疊石平台，疑似小社或分遣所舊址。續行，經過一處岩穴，發現一截大腿骨，不敢多想，也不想當柯南，還是趕路吧。不久來到累累巨石路段，臨斷崖處巨岩裸露，成了我們的觀高坪，站上去可瞭望太魯閣群山，亦可鳥瞰萬丈深淵和曲流地形。

繼續在楠櫧林帶爬升，山徑上有時散落烏皮九芎，有時石櫟遍布，有時芒草淹路，幸好還不至於披荊斬棘，山羌帶來的銅門刀依舊無用武之地。途經一具廢棄引擎，疑似運送物資的流籠索道所用。續行，走入一片紅毛杜鵑林，此刻才三月底，竟有數株提前燦放；出林，見一突出狀岩崖，乍看不像天狗岩，繞到另一側才露出真貌——目測岩體長約八公尺，形如吐舌狀，舌寬約三公尺，舌尖約一公尺。

正待踏上，見一張太管處警示牌，勸阻山友不要站上岩體。可想見絡繹不絕的山友都想戲仿「斷崖上的蕃人」，站上天狗岩留影，此刻內心難免交戰，千辛萬苦到了這裡，難道不上去站一下？

說實在，網傳岩體鬆動，現場看不出來，岩體也非驚悚的雪茄狀「天狗鼻」(不禁佩服日人的地景聯想力)，末端懸空處還不致有斷裂之虞，但可以體會花蓮文史工作者保護「歷史遺跡」的苦心。況且，天有不測風雲，難說絡繹不絕地踐踏，哪天拍個團體照就崩毀了。的確，站上去拍照的意義是什麼？又可以證明什麼？

面對大自然，謙卑、敬畏就在一念之間。這個地景因為某位想像力豐富之人的視線而有了名字，又因繪葉書有了獨特的意義；倘若沒有命名，形同未經賦予意義，就會像沿途經過的巨岩，顯得荒涼而平凡。

喝咖啡時，注意到岩崖旁一條陡峭山徑，說是山友從牧水社山仰攻上來的路線，不禁捏把冷汗；按地圖所示，再上去不遠就是海鼠山駐在所了，據云有上百座日軍墳塚，大多戰歿於太魯閣討伐戰之古白楊戰役，心想就不去打擾，逝者已矣，下山去吧。

又想，昨日不也棄登清水大山嗎？心裡未留殘念，一如豹子的尋找，沒有人能夠做出解釋。

❖ 2、未竟之路

行經5.2 K第一水源地時，山羌有些納悶，去年三月底來時開得如火如荼的台灣喜普鞋蘭，怎的就不見了，會不會被搜刮了？石壁下芒草叢底僅存未開花數株，但沿途更多的是一葉蘭，儼然「一葉蘭小徑」。

我們正走在往清水大山的砂卡礑林道上，半夜三點從大同部落（海拔一一二八公尺）接待家庭「椰果的家」出發，前面兩公里幾乎仰賴頭燈而行，伸手不見五指，只知經過數段崩塌地形，上攀下降，過亂石，爬木梯，直到左側三角錐山猶如沖洗相片般逐漸浮現，才驚覺「天開了」，彷彿神的榮光降臨。

不久，行至一處貼著山壁、以樹枝鐵絲拼湊且搖搖欲墜的鷹架窄橋。底下可是萬丈深淵啊。山壁雖有確保繩卻鬆弛得很，只見山羌沒幾下就過了橋（果然是強悍的太魯閣族），但雪巴不肯讓我冒險，不怕一萬就怕萬一，堅持使用他帶來的歐盟認證安全繩索，加上好幾枚帶鎖鉤環、扣環，一條繩懸掛山壁確保繩，另一條繩以自己當確保點，預防我意外墜落，哈，令我萌生高空彈跳的緊張感，好像我的安全有了歐盟認證。所幸橫切距離不到十公尺，一下子就過了，但我願意寫下整段文字來描述一位盡責領隊的擇善固執。

按我淺薄的經驗，登山最怕遇到暴露感極大的崩壁或岩壁地形，一不小心（或大意、或能力不足、或天注定）便會造成意外。但這個「岩壁腰繞」還好，不似能高越嶺道天長隧道路段有著破碎裸露地形的「崩壁腰繞」那般危險，而且頭上還有土石崩落的威脅呢。

頃刻，來到一處芒草茂盛的岩壁。山羌心靈福至，猛一抬頭，竟發現上方六、七公尺高岩頂有三株台灣喜普鞋蘭綻放，兩片團扇狀葉托住一朵袋唇狀紫斑點白花，在乾芒草底下閃閃發亮。眼看只能用手機遠距鏡頭拉近拍攝，本來還猶豫著是否冒險攀上去近拍，隨即打消念頭，心想我不再是赫曼．赫塞《鄉愁》中那位勇敢少年了——為了送花給心儀少女，爬上險坡摘薄雪草，卻嫌薄雪草的小白花不夠美，又爬上懸崖摘取阿爾卑斯玫瑰（杜鵑花屬），用嘴咬住花梗才得以下來，然後悄悄地將花放到少女家門口，結果自是一場唐吉訶德式行動：「沒有人發覺，不過我也無從得知，蘿西是否收到我的問候。但是攀爬懸崖，冒著生命危險，只為把玫瑰放在她家的階梯上，儘管有些酸楚，其中的甜蜜、喜悅和詩意還是讓我愉快，至今餘韻猶存。」這種不問結果只求過程往往是一種情感錯覺，但少年的一廂情願讓單戀昇華成哲學。

這種義無反顧的勇氣，令人動容，唯有泰戈爾的詩句「不要因為峭壁的高聳，而讓你的愛情坐在上面」可堪比擬。但我心裡清楚自己再也沒有能力那麼勇敢了，雖然內心激情猶存。

就像旅行的價值，從來就不是以費用來衡量，而是你為它付出的心力；又像汗水澆灌的旅程，總讓所見風景顯得更有意義。此行尋得的台灣喜普鞋蘭，對我而言也是如此。

順帶一提，台灣喜普鞋蘭最早的標本，乃人類學者森丑之助在一九一一年於海岸山脈採得。植物學家早田文藏起初認定與日本喜普鞋蘭為同一物種，五年後又在合歡山採集到，重新檢視後才發現是不同物種，便以此為模式標本，正式命名為「台灣喜普鞋蘭」，確認為台灣特有種。

好運接踵而來，隨即在前頭芒草岩石堆中，又發現了台灣特有種「台灣紅蘭」。其實沿途見到不少蘭株，只是沒開花，憑葉片叫不出名字，我們猜想地生蘭有大花羊耳蒜、蓬萊隱柱蘭、阿里山根節蘭、黃花鶴頂蘭；著生樹幹有豆蘭、樹絨蘭、黃萼捲瓣蘭、金草蘭、石斛、一葉羊耳蘭，種類族繁不及備載，可能要五、六月來才有機會見到更多種花開。不過，步道上已見阿里山卷耳、刀傷草、刺蓼、台灣附地草、台灣堇菜、川上氏堇菜、佛氏通泉草、紫花鳳仙、水晶蘭等花草，地上還有落英滿地的烏皮九芎和台灣泡桐呢。

曾有朋友笑我，現在蘭花栽培技術發達，不能理解我在山林中的苦苦追尋。啊，夏蟲豈能語冰，一株野花的美學價值，絕非培育繁殖或基改花可堪比擬；尤其當我們辛辛苦苦跋山涉水去尋它，只求見上一面，簡直與「鄉愁少年」或「吉力馬札羅山之豹」的行徑無異，想用自己的方式追求自己的嚮往。

沿途溼氣氤氳，林相主要是楠櫧林帶，樟科殼斗科尤多，其間鳥巢蕨、崖薑蕨、書帶蕨、水龍骨和藤蔓交織，小椒草、伏石蕨和石葦遍生，叫不出名的蕨草更多，還有為數甚多的台灣天南星、七葉一枝花、玉山薊，構成美麗又險惡的叢林。但我們無暇顧及，兼程趕路，只是我的腳步細碎，腳程不快，加上雪巴的小心翼翼——他可能對我上次走安通古道時倒栽蔥跌落心存餘悸，以致行程略有耽擱（據雪巴云，本書付梓前路面已有所改善）。

此刻山嵐飄渺，空氣溼冷，陰晴不定轉而起霧，山雨欲來？委實令人憂心忡忡。山友皆知，清水大山最後一段石灰岩稜攻頂，是「瘦稜橫渡」地形（海拔二二〇〇公尺），在畫面中予人詭譎的魅力，可現實完全不是這麼一回事，若起大霧，風狂雨驟，仍可能要你的命。

猶記得劉克襄《後山探險》的〈綠島與清水斷崖〉一文中，有一段引述：「霧帷愈來愈高，時而隱藏，時而露出山峰、山頂與峽谷。玫瑰色的陽光愈來愈寬闊，刷出淺薄、光亮的雲層面紗。白日已掃除黑夜。最後，山巒清楚而顯著。一群長薄而雪白的雲靜靜地懸浮、滯留在半空，遮住山巒的面貌。在有知的世界中，最高的海崖就在我們眼前揭開面貌，它是壯麗的……」這是一八八二年英國生物地理學家古里馬搭乘科調船馬卻沙號行經清水斷崖外海時，面對險奇海崖的詠嘆。而就一個旅人的觀點，我更贊同古里馬於文中所言：「只要有一個新地方橫陳在前，所有這些不愉快的回憶會消失，縱使它的探險是沒用的，仍然會湧現出無限可能性的想像。」

任何踏查即使無用也是有意義的，「每個步行者都為道路增添一個新的音符、一段新的情節」，我又想起《故道》作者麥克法倫之言。事實上，古里馬的探查影響台灣深遠，生物地理線「華萊士線」之所以能向北繼續延伸便是拜他所賜——原本華萊士線在婆羅洲與蘇拉威西島之間，往東延伸至民答那峨島，但他將華萊士線再往北延伸至婆羅洲與蘇祿群島南方，稱為「古里馬線」；後來「鹿野修正線」即據此向北延伸至蘭嶼與台灣之間。

通過第一水源地後，又歷經兩處踩點險峻的「橫渡斜岩面」和「橫渡陡岩面」考驗，還拉繩上下岩壁，再通過樹枝橋，總算抵達第二水源營地（海拔一五二〇公尺），再十分鐘就到登山口了。算一算，從大同部落摸黑出發，至此已經走了八公里多，由海拔一一二八公尺緩升海拔一五五〇公尺，竟然花了四個多小時，可見路況難行。偏偏此刻我精神不濟，急需喝杯咖啡補充體力，同時處理我身上可能已經與我產生血緣關係的螞蝗。

燒水當下，望著四周林木，突然閃過一個念頭：為什麼要勉強攻頂呢？為什麼不留在水源地觀察附近生態呢？心想登山口上去，還要走2.8Ｋ、爬升八五〇公尺，少說也要兩個多小時才能攻頂吧。

我回想來這裡的初衷，因為閱讀了游旨价《通往世界的植物：台灣高山植物的時空旅史》，很想親眼目睹太魯閣地區和清水大山的特有種石灰岩植物。果然，我又再一次被閱讀影響旅行方向。

書中提及因型態異化成為特徵的花草植物，包括太魯閣千里光、太魯閣佛甲草、太魯閣小米草、大花傅氏唐松草，以及太魯閣小檗、清水山小檗，還有植物學者的夢幻植物：清水圓柏和梓木草，皆我所嚮往也，可遇不可求。

考量自身狀況後，當機立斷放棄攻頂，目送同伴背影，心想有四、五個小時可以細心觀察林道生態而竊喜。沒料到就在喝咖啡當下，濃霧瀰漫開來，豆大雨珠剎那間稀里嘩啦打在傘上，半個多小時後同伴也狼狽折回，這般天氣攻頂簡直折磨，還是回住處洗熱水澡、抓螞蝗吧。

我沒有絲毫挫折感，如同赫曼．赫塞散文詩畫集《堤契諾之歌》所言：「無法達成的目標才是我的目標，迂迴曲折的路才是我想走的路，而每次的歇息，總是帶來新的嚮往。等走過更多迂迴曲折的路，等無數的美夢成真後，我才會感覺失望，才會明白其中的真義。」的確，未竟之旅並不是一點意義都沒有，唯有走過才知道。

實際上，行動因其本身展現意義。未能登頂的事實並未減弱清水大山對我的吸引力，至今它仍在我內心熠熠生輝。但因學會看見，我的世界變美了，又因學會順其自然，我的世界變大了。

❖ 3、清風問我幾時閒

還沒去砂卡礑溪谷之前，我便已從太魯閣族一首〈神祕谷之聲〉想像它的美麗風光。但要等到二〇一〇年走過砂卡礑步道，才知步道上方有兩個徒步才能抵達的部落；再至二〇一六年方成行，其時便感覺到自己與大禮部落（海拔九一五公尺）聲氣相投，並為它的侘寂美所感動。它帶給我內心靜謐感，山麓田野間雖點綴幾戶房舍，卻杳無人煙跡象；其間一戶面對廢棄的小教堂，流露出時光一去不復返的氣味，讓人湧現閒適安逸的感受，令當時處於人生低潮的我傾心不已，就在門前懸掛的油燈下，煮了一杯咖啡，望著十字架，做起我的白日夢，設想租下來經營一間「等一個人咖啡」，稍後才依依不捨走往大同部落過夜。抵達部落時，見台地炊煙裊裊，才知有數戶接待家庭，作為山友前進清水大山、千里眼山、立霧山的基地，但我只在部落閒晃，走過千里步道協會手作的桂竹階梯路，踏尋舊稱「砂卡礑」時期的警官駐在所和蕃童教育所遺址。隨後再煮一杯咖啡坐看群山雲飛霧湧，「我見青山多嫵媚，料青山見我應如是」。

如今重返同禮，大禮部落已有接待旅人的「大禮百合屋」。有道是「青山問我幾時歸，春雨山中長蕨薇」，古往今來，人們對牧歌式田園慢生活充滿嚮往，曾任太魯閣國家公園巡山員的阿莛，某天萌生歸園田居之念，便偕同母親夏蘭婆婆返祖居地翻修老屋，重啟荒蕪，三年來欣欣向榮，有高麗菜、大白菜、山茼蒿、蕗蕎，也有桑椹、紅肉李、水蜜桃、水梨，還有刺蔥，以及族語稱為「瑪格麗」（Mqrig）的泰雅族「馬告」（Makauy）。阿莛據此宣告，太魯閣族與泰雅族有諸多語言歧異，兩族不能混為一談。

一大早，我們帶著竹筒飯，沿著砂卡礑林道晃回大禮——前日上午我們才從太魯閣公園管理處旁的得卡倫步道口（海拔一〇九公尺）上來，踏過據云一千八百階的木棧梯（一．三公里），再循破碎難行的土石路陡升（一．五公里），才接上平緩的砂卡礑林道（海拔八一七公尺，立霧山南稜之支稜），總計爬升七百公尺。

出口旁見數輛三輪鐵牛車停靠，應是族人往來載貨用。小休片刻後，竟被邀請搭便車，一路霧雨拂面，蹦行六公里多，震盪起伏猶如小舟穿風破浪，途中還驚起一隻藍腹鷴飛掠，不到一小時便抵立霧山西麓台地的大同部落。一次難得的體驗，如果步行少說也要兩個小時。

如今許多部落皆可開車抵達，同禮部落卻只能徒步抵達，公共電力和手機訊號未及，物資仍須仰賴人力或流籠索道運送，種種不便，讓同禮部落成為太魯閣祕境，營造出令人嚮往的「山居歲月」氛圍。那景致唯山明水秀四字差可形容，吸引山友不辭辛勞跋涉來此。

雨後的林道遍地水窪、泥濘，晨霧瀰漫，卻無礙雪巴的鷹眼，在姑婆芋葉片上找到閉眼做夢的莫氏樹蛙，還有形如口沫吐在枝葉的沫蟬——幼蟲吸食植物汁液後，會吐出泡沫裹住身體附在枝幹上，直到羽化；行走間尋見台灣油點草、普剌特草、刺茄、山柰、水鴨腳秋海棠、一大片水晶蘭，以及植群甚多處的台灣及己——因四片葉子兩兩對生於枝端如綠色花瓣，又稱「四葉蓮」，正值花期，幾乎每株都抽出白色穗狀花序。值得一提的是其首位採樣者：英國皇家邱植物園採集手奧德漢姆，曾於一八六四年間來台（基隆和淡水）採集六百多種植物標本，新種六十一種；其中台灣特有種占二十七種，例如金毛杜鵑、大花細辛、愛玉子、台灣油點草、台灣溲疏、台灣馬藍等。《台灣植物探險》作者吳永華便曾細數奧德漢姆載冊於邱植物園的台灣植物，竟達四百七十八種，其中有些冠上他的姓氏，如俄氏草、稜果榕、台灣及己、綠竹、刀傷草、金毛杜鵑等。

但我們也留意到，沿途有不少族人喜食的瓦氏鳳尾蕨、廣葉鋸齒雙蓋蕨、過溝菜蕨、山蘇、昭和草、山芹菜、山茼苣，不知今晚可有機會吃到野菜？

走著走著，原本一層層黏在地上掃都掃不起來的溼落葉，不知何時溼答答地黏上雨鞋筒，令人厭煩，正欲擺脫，不禁聯想到自己老來景況，是否會形同日本人取笑的「濡葉丈夫」（退休後黏著老婆跟進跟出的男人）？

接近林道起點，下切舊稱「赫赫斯」的大禮部落，掠過流籠索道，轉入蕨類繁茂的同禮古道。見好幾株蕨類羽葉呈金黃色，雪巴說是蕨類的「鑲嵌變異」現象，來自葉片某一點受外界刺激而產生基因突變，也可能是病變，令我想到近來炒作的「斑葉植物」，或一九八〇年代達摩蘭「葉藝」風潮（葉片上出現金色或白色線條）。其實基因變異現象本就存在於大自然，例如多肉植物的「斑錦變異」、觀葉植物的「出藝」，皆會產生變異著色。

續行，穿過箭竹林，經過遭裁撤的大禮派出所水泥屋，便想到這個位置曾是「哈鹿閣臺駐在所」遺址——日治初期赫赫斯頭目哈鹿閣納威率眾突襲新城監視哨，馘首十三名日軍，即一八九六年「新城事件」，激起日軍四度討伐，皆被哈鹿閣納威組織的外太魯閣部落同盟擊退，迫使日方改採招撫策略，任命他為外太魯閣總頭目，改稱赫赫斯為「哈鹿閣臺」加以攏絡；然而一九〇六年，又因採樟爆發「威里山事件」（今佳山），馘首二十五人，其中一名腦丁的兒子井上伊之助聞訊來台報殺父之仇，其「復仇」的方式卻是行醫傳福音，引領原住民感受基督的愛，迄一九四七年「二二八事件」後才被遣送回日。我讀其傳記書《台灣山地傳道記：上帝在編織》，為其使徒般的凜然氣概感動不已，亦敬佩其見解「早期宣教師對原住民傳統文化的忽視、不了解，甚至壓制，也讓他們逐漸喪失原本賴以生存的價值體系及文化認同……」，此言是否也能讓我們警覺到什麼？

威里山事件促使日方加緊設置隘勇線，準備對付太魯閣族，果然在一九一四年發動太魯閣戰役，哈鹿閣納威最終寡不敵眾被招撫，翌年抑鬱而終。一張他帶著淒涼笑容與族人手持警帽的合影，便可嗅到族群式微的氣息，更不難想像日方企圖將「味方蕃」的姿態保存下來。日治時期刻意為原住民留下的影像，多少都含有政治意識吧。

走筆至此，不禁懷想哈鹿閣納威起身抗爭時，內心在想些什麼？是否明白這是一場沒有勝算的戰爭？卻又為了免於族人滅絕而降？這場面對帝國主義的殷鑑，可否作為隱喻或預表，啟發我們去思考島嶼的困境，更有智慧地迎接未來？

在旅途中，我特別關注曾發生過某些事件的地方，透過閱讀或聆聽耆老的回憶提供既視感，將那些人事物召喚到擬想之中。據云昔日部落頭目長老皆能憑記憶追溯族群由來，口傳下一代，人類學家移川子之藏與助手宮本延人、學生馬淵東一即透過頭目的記憶、口述，才能追索台灣各個族群的文化脈絡和遷徙源流，完成劃時代巨著《台灣高砂族系統所屬之研究》。

穿過櫻花林，便抵達阿莛的家屋。此際砂卡礑溪谷風起雲湧，雨說來就來，氣溫驟降，阿莛趕緊生火，讓我們烤火取暖。但我納悶，竟用木炭呢，聊了才知，部落位於國家公園境內，原本靠山吃山的就地取材、採集狩獵生活等基本生存活動都不能進行，所以，包括燒飯洗熱水澡的瓦斯、鐵牛車的石油、烤火的木炭，都得從山下扛上來。

但沒有烤火，豈是家屋？

烤火是文化傳承之一，還是要想辦法維繫，如同重修家屋，要與依法行事的官員博弈……聽阿莛回首來時路，不禁佩服阿莛鍥而不捨地抗爭。果然，人一旦認真起來，命運真的會改變。

遙想光復後的大禮部落，曾有小學、派出所、禮拜堂，直至一九八〇年代才集體遷居到太魯閣口富世村。該慶幸的是，部分族人仍堅持上山耕種，沒有失去與土地的連結，日後才有機會重返部落。

再追溯一九二四年總督府推行的「平地誘致」政策，內外太魯閣部落被迫大舉移居平野。但同禮部落因鄰近峽口得以留存，部分族人續住。

其實更早在一九一四年，總督府便針對內太魯閣部落推行「蕃社合併」，將分散於深山的小社移往大社集中，造成無數小社名存實亡，在山林中留下遺址。

再至一九三〇年「集團移住」政策，幾乎瓦解了原住民社會結構。霧社事件後，莫那魯道所屬的霧社群被遷往川中島即是一例。曾在內本鹿古道駐在所等地任職的警官青木說三回憶錄《遙想當年台灣》，也提及一九四二年奉命安置內本鹿古道上布農郡社群遷移都蘭山西麓（今延平鄉鸞山村），因而發生「內本鹿事件」。

此際山雨霏霏，一個故事的結束，又是另一個故事的開始。說完與國家公園的抗爭，阿莚又分享起當巡山員的故事，展示此地豐富的生態，突然，山徑飄來嘰嘰喳喳聲，二十多位女高中生冒雨抵達，狼狽中難掩興奮，她們來此畢業健行，其中幾位也圍過來烤火——顯然心理學家的研究為真，當人們聽到火堆嗶嗶剝剝的聲響時，性情會變得更易與人往來，果然，她們興奮地分享與泥濘奮戰的成就感。我忽然體會到，那個跌跌撞撞形成的記憶，就是青春，只是當時不知道，因為青春總是隱藏在回憶之中。

晚餐有土肉桂葉爆炒雞塊、菈蒿沾鹽巴生吃、炒山茼蒿、炒箭筍、蒸魚、蒸紫薯、鳳尾蕨排骨湯，基本上就是自家菜園和山林野菜的無菜單料理，幾乎每一道都會加入瑪格麗提味。眾人動筷之前，夏蘭婆婆帶領青春小鳥唱詩歌做餐前禱告，感謝上帝的恩賜，體現大禮部落日常生活的面貌；此刻蛙族組成的「原聲合唱團」也在屋外放聲高歌，引領我們融入山居歲月。

餐後餘興，阿莛帶領夜間觀察，陸續找出原聲合唱團成員，如澤蛙、太田樹蛙、莫氏樹蛙等，卻未見蛇蹤，大家流露些許失望。我想起來時見解說牌上指稱赫赫斯為「蛇聲」或「多蛇之地」，但阿莛說是誤植，赫赫斯應是「黃杞」之意，猜想此地早期應有黃杞林，但不知族人是否也搗碎樹皮樹葉，溢出毒性，再置於溪流中，等迷昏的魚浮上來？

其中，貌似日本樹蛙的太田樹蛙，是二〇一七年發表的新種，叫聲時強時弱、高低起伏頗為悅耳。台師大研究生王盈涵等人聯想到叫聲中可能隱藏分類學訊息，遂利用錄音方法檢測新種樹蛙的叫聲，與日本樹蛙細碎如蟲鳴的叫聲有著很大差異，並將之從日本樹蛙中獨立出來，讓台灣原生蛙類增為三十二種，樹蛙科增為十三種。為了感謝日本兩棲爬行動物學家太田英利對台灣的貢獻，便以其姓氏命名。

翌日清晨離開前，雨停了，見夏蘭婆婆坐在庭院岩崖上，小狗倚偎，望向群山，一如往常享受歲月靜好。此際清水大山和千里眼山在雲霧間若隱若現，砂卡礑溪在山谷奔流，山風習習，教人心曠神怡。我不禁按下一張尚稱滿意的情境照分享於臉書，借元代畫家高克恭之詩「我問海山何時老，清風問我幾時閒；不是閒人閒不得，能閒必非等閒人」作為自己的嚮往。生命當如是高克恭的《怡然觀海》歲月。我相信，人們終究要回到命運為他安排的道路上。

我們沒有驚擾夏蘭婆婆，悄悄地從一幅山水畫走出來。

02

跟著登山家追雲捕霧：慢行雪山，找回人生的「節奏」

台中和平武陵農場

在人生的道路上，不時要停下來重新校正路線。二〇一五年秋末的雪山行，便是我人生的一次校正，成為另一個人。

那時候我的日子很不好過，被迫離開自以為會工作一輩子的媒體職，憂傷鬱積，人日漸乾涸、腐朽，心情徬徨可比「月明星稀，烏鵲南飛，繞樹三匝，何枝可依」（曹操《短歌行》）。是故，我常常學習耶穌上山禱告，將上山視為一種Quarantine，表面字義是隔離，實有接受魔鬼試探之深意，如同生物地理學上的「隔離演化」，我希冀藉此得到神啟，安頓身心——因此，我很慶幸，我的信仰讓我坦然接受生命中的現實和難處，沒有因此心懷怨毒。

❖ 在山林間學習「慢行」

某日，突然接到池上好友簡淑瑩的簡訊，我們曾在日治八通關古道同行，尋找華巴諾砲台駐在所。她問我可有興趣隨同登山女傑江秀真前往雪山，觀察她和指導教授林博雄博士如何「追雲捕霧」？此行目的是將雲霧轉化為高山水源，其時林博士參與主持「侵台颱風之飛機偵察及投落送觀測實驗」（簡稱「追風計畫」），出於對生態議題的興趣，也嘗試連結生態和氣象，便收了江秀真進入台大大氣科學系研究所，進行此項對山岳界極有意義的研究。

眾知地表水藉由蒸發，昇華到空中凝結成雲霧，再藉由降雨形成河流和地下水，聚集成湖泊大海。江秀真作為登山家，不免想到台灣高山地區許多山屋缺乏水源，又屢屢缺乏雨水（垂直降水），倘若能直接攔截雲霧（水平降水），撈取水資源，便能造福山友，甚至協助特定地區農民用水。

捕霧團隊早前已於觀霧森林樂山林道，展開為期三年的捕霧研究，透過雲霧攔截網捕捉雨霧，發現雨霧（包括「無雨有霧」和「有雨有霧」兩種狀態）占該地全年降雨量達三四%，證明捕霧概念具有延展性；又於二〇一四年初前往海拔五〇〇公尺的三義茶園進行實驗，在捨棄打井和抽水馬達的前提下，評估友善環境的方式可否獲得補助性用水，解決冬季旱象。

捕霧計畫雖仍在實驗階段，或說還在做夢捕夢階段，期間跋山涉水餐風飲露做田野調查，艱苦不足為外人道也。爾後我才知道，江秀真每兩個月就要入雪山收集氣象資訊，與團隊致力於建立高山生態氣象監測網，期望降低山難發生。

當然，他們也在想，同樣的實驗設計，放在水氣與風場氣候條件更適當的山域，攔截網的效率會不會更高？

二〇一五年秋，又選定雪山三六九山莊（海拔三一〇〇公尺）進行測試，向植物學習如何在冬季缺水期間從雲霧取水，補充山屋飲用水。須知台灣的山屋時有旱象，三六九也未能倖免；但我不免胡思亂想，萬一雲霧被大量攔截了，以後是否就看不到山水畫中的「潑墨」了？

幸運的是，我參加了這次的科學實驗行動，才得以了解許多氣象人一直默默地在台灣各個角落奉獻心力。此時深入大山大水尋找的已不是魁秀地景，而是山林的內在，如雲海雲瀑、蟲林鳥獸，可突然間我又有所領悟，見山不是山，見水不是水，登山成了一種內在的探索，自此走入形而上的山。

昨晚，車抵登山口服務站（海拔二一七〇公尺）已近午夜。按規定，我們必須先觀看登山安全影片，可習慣早睡的我呵欠連連，以餘光掃視江秀真正聚精會神觀看，可見這位登山女傑的修養和敬山態度。

捕霧團隊裝備甚多，下午從台灣大學出發，還在宜蘭員山吃了招牌魚丸湯當晚餐才上山，出發晚了，車廂卻充滿喜樂，這是追逐夢想時才有的氛圍。

我們要走2K到七卡山莊（海拔二四六三公尺）才能補眠。半夜出發的好處就是心無旁騖，沒有奇花異草分心，也沒有啁啾山鳥引誘，就算是大白天，恐怕也聽不到幾聲，此時山鳥多半下降遷移了，僅間或傳來鵂鶹和白面鼯鼠的叫聲。我曾在八月間上雪山，鳥況頗佳，聽到了冠羽畫眉、白耳畫眉、灰喉山椒、黃胸藪眉、青背山雀、台灣叢樹鶯，雖然多半只聞其聲，但其美妙叫聲足以讓「我的腳趾頭豎起來傾聽」（借用尼采語錄）；我尤愛叢樹鶯，傾聽牠那「滴、答答滴……」摩斯電碼般的鳴囀，的確，行蹤詭異的叢樹鶯就像神祕的諜報員。

頂著滿天星斗走夜路，不到一個小時就抵達。偌大的山屋竟然只有我們這組人，愛睡哪就睡哪，看來大家都趕往三六九山莊過夜了。

難得在山屋一夜好眠。晨起，煮了一杯咖啡，僅冠羽畫眉來作伴，群鳥爭鳴不再，頗似我目前景況。昔日一呼百諾是因為站的位置高，並不是自己高人一等，暗自慶幸自己沒有「達克效應」（D-K Effect）那般高估自己。但我對此番多愁善感、觸景傷情頗感不安，看來時隔一年，我仍然在意職場的墜落。

整裝出發，江秀真領頭，我緊隨在後。出乎意料，她走得很緩慢，不時有人要求「刷卡」超越，秀真謙卑地側身讓路；突然，一位刷卡者回首，認出了她。眼前可是全球第一位從聖母峰南、北兩側登頂的華人女性登山家，更是首位攀登世界七大洲頂峰的華人女性啊，偶像笑咪咪地與粉絲合影，我權充攝影師。

走那麼慢必有因，尤其是一位專業登山家，連說話都不疾不徐，她緩緩道出箇中奧妙：人想求快，就是怕自己落後，怕拖累他人——的確，我的心思好像被看穿了。求快的後果，往往失去走路的節奏，無謂消耗體力。我想到之前爬南湖大山、奇萊主北、八大秀諸山，都是唯恐落人後和不服輸的心態作祟，心想趁這次的雪山行，學習放慢腳步吧。

「一步一步走，把每一步的動作徹底完成。」她示範給我看，前腳邁出打直，自然帶動後腳走下一步，如此交叉走路，根本快不起來。相形之下，我走起路來總是迫不及待往前，導致每一步幾乎都彎曲著膝蓋走，走得氣喘如牛，也容易傷到膝蓋，拉傷肌肉。

但一個「慢」字說來簡單，走起來卻不簡單。想到自己過去在職場上亦是匆匆忙忙，做起事來急就章，是否應該從登山過程開始學習如何放慢腳步、放慢說話速度，進而找到自己的人生節奏？

先抵達三角點與稍後抵達，就像從同班飛機的頭等艙與經濟艙先後走出機艙門，時間差微不足道。再思及那塊三角點基石立上去的時間點，就算先抵達也沒什麼好得意。登山，隱藏著人生功課。

人生能否成功，不在於速度，而在於實力。登山亦然，在於基礎體能。江秀真認為肺活量、腿部肌耐力、負重能力等三項自主鍛鍊，缺一不可。

這次的「慢走」領悟，影響我日後登山總是殿後，讓自己慢下來，學習甘於落後，不復有逞強好勝之心；且秋高氣爽令舉步從容，感覺一下子就來到4K「哭坡」觀景台（海拔三〇一〇公尺），登台展望，南湖、中央尖、畢祿、奇萊等百岳名山盡收眼底。

哭坡之名，言過其實了，僅四百公尺。不過，倒是練習「江式走路法」的好機會，我感覺自己彷彿上了發條，專注每一步的完成，不去想下一步。這樣走路有個好處，可趁機觀賞左側的「雪蝕斗」（亦稱「雪蝕窪地」，尚未發展成圈谷前的樣貌）——若不是閱讀過楊建夫《冰河曾經來過：雪山圈谷》，誰知哭坡頂直下、散布碎石的弧形凹狀坡面竟是冰河遺跡呢？

過去曾有主張，以台灣的緯度而言，雪線在四千三百公尺以上，豈會有冰河存在？但楊建夫等學者提出不同觀點，回溯十萬年前至一萬年前的地球末次冰期（第四紀冰河期），台灣的雪線高度僅三千一百公尺，雪山便極有可能長期積雪發展成冰河。

路徑在哭坡頂下往右側腰繞，穿過森林、箭竹林。不知路面何以遍布岩塊，可是冰河期的「凍裂作用」？從泰雅語稱呼雪山「Babo Hagai」（意為「石頭山」）和「Sekoan」（意為「碎石與裂縫」），可想而知這一路肯定亂石累累。

不久，來到5K的「雪山東峰．標高三二〇一公尺」告示牌，大夥在此點名層層疊疊的群山，中央山脈北一段、北二段，還有武陵四秀、雪山圈谷，北稜角以及聖稜線，景色非凡。

我按捺不住晃蕩習慣，四處轉悠，意外驚起一隻默不作聲停棲枯枝的大冠鷲，展翅而去。我的信仰視之為一種天啟——「等候耶和華的必重新得力。他們必如鷹展翅上騰；他們奔跑卻不困倦，行走卻不疲乏」。

續行稜線，山容秀麗，經過停機坪、箭竹叢，入冷杉林，毬果散落，偶有玉山圓柏和鐵杉，之後又是一公里多的箭竹叢和高山芒交織的腰繞路徑；右側可見素密達山、布秀蘭山、品田山、池有山、桃山一字排開，千層派般的「品田皺摺」尤其醒目，從峰頂直劈大甲溪源流武陵溪、七家灣溪流域，另一邊直墜淡水河源流塔克金溪流域，形同分水嶺。

行至6.7K，便見三六九山莊坐落在一大片「箭竹草原」斜坡之中，位於「白木林」之下（白木因火災所剩無幾，已成地名指稱）。其間散布一叢叢火紅的欒大花楸，十月底來真是時候，遇到山莊一年之中最美的季節，可夏季花草已經謝幕，上回來目不暇給的高山薔薇、毛蓮菜、玉山龍膽、玉山懸鉤子、玉山小米草、玉山山蘿蔔、玉山石竹、玉山金絲桃、玉山山奶草、玉山當歸、玉山佛甲草、玉山薄雪草、台灣百合、高山白珠樹、虎杖、台灣野薄荷、南湖碎雪草、雪山馬蘭、台灣藜蘆、高山沙參、台灣繡線菊、梅花草，皆不見蹤影，此行僅見玉山抱莖籟蕭數株。行走時在想，可有人研究這些高海拔植物的抗凍基因？

進入三六九前，遙見雪山北東稜有數道弧形凹窪谷地，類似哭坡所見的雪蝕斗，正是鹿野忠雄編列的15、17、18、19、20等五個圈谷，經楊建夫考證是「懸冰川」(hanging glacier)所致的冰斗。

中午抵達7.1 K三六九山莊，卸下背包，捕霧團隊外出考察環境，尋找雲霧攔截網的設立位置，最終選在山莊左側坡地，大約是往黑森林的之字型步道區域，就在一大片高山芒之中，隨即架設儀器，包括攔截網、雨水收集傘、雲霧水收集器、風向機等。接下來的組裝就是專家的工作了，我和淑瑩幫不上什麼忙，就跟著森林氣象專家魏聰暉博士上雪山圈谷，下載氣象觀測儀的數據，如氣溫、相對溼度、降雨量、風向、風速、日照量、輻射量，以及一堆我聽不懂的名詞，但其實，我想再次探視鹿野忠雄發現的「1號圈谷」。

眾知鹿野氏在一九三二年便開始調查、發表台灣高山存在冰河遺跡的論文，其中最具代表性的就是「圈谷地形」（亦稱冰斗），其時已踏查出八十個圈谷，大多分布在雪霸群山，南湖大山、玉山亦有分布。

但有一派主張，圈谷是溪流向源侵蝕的崩谷現象。這個爭議迄一九九八年楊建夫等人陪同大陸第四紀冰河地形泰斗崔之久踏查雪山圈谷，找到「冰坎」、「冰蝕擦痕」等冰河走過的「腳印」，還提出「雪線高度」解釋台灣高山為何出現冰河的論文，爭議才算告一段落。

約7.8 K進入冷杉純林（黑森林）。每次遇見這些高聳挺拔的冰河孑遺台灣特有種植物，都湧上一股莫名感動，台灣高山因緣際會成為動植物的方舟，更是「隔離演化」的展示舞台。但這裡所謂的隔離未必是地理隔離，更多可能是「地理氣候」的隔離，才會造成台灣引以為傲的生物多樣性。

不久，來到8.6 K俗稱「石瀑」的碎石坡，按崔教授說法是「石河」，為冰緣地貌的一種；過水源地後，開始出現玉山圓柏。我在9 K處嘗試尋找冰蝕擦痕，沒找著，崔教授等人便是在此意外尋見擦痕，加上先前在圈谷找到兩處冰坎（即鹿野氏發現的兩處岩階），成為冰河來過台灣的強力佐證。

約9.7 K處走出黑森林，雪山圈谷（海拔三五五〇公尺）赫然入目，氣勢磅礡，有著飛毛腿的魏博士早已抵達，正忙著下載氣象觀測儀的數據。

此刻亦見山友三三兩兩帶著攻頂（海拔三八八六公尺）後的興奮之情下來。其實由此攻頂來回只要三個多小時，約是1.1 K的「石河」路程，但我不為所動，雖然我曾經追逐鳥瞰視角的峰頂，可如今我不再以「山登絕頂我為峰」（林則徐《出老》）的豪情壯志為首要，而是以對自己能否產生意義來評估一項行動。

在圈谷底部轉悠時，想到有人說冬天的圈谷積雪一片白茫茫非常美麗壯觀，但我對於底下隱藏的知識更有興趣。就像將圈谷點綴得多彩多姿的玉山小檗，葉片翻紅，冬日盡落，根據《通往世界的植物》所載，這是台灣十四種特有小檗中唯一的落葉性小檗。我突然想到該書作者游旨价自述專攻小檗研究，係為了「藉由這些特有小檗來了解台灣自然歷史的來龍去脈」，他特別指出，其中十一種卵圓形花萼的小檗都是在台灣島生成時抵達，又隨著地景變遷逐漸分化，顯示出台灣的過去與現在的連續性。誠如作者所言「特有種的演化反映的就是島嶼生成的過程」，不禁對這種多刺又不怎麼起眼的植物心生莫名的敬意。

順帶一提，作者也對台灣特有種提出獨特見解，「特有種的『特有』強調的是地理分布範圍的侷限，並不是型態或功能的『特別』」，令我茅塞頓開。

此次走黑森林，與上次來的路線略有改變，顯然是崩塌和倒木所致，但循著「雪季路標」

不虞迷途。途中有幾棵倒木阻道被鋸開了，露出年輪，不知國家公園如何處理倒木？

在我的認知，原地保留倒木乃至腐朽、分解，是一種大自然的循環重生過程，會與周遭生態創造出新的連結——我還記得前往八通關古道大分駐在所尋找黑熊時，高繞的某處黑森林便是一座生氣蓬勃的「阿凡達森林」，充滿生機。

事實上，美國環保運動先驅約翰．繆爾早就觀察到，「大自然一直在工作，建造和拆除，創造和破壞，讓一切都在旋轉和流動，除了有節奏的運動，沒有休息，在無盡的歌聲中追逐一切，從一種美麗的形式進入另一種。」

❖ 踏上「成為自己之路」

圈谷起霧了，該回山莊了，返抵攔截網已下午四點多，捕霧器材就定位，靜待雲霧來臨，此時芒花在斜陽下如金色波浪般來回推移，眾所期待的雲霧也從七家灣溪谷浮升，沒多久便形成雲海翻滾，將遠方的中央山脈群峰和眼前的武陵四秀變成「列島」。不禁想起當年帶吾兒爬四秀的桃山，本以為是一次艱難的挑戰，但隨著一步步深入，桃山改變了險峻樣貌，也改變了我們的視野——當半夜於山屋醒來，我們看到月光籠罩著聖稜線，美極了，令人心醉神馳。如今正在攀爬職場大山的兒子，可還記得那光景？如果吾兒能意識到，勇敢面對挑戰這一點，如同大衛面對巨人歌利亞，人生就會開啟不同於以往的思考模式。

返回三六九，山友已開飯了，人聲鼎沸像在辦桌，七、八個臉盆盛飯菜放桌上供大家取用，無暇顧及落日餘暉下的雲海變化，美景難得，先喝杯咖啡吧。

大夥用膳時，廚房外幾隻酒紅朱雀、鷦鶲正在「拾穗」，肥嘟嘟的，真擔心牠們養尊處優後會忘記怎麼飛翔。忘了廣告教父孫大偉怎麼跟我說的，「不會飛的鳥就是雞」。

翌日醒來，山莊一片靜寂，山友們已在半夜出發攻頂了。爬山以來，難能有閒情逸致享受一頓山屋早餐。猛然間，發現山莊下方箭竹林間似有什麼在鑽動著，趕去一瞧，原來是魏博士正鑽往氣象觀測儀，所幸鑽二十多公尺就到了。哈，還以為是黑熊或山羌來了。

比較尷尬的是，腳下不時踩到一坨坨廚餘，不知哪位山友異想天開為箭竹林「施肥」，殊不知在高海拔山區，高鹽高油的食物難以分解。不禁為覓食的鳥獸擔心，會不會得到高血脂症？

請容我引用約翰．繆爾之言：「閱讀一本書，就像蜜蜂處理一朵花一樣，請提取它的甜味，但不要破壞它。」閱讀一座山何嘗不是呢？

在山上期間，與登山家有了較多接觸，得知她曾在南美最高峰阿根廷的阿空加瓜山有過瀕死經驗，讓她萌生類似布魯克斯《第二座山》的概念，決心踏上成為自己之路——建立系統化的登山教育學習平台，開辦「福爾摩莎登山學校」，傳承山林知識、登山技術和保命法寶。十多年來，她走遍全台各級學校，做了上千場演講，從一名登山家轉身為全民登山教育家，對照那些追逐十四座八千公尺高山紀錄而迷失自我的人，其理想與執著近乎聖徒風範。令我想到世上那些令人敬佩的義人，關心的往往不是自我實現，而是自我超越。登山迷失是危險的，迷失自我或許更加危險。

再說「school」（學校）這個字，源自古希臘文「schole」（閒暇），意指有閒暇才去學習；易言之，如果不是非實用性且花時間的學習，就不能稱為學問了。所以，登山學校是一種古希臘式閒暇之學習，真正的學問所在，也是人生學校的必修課程。但不知何時，學習演變成一種教育體制，以社會的實用知識學習為主，卻應付不了人生的種種「失去」，例如失戀、失婚、失業、失去信心。

登山如同人生寫照，攻頂並不是登山的唯一訴求，也不是書寫唯一的角度，走入山林才是我的嚮往。接下來我想將登山思維應用於日常生活，校正自己的人生觀，踏上成為自己之路。

下山時，許多山友競自奔行，秀真仍舊笑吟吟地讓路，刻意減速，每一步都走得踏實。我深自領悟，登山者必須修練當下的力量，學會活在每一個當下，好好走路，好好生活。儘管我的往事並不如煙，也要像《亂世佳人》女主角在片尾說的一句話：

「管他的呢！反正明天又是全新的一天！」

03

霧海上的漫遊者：能高越嶺道上「歷史的凝視」

南投仁愛鄉屯原　花蓮秀林鄉銅門

❖ 1、「每個人心中都有一條自己的步道」

千里步道協會曾在臉書策畫「每個人心中都有一條自己的步道」，請大家推薦步道好書。我以「啟蒙我的步道書」響應，其一是民國五十八年印行的《中央山脈之旅：橫貫公路複勘散記》：

「沿途風景非常優美，濁水溪兩岸的山峰，都歷歷在目，一直可以看到最西面白霧茫茫，又似天又似海的濁水溪下游出海口……」

——「這一帶的樹林也特別高大雄壯，那種又似山茶又像玫瑰的白色花朵也到處可見，還有遠的、近的、大小不一的瀑布也特別多，有些簡直像一條條雪白的懸線掛在半山腰中間，與其說它是瀑布，倒不如說像『瀑線』來得更恰當些。」

作者黃肇中時任軍事工程局副總工程師，將他於民國四十一年（一九五二）四月參與中橫複勘隊期間，在合歡越與能高越嶺道所見的風景，寫成了這本書。前文中的白色花朵應是玉山杜鵑吧。

這支由二十四名公共工程專家組成的複勘隊，人數多達一百零一人，光腳伕協作就動用了七十位太魯閣族人，計畫沿南線（能高越嶺道）或北線（合歡越嶺道）擇一興建橫貫公路。從作者四十七天的踏查散記，可知其時北線不是柔腸寸斷就是沒入荒煙蔓草，南線則因東電西送計畫維持暢通狀態，故作者說路況「寬大整齊，平坦無阻」，且形容「順著人行道安步當車，真比騎了自行車在柏油大馬路上兜風還舒服」。

但南線因地質不穩，開鑿困難，最終決定沿北線修建中橫，另闢大禹嶺經梨山到谷關七十多公里路銜接大甲溪警備道，一九五六年七月動工，一九六〇年五月九日通車，合歡越從此棄置，僅某些路段作為歷史古道而倖存，例如錐麓古道。

沒有人走的路就像沒人住的房子，特別容易損壞。曾聽聞日治蕃地駐在所警力由巡查、警手、傭員、囑託構成，而警手每日工作就是巡視道路和電話線，毀損即修。

相較之下，南線「幸運」多了，作為日人原先規畫的「東西連絡送電線路」，台電沿路架設高壓電塔和輸電線，還將駐在所整修成保線所；此外，南線不僅涵蓋了台灣植物的垂直分布，也及族群分布，能高越因而成為兼具歷史意義和自然景觀的高山健行道路。

因為這本在舊書店尋獲的二手書，引起我對古道的好奇，也啟發了我的步道閱讀，成了古道學者楊南郡、徐如林的書迷。但有些著作在成書之前，我早已查閱過了——例如一九八六年《合歡越嶺古道調查報告》，促使我去追尋合歡越部分路段。對我而言，古道探索是一把打開台灣寶藏的鑰匙，引領我進入過去未曾關注的自然觀察和台灣歷史兩個場域。我個人知識世界的空白地帶，讓我重新審視島嶼的位置和未來。

為此，我買了數十張上河文化出版的登山地圖。對我而言，地圖上標示的林道、路徑、溪流、山屋、山頭，不僅是未知世界，也是夢想，令我興發一種喬瑟夫·坎伯式「英雄的探險」。

康拉德在《黑暗之心》這麼寫道：「我還是小伙子時，對地圖懷抱著無比的熱情。我時常目不轉睛地盯著南美洲、非洲，或是澳洲，看上好幾個鐘頭，沉浸在探險的榮耀之中。那個時候，我們的世界還有許多未知的空白，而且每個空白都如此的誘人。當我看到地圖這塊迷人的未知時，我就會用手指著它說：『等我長大了，我要去那裡！』」

其中，我用手指著說「我要去那裡」的地方，就是日治能高越嶺警備道。尤其當我讀到楊南郡、徐如林《能高越嶺道人文史蹟調查報告》（已付梓《能高越嶺道穿越時空之旅》），更強化「我要去那裡」的決心，可不時因颱風地震造成坍方未果，迄至二〇二〇年六月參加登山隊才得以成行。

❖ 2、「我們不是來發現它，而是來強調它」

的確，要走這一條路須具備某種「歷史的凝視」，才能看清前人的足跡，才能明白走這條路對自己的意義。我的「歷史的凝視」即來自閱讀《能高》一書：「當你走在能高越嶺道上，聞到的就不僅是森林草木芬多精的香味，還多了一些歷史的芳香，看到的一景一物，也都有了不同的、更深刻的意義。」

因此，從賽德克族、太魯閣族的遷移路徑到「能高越嶺警備道路」再到「台電保線路」，除了山高水長的景觀，此路承載的故事何其多，而憑藉該書，即可尋回數百年來失落的故事和歷史：

——為什麼日本人要建中央橫斷道路？

——為什麼會發生「霧社事件」？

——為什麼托洛庫群和道澤群要幫日本人攻打霧社群（德克達雅群）？背後累積的近因、遠因錯綜複雜，絕非電影提及的「敬酒鬥毆」和「苛刻工錢」風波而已；恐怕還要從收繳槍械、禁止紋面、各式勞役、族群關係等理蕃政策和衝擊「Gaya 文化」（傳統社會規範），進一步剖析。

按人類學者宮本延人回憶錄《我的台灣紀行》，提及日警迎娶部落女子作為「現地妻」（或稱「內緣妻」），常常因調任、歸國或不明原因將女方遺棄，例如莫那魯道之妹（在花蓮港跳海自殺）；對比英國殖民砂勞越時期，也有類似內緣妻的「字典情人」（The Sleeping Dictionary），負責照顧生活起居，亦學習英語，充當通事翻譯，但不准婚嫁。

還有，統治當局為了「理蕃」，脅迫部落分散或遷移到淺山或平地，先後執行一九一四年「蕃社合併」、一九二四年「平地誘致」、一九三〇年「集團移住」等政策。除了弱化部落武力，更深遠的影響是生活型態的改變——從吃小米番薯獵物的刀耕火種狩獵型態，轉變成稻米農耕，造成部落社會結構的徹底改變。

走能高越，若未能對一九三〇年的霧社事件有所理解，可說就白走了。它的意義等同「大分事件」之於八通關越嶺道，或再更早些「牡丹社事件」之於晚清「開山撫番」道路（蘇花、八通關、崑崙坳等古道）。

此外，上述一九五三年利用美援和台灣人力完成的舊東西輸電線系統和保線路，正等待我們重返歷史現場，去挖掘那些「不足爲外人道也」的故事。

如同我曾在臉書分享能高越三夜三天的感受，開頭便引用法國史學家布勞岱爾（Fernand Braudel）所言「我們不是來發現它，而是來強調它」，作為此行的目標。

❖ 3、能高越西段的「高山故事」

幸福感，就是一大早全身洋溢著溫泉味，登山健行去。

日治時期的人們，應該也是泡過溫泉再出發吧——從埔里眉溪搭台車到人止關，再走至霧社，轉往春陽、廬山。

如今搭車，入春陽前所見環流丘錐狀山丘，即霧社事件中花岡一郎、二郎自殺的花岡山。過春陽後經過紅色鋼構拱橋雲龍橋，左側猶見莫那魯道撤退時砍斷的鐵線橋橋墩遺跡，之後續行四公里多抵廬山溫泉。

我們一大早從廬山出發，搭接駁車上「屯原十三彎」，在棋盤路面震盪四十分鐘才至屯原登山口（海拔一九六〇公尺）。若步行上來可能要兩、三個小時，還是搭接駁車吧，就像住在地、吃在地，支持在地經濟。

入登山口不久，便出現崩塌地形，硬是用碎石袋堆出路來；接著是更大片坍方，右側邊坡癱瘓著一座落石擊毀的長橋。這一公里崩坍路最好速行，但我龜行慣了，不免趁機遠眺，霧社水庫在望，千卓萬山也歷歷在目——台電有引水隧道貫穿千卓萬山，將濁水溪支流栗栖溪水送往武界壩發電廠，尾水引至日月潭。

驀然瞥見山壁凹縫有兩株台灣無柱蘭，粉紫花苞六、七朵。對此，疾行者往往視而不見，卻為龜行者以壯行色。龜行者以其笨拙緩慢的步調，讓靈魂得以跟上。況且，我並非趕著去見誰，而是想在群體中找到「獨處」的狀態；這種獨處不只是與大自然相處，同時也是與自己相處，是精神上的獨處，通常也帶著反省的思索。

1K後櫟林夾道蔽日，偶有二葉松、柳杉，走來舒暢；近2.5K處，高山芒中見台電乙線鐵塔。解說牌指示富士見駐在所遺址（海拔二一〇〇公尺）就在邊坡林中，因面對馬海濮富士山，故名「富士見」——這座山正是霧社群馬赫坡社頭目莫那魯道率族人死守之地，日人束手無策竟投燒夷彈和毒氣彈，最終紛紛自戕拒降。

續行，經大鐵杉吊橋、土地公廟福雲宮，來到4.5K以雲海著稱的日式檜木房舍雲海保線所（尾上駐在所，海拔二三六〇公尺）。據云老蔣曾來此巡視「東電西送」，在此題下「光被八表，利溥民生」，想當然耳，那個年代一定要銘刻石碑以資紀念，便在南投與花蓮交界的能高鞍部（海拔二八〇〇公尺）立碑。

屋旁有片觀賞植物，其中十大功勞已結實。我一直期待它開花時有蟲媒來採蜜，且看能否觀察到雄蕊「主動」撲打花粉在蟲媒身上，小檗屬植物多有此種「撲粉」行為，也是植物的智慧吧？此地展望頗佳，又有水源，真是煮咖啡眺景的好地方；往西南展望可見埔里六秀之首的守城大山，往東南展望有能高連峰，而馬海濮富士山如影隨形在望，可惜等不及雲海翻騰又開拔了。

少頃，遇高繞指標，據云前方的崩塌已經導致5.5K下方因霧社事件被燒燬的舊尾上駐在所遺跡崩落。可惜。

高繞下來，趨前沒幾步，便是長兩百公尺的「雲海斷層」。路寬不及一公尺，好像被一把銼刀斜斜削去、殘留無數似乎風吹草動便會嘩啦啦一瀉千里的裸露板岩碎片，腳步不由自主加快了。

從斷層另一端6K里程椿回望，崩崖逼近稜脊，猙獰可怖，走起來卻不可怕，崖頂竟有一排鐵杉，殊景自成。

接下來，林相優美，溪澗小橋接二連三，六月的花精靈如川上氏堇菜、小白頭翁、黃苑、台灣百合、山素英、玉山毛蓮菜、玉山懸鉤子、華八仙、玉山蒿草一路相隨，玉山石竹閃亮動人。可我吃貨一個，見到幾株花期已過的台灣款冬便食指大動，想起前陣子才嚐過的款冬花天麩羅（日式料理中常作為迎接春天的一道山野菜）。就這樣，如浮雲般飄然而至8K木炭窯（海拔二六〇〇公尺）遺跡，才知錯過松原駐在所遺址了。

隨著高度緩升，走入鋪著松針地毯的森林廊道，有五葉松和二葉松，亦見掌葉槭、台灣赤楊、玉山假沙梨、玉山杜鵑、玉山龍膽、華山松、鐵杉、雲杉，還不時可見山泉貼壁湧出，小溪澗潺潺；唯10K多有坍方，倒木狼藉，樹根裸露，呈現大自然另一面殘暴姿態。

過11K後，聽到前方猛然尖叫，遙指對面山頭崩壁之上——天池山莊在望，再繞過一個山坳便到了。眾人足底抹油加速，大概是終點線的心理作用所致。但龜行者卻在12K多五號吊橋停住，只因一個驀然回首，一幅鐵杉林、山溝溪澗與吊橋的潑墨山水畫抓住了我的心；還有一隻邊飛邊叫的河烏掠過溪澗，令我的心也隨之振翅。

殿後押隊的杜君催我前進，說前面還有更大的瀑布，以免我貪圖景色裹足不前。再前行，水聲愈來愈大，拐個彎便站上能高瀑布吊橋（海拔二八八〇公尺）。佇立橋頭仰望，斷岩峭壁，瀑布分四段嘩然彈跳在蒼翠山壁上，墜落溪澗，流過吊橋底下，注入深不見底的塔羅灣溪（濁水溪源流），瀑布落差兩百公尺，連我的手機都裝不下畫面。我在這裡來回走動，尋找畫家陳慧坤繪於一九五一年間的仿水墨畫膠彩畫名作《能高瀑布》的角度；有讚嘆，亦有不解：畫家為何將鐵線橋畫成木橋呢？經劉克襄告知，鐵線橋是後來重建的，原先確是木橋。

此地鳥況頗佳，溪谷有嘹亮婉轉的鉛色水鶇，不時張開尾羽，林間也不時飄來鳥鳴聲，但水聲轟然，難以辨別。按資料顯示，還有白耳畫眉、冠羽畫眉、火冠戴菊鳥、黃腹琉璃、青背山雀、煤山雀、灰喉山椒鳥等。

過橋十多分鐘，抵達13.1K天池山莊（海拔二八六〇公尺）。大遺憾，整修中。今晚搭帳過夜。長年以來，我對台灣的山屋一直有種超浪漫期待，希望能像義大利阿爾卑斯山博納蒂山屋（紀念登山界傳奇人物華特．博納蒂〔Walter Bonatti〕）那般舒適。博納蒂山屋裡展示了博納蒂的攀登事蹟與多幅照片，總之就是一個「高山故事館」。此外，非常重要的，山屋為專業化的專人管理：一泊二食、三道式上菜、佐咖啡或茶，道道陶盤盛裝，山友可坐在交誼廳裡優雅用餐；還提供通鋪式個人床位床毯（須自備內襯裹身），寬敞整潔，有個人櫃、坐式馬桶和熱水沖浴。

山屋管理可以是一門好生意，管理得當與否，從廁所、床位和氣味便知，或者一針見血地說，在於山林教育和山友自律是否見效。能高越沿線山屋（保線所）應該都有潛力這樣發展，保留兼具自然、歷史與人文（包括台電保線員故事）的古道特色。可喜的是，天池山莊似是朝此方向發展，提供套房式和通鋪式床位，也出租帳篷和睡袋，還有專人司廚，登山泊宿環境的改善在此露出曙光。

此時疑有山友出現高山症症狀，領隊戴君趕緊取出血氧偵測儀為大夥測量，有人頭痛、呼吸急促、血氧值七五％至八〇％間遊走，心跳衝到一百多下，可能身體正在努力適應；一夾上我手指，顯示血氧值九六％，心跳八十五下，狀況還好，旋即換穿拖鞋移往山莊前廣場展望能高群峰，一邊讀書、喝咖啡，一邊等待雲瀑晚霞。豈料雲霧來得太急太大，像從風景畫中奪框而出，一下子就淹沒了群山。

天池山莊前身為能高駐在所，建於一九一八年，因舒適的泊宿被譽為「能高檜木御殿」，可接待百餘人。日本大正年間，文豪佐藤春夫於一九二〇年來台散心，認識了森丑之助，極可能受其建議而走訪「蕃地」，曾在九月二十二至二十五日間從霧社往返能高，觀察到原住民的處境，後來撰文〈霧社〉收錄在《殖民地之旅》，成為日本治台二十五年的文學回望，也是一部情緒糾葛的「治理成績報告」，讓總督府難堪至極；對照一九三一年應邀來台的大畫家池上秀畝在《台灣紀行》裡的優游雅興，旅遊的視角顯然不同。兩者並無孰高孰低之別，只有結果迥異的視野和體驗。

能高駐在所在霧社事件中燒燬，翌年原址重建，形制如同今雲海保線所房舍，光復後歷經數次修建，才有今日五星級山屋面貌。儘管如此，仍覆蓋不了踏查者的想像：賽德克族人如何進攻房舍？何以無差別屠殺婦孺？日警又是如何抵抗？遭到殺害的那一刻在想什麼？

再補一記。日本博物學者楚南仁博於一九二〇年進行昆蟲採集時，繼追分（翠峰）無意中發現一隻台灣山椒魚後，又在能高駐在所附近找到另一隻，自此確立亞熱帶的台灣存在寒溫帶的山椒魚；但以山椒魚對環境變化之敏感，人來人往，安在否？

❖ 4、「不必為我懸念，我在山裡」

本想賴在天池山莊煮咖啡讀書——我連汽化爐都背上來了。但為了維繫我的荒野夢，決定順登奇萊南峰（海拔三三五八公尺）和南華山（能高北峰，海拔三一八四公尺）。

爬山辛苦，半夜三更起床更痛苦。冷風颼颼，戴上頭燈出發，眾人靜默，如幽靈緩行，風聲中夾雜著自己和他人的喘息聲。回望底下，數十盞頭燈蠕動如燈蛇，遠方山谷隱約閃爍部落燈火，約一小時後抵箭竹草原開闊處，頭燈照見一乾涸低窪地，啊，天池緣何至此？

有三岔路指示牌，左往奇萊南峰2K，右往南華山1.4K，取左行，下切塔羅灣溪源頭（往下流便是能高瀑布），再循箭竹坡的連環S路徑而上。苟延殘喘之際，突然間，奇萊裡山後方射出橘紅晨曦，像火燒雲般渲染黎明前的蒼茫天空，剎那間呆住了。續行不久，奇萊連峰射出光芒，繁星紛紛掉落箭竹草原化成露珠，緊接著，金黃曙光像探照燈般橫掃箭竹草坡，大夥瞬間置身「黃金大草原」，景致美到我難以消化。啊哈，一切的形容詞都是多餘，一切的辛苦都是值得，此刻對鄭愁予〈山外書〉中的詩句「不必為我懸念，我在山裡」有了更加清晰的感受。

再朝「奇萊大草原」推進，路徑遙指天際，我走得更慢了。人生難得遇到這麼動人的風景，只能遙望那些年輕屁股紛紛遠颺，哎呀，我跟年輕人拚什麼？我要證明什麼？我為自己打氣：「只要我有足夠的時間，就沒有到不了的地方。」走在後頭還是有好處的，前面箭竹草原的「露水」（其實是植物的「吐水現象」，透過葉尖或葉緣上的分泌結構從體內排出水分而凝結水珠，並非夜晚霧水），有人幫你刷過了，才不致弄得全身溼淋淋。禾本科植物多有吐水現象，箭竹即是。

走至路徑盡頭，猛一提氣跨上去，竟是亂石平台，左側是一片荒廢地基，只見路徑穿過箭竹坡延伸燭台頂，三角點所在，只好一步又一步奮力挪前。

登頂那一刻，見一隻金翼白眉卑躬屈膝向人討食，簡直是可愛與荒謬的結合。但令我不安的是，好心的餵食者正在改變野鳥的本質而不自知。倘若野鳥無法自食其力，就形同飛不起來的雞，那麼人們何以登上百岳餵雞呢？

再下去踏查荒廢地基，以為是駐在所遺址，非也；據楊南郡、徐如林調查，不論一九一六年因「太魯閣戰爭」開鑿的「初音奇萊橫斷道路」（舊線），或一九二五年另闢的「能高越警備道路」（新線），皆從能高駐在所（天池山莊）各奔一方，未經奇萊南峰，舊線往天池、奇萊裡山州廳界越嶺點（海拔三三〇七公尺）迤邐而至花蓮初音（干城車站），主要走稜線；新線則往能高鞍部（海拔二八〇二公尺，「光被八表」立碑處）而去，主要走山腰線，也是此行所走路線。

所以那些荒廢地基，是山友猜測的山訓部隊營舍嗎？請教徐老師，她說五、六〇年代曾是，但更早是「日本陸軍養馬場」，我看到的那座生長高山毛茛的方形水泥槽，即是馬槽。

奇萊南峰胸襟寬闊，不若奇萊主北峰險奇，處處可見「瑪尼堆」。但此地疊石應有山友自我認知的意義吧，慶祝登頂？祈福？許願？紀念？我在庇里牛斯山和阿爾卑斯山區健行時，遇到的疊石多是指引方向。

「請問在這裡疊石頭，有什麼特別意義嗎？」我請教正在疊石的年輕人。

「許願啊，如果屹立不倒，願望就會實現。」天真爛漫啊。問題是，萬物皆有其哀，下山後怎知疊石是否已傾倒？察覺到自己這麼想，又不禁啞然失笑，我已經失去浪漫情懷了。

有些感情，可意會而不可言說。旅人藉著疊石傳達一種態度，川端康成式的美麗與哀愁，為自己、也為某人而疊——我想像這個行動的意義，好比赫曼．赫塞在《鄉愁》中描寫主人公攀崖摘取阿爾卑斯玫瑰，只為了將玫瑰放在心儀女孩家的階梯上，而女孩是否知悉送花人的身分，少年根本不在乎。勇敢得近乎不合理，然而帶有哀愁的美麗，才能稱之浪漫。

今天運氣真好，登頂瞬間太陽射出萬丈光芒，展望極佳，群峰競秀。往東北看有奇萊主北峰、中央尖山、南湖大山；往北看是合歡群峰，更遠是雪山連峰；往西北看是白姑大山，積雲如海似濤翻滾，氣象萬千。那一刻我真以為自己掉進了德國浪漫主義畫家弗里德里希（Caspar D. Friedrich）於一八一八年完成的油畫名作《霧海上的漫遊者》裡。倘若有人剛好拍下此刻我眺望群山的背影，便會發現我在岩岬上的站姿正如同畫中那位漫遊者，站在孤獨與寂靜之中。

接著，往南觀看，就是中央山脈最美麗動人的北三段能高安東軍了。草坡綿延，湖泊散布，而往南不到一公里路程，便是著名的深堀山（海拔三三一一公尺）——紀念一八九七年率領中央橫斷探險隊失蹤的深堀大尉而名。據考證，探險隊應是在天池邊紮營時，遭帶路的托洛庫群沙度社腳伕所殲滅；極可能肇因於降雪，寒風刺骨，族人拒絕前進而與深堀大尉勃谿相向，更何況再過去就是敵對的木瓜群領域。

台灣有不少日式山名，多是為了紀念某些人物，或根據地形特徵聯想本土、音譯原住民稱呼轉成日文漢字，在在可窺見日人亟欲在原住民早就認識的地方，透過「發現」和「命名」來建構自身的意義與脈絡，掌握台灣山林；如今，台灣、甚至世界地圖上，哪還有人跡未至或未知的空白之地，島嶼上每座山林幾乎都有人踏足，唯有知識世界才有未知之地、黑暗之地。這也是浪漫主義式旅行者凝視的新領域，效法楊南郡、徐如林等古道學者在舊世界找到「小獵犬號」，前往知識意義上的新地域；又或者仿效儒勒．凡爾納《地心探險記》，超越當下現實，隨著旅程反身凝視自身生命的歷程，甚至揭露內在的晦暗與不堪，重新認識真實的自己。像這樣的現代主義式旅行者，會不會走得更遠、更深邃呢？

離開奇萊南峰返天池，續往南華山，沿路盡是箭竹草原，上了稜脈，草原更加遼闊綿延，步徑上處處綻放阿里山龍膽，偶見玉山水苦賣、玉山金絲桃。

登頂後，西望塔羅灣溪流域，廬山、霧社清楚可見，就是昨日上來的能高越西段；往東望向木瓜溪流域，也是待會兒要走的能高越東段；往南望，自是能高安東軍群峰了。

南華山這個名字取得像是佛教聖山，日人原名「南花山」，取其遍生石南花（森氏杜鵑）之意，後來因森林大火燒光了，僅名稱延續下來。

再返天池。總算有些許時間繞行曾是「凶險之地」的歷史現場。對照《能高》中那張池水如鏡的美麗天池照，很難聯想在一起。可能被地震破壞了地底下的不透水層，以致乾涸？

天池是各族群打獵取水之地，稍一失控就擦槍走火。日治時期舊線在此設立「池端送物交換所」，作為花蓮廳和台中廳互遞公文郵袋之處。據《能高》書載，一九一八年某日，從花蓮端扛郵袋過來的木瓜溪巴托蘭群沙卡亨社（磐石保線所一帶）警手，在交換所等待能高駐在所郵袋期間，不幸凍死殉職（亦有一說，遭敵對的道澤群殺害），至死仍緊抱郵袋。經媒體大肆報導，花蓮廳遂在此設立一座忠勤碑紀念，後來移置能高越鞍部，光復後便不知去向。

返天池山莊後，續往15.5K光被八表碑，天光雲影流轉，在此可眺望好幾座跨越中央山脈的輸電塔，台電人暱稱為「無敵鐵金剛」，構成另一種「聖稜線」景觀。據云電塔三百座，不禁暗自佩服當年的輸電工程，也興發各種歷史探問：如何運送笨重的鋼梁電纜？如何架高組裝鐵塔？如何架線？

我在林欣誼、陳歆怡《古道電塔紀行》中找到答案。難得的是，此書也採集到昔日保線所保線員的口述：

——「我站在縣界往花蓮看，彼端的山一座連著一座，白雲一絡一絡，像女人的頭髮一樣，講真的，實在好美。」一九五七年十八歲的林茂山來到天池保線所實習，回憶中秋夜在鞍部之眺望。

「那次天池的乙線98-1到99號電線桿斷線，我們把材料從盧山搬上去，總共將近二十個人支援搶修，雪好大，幾乎走一步就退一步。」退休領班邱慶明回憶一九七九年二月的天池雪害搶修，零下十幾度，上電桿礙掃的人每十五到三十分鐘就要下來換班。

這些保線員常年在山裡背負食物和工具器材，體力過人，因而自稱「保線牛」。

但我也在《能高》中讀到開路歷史中，往往被忽略的卑微的生命記憶。應鄉公所和警察徵召，能高越兩端的部落，無論男女都被要求去支援台電，以每人扛五十公斤計，每天五元，食宿自理，男丁通常背一百公斤，自己煮飯吃，晚上睡路邊。

「我經常搬到嘔吐，吐完後又繼續走。因為當時生活困苦，甚至懷孕時也照樣擔任搬運工作。」盧山部落道澤群沈卓琇梅回憶起二十歲當台電搬運工扛五十公斤水泥袋的情景。

還有更厲害的客家苦力，四、五十人排成一列，電線一圈圈綑繞身上，像蜈蚣走路般齊力扛運每條一千多公尺長、重達兩千多公斤的電線。

越過鞍部後，便進入以奇絕險峻著稱的能高越東段，距離終點銅門還有四十六公里。但風災地震造成坍方崩壁，東段遂成險路，動輒封閉。

「為什麼要去冒險呢？」有人問。

有好幾種說法可以回應，譬似美國自然作家約翰・繆爾說的「The mountains are calling and I must go...」。是的，群山在召喚，我能不出發嗎？

但是，進入山林殿堂如同上教堂，總要帶著敬謹之心，請不要跟山過不去，更不要跟自已過不去。

少壯時，為了讓生活有詩的理由，我曾夢想爬上雲端，住在雲端裡。那時入山無畏被我視為一種詩的訓練，因為我相信「我的詩」仍藏在山裡林裡等著我去發現。

到了中壯，登山走古道被我視為淬礪身心靈的一種手段，也是了解自我、印證自我的一種方式，有時候還是某種意願或信仰的表達。譬似大自然應該是一種「可利用的資源」，抑或，一種「必須被完全尊重的原始狀態」？若此，「Walking」或「Hiking」已成了一種文化行動。

❖ 5、能高越東段的「旅行意外」

從鞍部出發，預計踢七公里到檜林保線所過夜。

從地形圖初判，前兩公里大致平緩，仍有些路段沿山壁鑿刻出來，顯然是警備道路遺構；後五公里陡降六百公尺，算不上大挑戰，真正造成心理壓力的是螞蝗，隨時可見針刺般的螞蝗在泥地上、在葉片上耀武揚威，找機會彈射到人身上，防不勝防，可能往東走的人少，飢渴太久了，每一隻都嗷嗷待哺。

過17Ｋ後，遇兩部機車放倒路旁草叢上，應是協作從屯原騎來，再把物資扛到檜林保線所。用機車運補物資，應是世界獨一無二的登山補給方式吧。但不知如何從那些崩坍路段和險隘山徑騎過來？又為什麼沒騎到檜林保線所？

好戲在前頭——17.5Ｋ上檜林吊橋毀損封閉，只好另闢蹊徑，貼山壁而行，閃過丸田溪

（木瓜溪源流）；接下來進入前途茫茫的高山芒叢，只能以蛙式撥草奮力前進。突然，左掌背不知被什麼叮到，一股刺痛燒灼感襲來，一看，竟是咬人貓隱藏芒草中，防不勝防；出草叢，18.5K又遇兩百公尺長的大崩岩地形，需要一點彈跳輕功；旋即遇路基滑落，扶繩陡下，再手腳並用攀懸梯上到路面；一下子又遇大崩壁地形，扶繩徐行。始料未及，前兩公里令人咋舌。

接著來到19.5K，景觀立變，巨木林立。啊哈，檜木林，大夥捨不得快走，走走停停，不久來到20.2K檜林保線所（海拔二一五七公尺），一棟日式檜木房舍，即昔日能高越四個指定宿泊所之一的東能高駐在所，有五間榻榻米房，還有一具失去自動沖水功能的坐式馬桶。

此時山色迷濛，空氣中瀰漫檜木香氣，協作就地砍材起灶煮晚餐了。趁開飯前，在檜林走逛，林下植被豐富多樣，水鴨腳秋海棠和蕨類尤多，剎那間一對黑長尾雉映入眼簾，還來不及滑手機，牠就閃入灌叢不見了。今天累壞了，反應遲鈍，雖然牠們不大會飛，卻是真正的鳥。

不論是意外的驚奇，或意外的驚嚇，只要是「意外」，就是我的旅行重點。

一夜好眠。

晨光穿透迷霧檜林，我煮了一杯咖啡，遠眺山嵐游移，群山慢慢甦醒過來，感覺又是美好的一天。但今天是一場硬仗，要走十七公里多，過天長隧道才有車接駁。

先是咬人貓、玉山當歸和蕨類夾道歡送，途中眺望木瓜溪穿過群山，美極了。下游就是花蓮溪出海口，想起多年前曾在出海口摸黑看阿美族人撈鰻苗，很奇特的經驗，但不知鰻魚洄游會上溯木瓜溪哪條支流？清水溪？天長溪？丸田溪？柴田溪？檜溪？

能高越東段，層巒疊嶂，山高谷深，溪澗奔流，要不是坍方連連，真是高山健行者的樂園。一會兒來到20.5K檜奇吊橋，破損封閉，改道，貼山壁而行，右側緊臨丸田溪深邃溪谷，聽得到水聲卻不見底；再過一處崩坡，21K再度進入檜木林，以紅檜為主，間雜扁柏、台灣杉、香杉、黃杉，巨木甚多，其中一棵神木估計要十多人拉手才能合圍。

逐漸緩下，進入闊葉林帶，空氣愈來愈溼潤，路徑陷入一大片幾乎人高的大葉冷水麻。只要不是咬人貓就好，兩者都是蕁麻科，但不同屬；亦見台灣杪欏、筆筒樹、鳥巢蕨、崖薑蕨、抱樹蕨、石葦、書帶蕨、芒萁等蕨類，景致怡人，可大夥噤聲疾行，只想快快穿越螞蝗國「捐血區」。

22K遇斷崖崩壁，坍方、險路交錯，土石鬆動，又有溪澗竄流，不知是否大自然的反撲，或丸田溪向源侵蝕所致？

關關難過關關過。在23K崩塌處一個不小心，忘了拉胸前袋拉鍊，手機竟然滑出去，說時遲那時快，幾個翻滾，卡在邊坡下方一公尺處岩屑中。正猶豫是否下去撿，戴君令我不可妄動，待他過來評估狀況，只見他三兩下用了兩個踏足點和一個把手點，手一伸就將手機撿了回來，我感到記憶猶如失而復得，大為感動。

如果旅行的本質是創造回憶，失去這支手機，是否形同失去這兩天來的記憶？我愈來愈倚賴手機攝影來記錄旅行足跡，好挽救我日漸退化的記憶力。我在書寫時得以召喚昔日地景或情景，腦袋的任務，反而只是記憶的串接和編輯；而這篇紀行得以鉅細靡遺、喃喃自語似地寫就，不是我的記憶驚人，而是借用數位記憶與再記憶回想旅途細節，才可能重建這趟旅行經歷。

要是手機真的墜落深谷，說不定這篇紀行只剩下數千字——僅描述這場意外的驚嚇就夠了。儘管傷心，卻是難以忘懷的「旅行意外」，就像大文豪馬奎斯名句：「生命中真正重要的不是你遭遇了什麼，而是你記住了哪些事，又是如何銘記。」

接近五甲崩山（海拔一五八二公尺），約23.3K處有塊警告牌「非經許可請勿貿然進入」（意思是，還可以通行？），要求山友利用台電乙線高繞，這可是陡升兩百公尺的連環S路徑。等氣喘吁吁上到稜線頂端23.5K處（海拔二〇〇六公尺），展望奇萊連峰的雄奇峻麗又值得了。不禁想起多年前，闖入狂風暴雨強登奇萊主峰、努力想抓住青春尾巴的情景，亦留下負隅頑抗的逞強痕跡。如今坦然老去，邁向「第三人生」（Third Act，意指退休後自由自在的人生）。

沿稜脊走，遇一缺口，伸頭探望一眼深谷，令人目眩，說是丸田溪、柴田溪與天長溪（奇萊溪）匯流處，向源侵蝕嚴重，整面山遲早要崩垮；循S路徑陡降後又接回舊道25.5K處的崩壁展望點。略窺五甲崩山真實面貌，原本沿山腰而來的羊腸古道，有些路段早已柔腸寸斷崩落到萬丈深淵，崩壁直往稜線上升，怵目驚心，除了保線牛和長鬃山羊，恐怕沒人膽敢冒險橫渡。

東段步道若再崩毀下去，改走舊線（初音奇萊橫斷道路）是否可行呢？

接下來Z字形碎石路下降，遇幾處風倒木。與在檜木林時所見略同，保留在原地不只是萬物枯榮順其自然的省思，也是對原民祖靈文化的尊重。

終於，抵達26.5K東段登山口（海拔一五八二公尺）。能高越東段，若從光被八表碑算起，到東段登山口，全長約十一公里，海拔落差約一二〇五公尺，但以從檜林保線出發這一段最險峻難行，不到六公里，就走了將近五個小時。

在此喘口氣，吃餘糧，將所剩不多的水拿來煮咖啡，稍後才知太大意了。再度整裝上路，說沿台電奇萊路終點里程樁19K，倒數十公里就是天長隧道，一路山高谷深，蟬噪鳥鳴，正所謂「蟬噪林逾靜，鳥鳴山更幽」。可愈走愈乾渴，聽得到水聲、卻下不了深谷溪流，令乾渴更加難耐。經過奇萊壩、供奉開路英靈的萬善堂，來到14K奇萊山莊（海拔一三四〇公尺），以為有水可取，卻見山莊封閉，大旱望雲霓之感油然而生，大夥瀕臨崩潰，此際有人夢囈般說出去要吃龍澗發電廠冰品，竟激起共鳴，幸好百公尺後出現一池山泉，啊，我迫不及待伸手掬起冷泉便喝，那種流入喉嚨沁涼五臟六腑的暢快非筆墨能形容，若不是要趕路，真想就地煮杯咖啡。

有甘泉可飲就是天堂路，看樹看雲看山，穿過兩個隧道，赫然出現一座紅色鋼構拱橋——天長橋到了，左側峭壁匹練懸垂，奔騰流經橋下，轟然注入右側天長溪深谷，旁邊險坡也有一股土石流蠢蠢欲動。但此刻內心激亢，歸程愈來愈像是一種回歸大自然的嚮往，以為再無驚心動魄的路況。

可高興得太早。

不消幾分鐘，眼前岩壁出現一處嚴重凹塌，土石狼藉。不知哪位好心「樵夫」砍了好幾根瘦不拉幾的小樹幹拼湊一起，權充木橋，危顫顫的橋面懸空而掛，每一步都像在走特技，完全不敢想像可能發生的慘狀，緊張兮兮地盯著自己踏出的步伐，而底下就是會讓人粉身碎骨的深淵地獄。幸好，山壁上的確保繩帶來足夠的安全感，可有懼高症者恐會當場腿軟。果然，一位山友遲遲未動，最後還是由戴君扶持過來，真擔心那幾根樹幹撐不住他們。

過了這一關卡，一道水簾飛瀑擋路中，水珠飛濺，我們卻如童騃般興奮地淋過，疲憊的精神為之一振。接著穿過一處洞口蔓生台灣蘆竹的短隧道，又走過一條地上鋪滿不知哪來的白細沙明隧道；終於，抵達天長隧道（海拔一三二〇公尺）——為了避開天長斷崖而鑿的大理石岩隧道。

進隧道後伸手不見五指，頭燈映出慘白的粗礪岩壁，鑿痕歷歷。沒走多久，忽見類似陶淵明筆下的「山有小口，彷彿若有光」，數人趴在洞口土堆上。噫，發生啥事？不是一．二公里的隧道，怎會那麼快？

原來隧道因坍方斷成兩截，眼前洞口遭土石堵住大半，人必須從土石堆上的「小口」匍匐出去。一爬出來便豁然開朗，竟是一段崩壁，人須緊貼崩壁如螃蟹側行十來公尺，只好鼓起餘勇。至此，人已逐漸適應危險的存在——當日常生活無法免除各種風險，危險就是一種必然的存在，挑戰遂成為必須。在某些時刻展現赴湯蹈火的勇氣，讓人生有了更多的可能，就像德國哲學家尼采宣稱的「凡殺不死我的，必使我更強大」。

再進入隧道，頭燈難以穿透漆黑，洞內不知哪來的流水淹至腳踝，就這樣拖汲流水像走在淺溪般徒步約一公里。以致出洞口那瞬間竟睜不開眼，等適應了烈日強光，等候的接駁車才進入視野。此行已屆終點，不是嗎？

本以為能高越的句點，應該落在天長隧道東端出口，本文就此打住。不料，又因旅行的意外而大感驚嚇。

接駁車轉山轉水，一個隧道又一個隧道，巉岩峭壁，山翠水秀，美不暇給，心情快樂似小毛驢，正得意時，一個急轉彎，砰的一聲，擦翻了一輛迎面而來的機車情侶。

「這是山地管制區，怎麼會騎上來？」

對方也不是省油的燈，指責接駁車違規載客，雙方無法取得共識，只好電請銅門派出所上來處理。這一來攝影、測繪、記錄耗了兩個多小時，還要返派出所做筆錄。幸好司機緊急調度友車上來支援，才將大夥送回花蓮。

然而，卻也因遭遇這些出發和抵達之間的種種意外，讓旅行變得更有價值，也讓人生變得不可預期。

04

少有人走的路：踏查湯姆生影像之地

台南左鎮　高雄內門、甲仙、六龜、荖濃

❖ 1、白雲仙谷中的攝影家之眼

此刻，我在夢境嗎？

當我閃過一顆橫亙溪床的巨岩，眼前乍現一幅斷崖瀑布景觀，瀑布約三、四公尺高，雖是枯水期，水勢仍見豐沛，直瀉而下激起瀑潭水花四濺，如煙似霧的負離子彷彿這條溪流的呼吸，瀰漫這處隱密的小山峽——此地可是英國攝影家湯姆生（John Thomson）名作《甲仙埔與荖濃間的山溪》取景所在？

一八七一年四月，湯姆生曾追隨長老教會首位來台宣教師馬雅各醫師，拜訪其平埔族教區，留下多幅珍貴的玻璃照片；尤其是人像，福爾摩沙的面目因此變得更加清晰。甲仙的一位文史工作者游永福，在機緣之下得知湯姆生曾在甲仙過夜，參加部落的歌舞狂歡晚會，便窮盡十八年之力踏查湯姆生取景地點，寫下《尋找湯姆生：一八七一台灣文化遺產大發現》一書。按其考證，攝影家所言「希望透過這張照片，讓人對這個美麗之島的內山壯麗景致有個印象」，便是此處了。

閱讀往往啟發我的旅行方向。譬似游永福這本巨著，便吸引我走訪了書中考證的若干影像地點，讓我重新省思「另一個文明」在今日的境況；這些玻璃底片舊照包括打狗、府城及馬雅各醫師的平埔族教區，如拔馬（左鎮）、木柵（內門）、匏仔寮（甲仙寶隆里）、甲仙埔、荖濃、六龜里等地，約略呈現十九世紀末西方人觀點的福爾摩沙，無意中也為西拉雅族和大武壠族留下身分的倒影，故有其可貴的歷史意涵。

比對照片，取景角度乃由高處俯瞰，便打量周圍山壁，左右山壁皆是侵蝕崩解的峭壁，唯瀑布右側有岩縫石隙可攀爬。一靠近，就看見兩條前人遺留的繩索，可輕易翻上瀑布頂，豁然開朗。山壁間是一大片傾斜的灰白岩床，上游奔來的兩條小溪流在此匯合成急瀨區，再從岩床左側流往斷崖，形成瀑布——此處可能因鄰近小百岳白雲山（又稱廓亭山，楠梓仙溪與荖濃溪分水嶺）而得名「白雲仙谷」，曾作為烤肉戲水區存在多年，有車道可直達，但八八風災後路斷橋毀，如今只能溯溪床而來。

果真是湯姆生《甲仙埔與荖濃間的山溪》裡的山溪，彷彿與歷史相遇般，令人欣喜。細看岩面，散布不知何物的鑲崁痕跡。初至以為是溪水侵蝕或地質作用所致，不以為意，後來再往，偶遇甲仙文史工作者帶團來此，才知是貝殼化石。

「整條溪床到處都看得到化石喔。」

「能不能指引一下？」我厚顏請求。

沒料到，對方在瀑布前岩石間搜尋不到幾分鐘，便找到貝殼化石、「漣痕化石」（淺海中沙灘上的漣漪痕與波浪痕）與「生痕化石」（古生物活動留下的痕跡）；真沒想到，在日本指定的「天然紀念物」，此地竟隨處可見，儼然是第三紀漸新世「蓬萊運動」特別留給台灣的神祕詩行。這使我聯想到，人類在土地留下的人為軌跡如道路，在未來大滅絕後會不會被外星人視為生痕化石？在記憶中留下的感情軌跡，又算不算是抽象意義上的生痕化石呢？

故說旅人往往仰賴陌生人的好意，才得以窺見旅行的奧義。稍後慢慢檢視急瀨區和岩層，果然處處是貝類化石，但湯姆生隻字未提，只留下一句偈語式結論：「這地方的岩石和植物，還能提供地質學家或植物學家一個豐富的探索環境。」

從化石遍地，可推斷此處是淺海沉積岩，行前我曾上網情蒐，竟在「教育雲」中找到一段前人描述：「谷底有貝殼碎片的化石床向上流延伸幾十公尺。是石灰質的巖質。有算盤蛤、魁蛤、海扇蛤等化石，巖質堅硬不易採集。瀑布上流約一百公尺處的右方山坡上，大樹下有生物礁的露頭，盛產花月蛤及環紋滿月蛤，均是內模型標本，在白雲仙谷底轉石也可採到不少如三民鄉南莊層產出的前高麗花月蛤內模型標本。這區是私有土地非經同意請勿採集，大樹下的露頭有崩坍之險，其洞中有大蛇。請注意防範。」心中一凜，頓生蠻荒探險感受。

眾知甲仙一帶楠梓仙溪流域是海相生物化石寶地，例如四德、牛埔、十八彎、小林、坪溪露頭等多處化石區，故設有「甲仙化石館」，頗值一看。

就在一個多小時前，我從甲仙龍鳳寺旁產業道路底，下切鹽桑坑溪（楠梓仙溪幹流班芝埔溪的小支流），逆流溯溪。起初尚見溪床兩側有水泥護岸固床工程，走了一會兒，溪床恢復大自然原貌，岩石累累，地被植物散布，如山棕、青葙、山螞蝗、龍葵、大花咸豐草、槭葉牽牛、五節芒、紫花長穗木、黃藤、山芙蓉、構樹、含羞草、薄瓣懸鉤子。好像在走迷魂陣，繞行於礫石、淺灘、激流、淺潭之間，只見溪流清澈潺潺，猶見魚蝦蟹自在優游，亦見短腹幽蟌、粉蝶飛舞。

溪床也不時出現類「峽谷」地形，顯見是沖刷出來的陡峭沉積岩山壁。左岸山壁上面有大片刺竹林，難怪前幾次從南橫公路（台20線）下切都卡在邊坡上，下不了溪床。此行亦見「青苔」（可食用的綠藻類水綿），據云是平埔族人採集的食材，也見客家人俗稱「鹽霜仔」的羅氏鹽膚木，溪流舊稱「鹽桑仔坑」或與此有關。

當我站上瀑頂，按圖索驥，隨即發現攝影家的角度了。我冒了一些危險，手腳並用攀爬至左側山壁一處溼滑的突出岩層，回頭一望，啊哈，果然與湯姆生照片中的岩層雷同——儘管一百多年來經過溪流侵蝕與土石流，溪床墊高了，也不若照片中的深壑高壁，以及枝葉繁茂、蕨類與藤蔓叢生交錯景象。

在這個值得紀念的一刻與地點，獨自置身於一百五十年前的台灣記憶深處，煮杯咖啡，欣賞眼前這片湯姆生所謂「山谷非凡的美麗景致」，人生不過如此。

續往茬濃途中，攝影家也提到「我們注意到了一些漂亮的樟樹，其中最大的直徑約有四呎，高度直達天際，筆直的樹幹往上逐漸變尖，沒有分枝，看起來像一支箭……這裡的蘭花也很多，空氣中到處都充滿了蘭花的香味」。猜想是俗稱「台灣阿嬤」的台灣蝴蝶蘭吧。按我過去在南部山區探查經驗，常見蝴蝶蘭生長於溪邊樟樹枝幹上，四月開花，如今樟樹砍光了，蘭花焉附？

行前，曾閱讀攝影家發表在英國皇家地理學會雜誌上的〈南福爾摩沙旅行札記〉（*Notes of a*

Journey in Southern Formosa），以及《一具相機走中國》（*Through China with a camera*）、《十載遊記：麻六甲海峽、中南半島、臺灣與中國》二書，皆強調了甲仙埔往荖濃、六龜途中的優美景色。但我特別留意到文中皆提及，台灣道台的姪子不明白他為什麼要大費周章長途跋涉，穿越一個連道路都沒有的區域，還要冒著生番出草的危險，竟然只是為了「要看看這個地方」、「去看看原住民」。這種意圖認識世界的旅人說法，顯然無法令官府信服，一直旁敲側擊想套出這位皇家地理學會會員的「機密任務」；幸好攝影家聰明世故地為道台大人拍攝肖像照，順利取得入山許可（《台陽見聞錄》有載「洋人不可輕入番社」，必須「請蓋印執照，注明赴何處」）。

然而，我很好奇，攝影家是如何看待他鏡頭底下的人民呢？

❖ 2、從遊客變旅人，追尋線性文化遺產

湯姆生還有張照片《木柵巖與赤尾青竹絲》也引起我注意，按游永福考證，略知位於內門木柵教會後方山頭，屬於烏山餘脈。本以為循「石厝登山步道」便可找到今名「石厝」的木柵巖，卻迷失於刺竹林和龍眼園之間，又見吊橋下二仁溪谷疑似照片中的石灰岩地貌，便尋路下去。豈知，遍尋不著照片中的懸岩景觀，還被一公尺長的蛇蛻皮嚇了一跳。此地多山壁巖洞，最適蛇類棲居。此刻，我想起英國自然學家拉圖許來木柵採集鳥類卻失望而返，但仍留意到溪床上的牡蠣殼、扇貝和古象臼齒化石，預示了左鎮、內門、甲仙等地的化石出土。

心有未甘，某天心血來潮致電木柵教會，才得到正確路徑指示，但山徑已然淹沒於樹叢

間，每一步都走得我戰戰兢兢。攝影家曾在此處遭遇青竹絲，拍了兩張照片佐證，杯弓蛇影效應極佳，就此縈繞我腦際，眼下只好不住揮舞兩支登山杖開路。幸好一下子便看到照片中的木柵巖——狀如屋簷的洞窟，卻見一根巨木橫亙洞口，意圖勸阻探入。

就在揣測攝影家取景角度之際，忽見樹叢下冒出好幾株「台灣魔芋」，感覺就像中了統一發票特別獎。不知當年湯姆生可曾遇到？若見到恐怕也不知其名，因為台灣魔芋是直至一八九二年愛爾蘭植物學家韓爾禮（A. Henry）來台採集，才公諸於世。

湯姆生來回皆落腳木柵禮拜堂，故有較多時間拍攝人類學調查報告風格的照片，諸如《木柵女與嬰孩》、《木柵母親與孩子的早晨穿著》、《三十六歲的木柵平埔男子側影》、《木柵少女與老婦》、《綁頭巾著盤扣式上衣的木柵平埔女孩》、《三十歲的木柵平埔女人全家福》、《木柵獵人團體》等極具價值的紀錄，為我們保存了一個世界，一個被稱為西拉雅平埔族的世界。

作為闖入者、偷窺者，攝影家如同旅人一路冷眼觀察住民，尤其是婦女的容貌和服飾，例如行經匏仔寮時，他花了相當篇幅描述大武壠族婦女的梳髮方式：「她們把頭髮從前額向後梳成一束，然後長長的髮束和一條紅布交纏，整束頭髮壓向左鬢、繞過眉毛，就像條頭飾，牢牢地固定在腦後……中國人說這裡的女子非常不開化，即使最美麗的女人也不施脂粉……族裡最年老的乾癟老太婆，對塗脂抹粉、戴假髮，或是染髮等用來遮掩歲月痕跡的作法不屑一顧……」（摘自《十載遊記》）

在此讀到先民成為「被考察者」不免有些難堪，對攝影者與外國觀看者而言是有趣的獵奇，對後代吾輩卻是五味雜陳的滋味。但也是這些照片，讓西拉雅和大武壠平埔族的服飾和生活樣貌，以及那個時代的風景、地貌、植物、房舍都得以封存下來，即使時隔逾一百五十年，仍隱約能嗅到先民的生活氣息。

在此之前，清廷都是採民族誌風格的繪圖來保存人民的活動，例如巡台御史六十七使台期間（乾隆九年至十二年間，一七四四至一七四七）命人繪製《番社采風圖》，內容有捕魚、捕鹿、採檳榔、種芋、耕種、刈禾、舂米、糖廍、織布、建房舍、渡溪、搭牛車、迎婦、吊床、守隘、瞭望、私塾等，依畫中婦女服飾、沒裹小腳和男子大耳、無髮辮（下令熟番薙髮蓄辮約在乾隆二十三年，一七五八）等特徵，研判是平埔族，而非漢人；據此研判他們住在高腳茅草屋，用腰織機織布，在樹下舂米，採檳榔、菠蘿蜜，種芋，用魚桁捕魚，捕捉鳥禽，圍獵梅花鹿，接受漢化教育等生活樣態。

但是，上述繪圖和攝影也揭露了一個隱藏的問題：從清領到日治，包括來台西方人，對福爾摩沙的描述與建構，多少帶有帝國主義自我堅證的文化優越感，都帶有合理化殖民統治的意圖；即使是人類學式的影像，亦看得出「薩依德式東方主義」運作的痕跡。

這些歷史繪圖如今充滿政治味。有的拿來主張中國與台灣關係，強調治理關係源遠流長，可愈想要確定，關係卻愈疏離；有的拿來主張台灣獨立於中國，早在中國、荷西治理之前即有原住民（平埔族、南島語系），企圖開創新國族認同感，可愈想要確定，關係卻愈火爆。事實上，早在荷、西治台，所謂「台灣人」指的就是平埔族，清初也是如此。弔詭的是，這些論述從未問過原住民自身的詮釋和訴求，反而讓他們成了近乎籌碼的角色。

所以，不禁要問，攝影家對影像的思考，一開始是站在什麼樣的位置上？又如何與這些一輩子沒見過攝影的人們互動？雖說都是讓台灣被世界「看見」的影像，但這種「看見」，可是西方殖民心態的「看見」？抑或獵奇心態的「看見」？尤其在《湯姆生鏡頭下的晚清中國》一書中，平埔族成為台灣住民的代表形象。

從攝影家的旅行記述，知其對平埔族充滿好感，例如「可愛純真」、「坦率真誠」、「淳樸好客」；對漢人的評價則是「貪婪無情」、「狡猾的華人」、「阿洪（隨從）端上桌的雞肉，就和所有中國佬的腦袋（就算是被食人族煮過）一樣硬」、「阿洪深深嘆了一口氣，我以為阿洪的中國人庸俗天性，終於也被這樣燦爛的景色所感動而忍不住讚賞，但事實完全不是我想的這麼一回事……他是想到在這趟探險中，可以保住腦袋平安回家而感到高興」。當然，文中也可見英國式的揶揄，例如「這些可憐人幾乎像老太婆似地相信，只要摸到（馬雅各）醫生的衣角，那些多年來讓生命成為痛苦折磨的疾病就能痊癒」、「發明此捕鼠器的機械天才……在達到這個至高無上的成就後，就一輩子甘於當個心滿意足捕食老鼠的平埔族人」。

照片比起繪圖，委實保存了現場更多的情境和細節，加上今日影像技術突飛猛進，經過高畫質掃描放大之後，看到的細節比攝影者原先看到的還要更多，後人便可透過「再記憶」方式，重新建構自己的原鄉印象。例如木柵系列照片的背景，透過截圖放大，庭院植栽都可辨識出來：菸草、木瓜樹、刺竹、長枝竹、土牛膝、五節芒、內苳子、姑婆芋等。

不可思議的是，作為《尋找湯姆生》書封圖的《木柵女與嬰孩》，從放大的影像中，作者竟檢視出木柵女曾修眉，其餘數張女子照亦然，但不知修眉是西拉雅族女子或平埔族女子的習俗？

來到高雄內門木柵，建堂於一八六八年的木柵教會正在重建教堂，我想到那張五男四女各有姿態的《木柵禮拜堂群像》，背景正是第一代的禮拜堂，竹管牆茅草屋，反映出當時的住屋樣貌。其實及至一九六〇年代，我嘉義老家的屋牆仍舊如此——竹片編織的竹籬、抹上穀殼土漿夯實、抹上石灰而成。但我更好奇的是，是否仍可尋見影像中的人物後代？其後代又能否指認出影像中的先祖？

再想到自己關注湯姆生之始，緣於多年前閱讀劉克襄《福爾摩沙大旅行》中〈穿越惡地形〉一文，後來從攝影家的遊記獲得許多寶貴線索，加上《尋找湯姆生》出版，啟發我多次「閱讀旅行」，形成一條兼具福音和文化意義的途徑，且稱「湯姆生影像之路」，包括：打狗港（旗津）、台灣府城（台南）、大目降客家聚落（新化）、拔馬禮拜堂（左鎮教會）、崗仔林禮拜堂（岡林教會），穿越惡地形（草山月世界），木柵禮拜堂（木柵教會）、木柵巖（石厝）、柑仔林禮拜堂（永興教會前身），再經由甲仙，沿鹽桑坑溪至荖濃，沿荖濃溪南下六龜——這是作者致力推動的「線性文化遺產」（Lineal or Serial Cultural Heritages）路線，也是世界遺產的一種形式，旨在擁有特殊文化資源集合（包括物質和非物質文化遺產）的線型或帶狀區域內，以道路、鐵路或河流串起的文化資源。

當湯姆生一行從甲仙埔續往荖濃、六龜里，甲仙埔頭人特別派了火繩槍護衛同行，途中拍攝多幅精采風景照，如本文開頭的《甲仙埔與荖濃間的山溪》；在荖濃地域也拍攝了捕魚團體、平埔老婦、平埔兄妹等，服飾比起木柵人顯得拼湊而豐富。

等到抵達六龜里，天色已暗，他們忙著張羅飲食、煮攝影需要的乾硝酸銀液，只睡四小時，隔天一大早便折返。按游永福踏查，回程極可能通過今杉林區，沿枋寮溪溪埔路穿越枋寮雙溪口（枋寮溪注入楠梓仙溪），經內門區溝坪一路西行，返回木柵教會。由於路程相當急迫艱辛，只拍了三張照片，包括攝影家聲稱此行最好的作品《深的乾泥坑》（推測位於「今內門區溝坪」）——實在令人費解，先不說他們未至的島嶼深處，光是行經的草山月世界惡地形，都比這張乾泥坑更有說服力。

上述那些不為觀光客眼睛存在的影像地點，直觀可能略顯乏味，但倘若採取文化記憶來理解風景的形式，可能就變得極其深刻有趣。這個經驗來自我的蘭嶼行。起初為尋見達悟族文化、拼板舟、飛魚乾、地下屋而至，爾後為尋見珠光鳳蝶、蘭嶼角鴞、海蛇、蘭嶼羅漢松而至，再到「鹿野修正線」激發出的球背象鼻蟲踏查行動，我從觀光客轉變為旅人；同時領悟到，唯有自私的觀光心態，才會天真地期待一個地方永遠維持原始樣貌，等候人們來獵景。

經過一百多年，地貌改變之大可謂滄海桑田，念及此，不由對游永福解鎖湯姆生影像地點的壯舉充滿敬佩。

• • •

眾知馬雅各醫師是最早來台的長老教會宣教師，於一八六五年六月開始在台南行醫宣道，不到一個月就被人趕到打狗港旗后，同年底在英商冒險家必麒麟陪同下，走訪今玉井、左鎮、內門、甲仙、荖濃等地平埔各社，大受歡迎，數年間設立好幾座禮拜堂；據必麒麟那本浮誇的《歷險福爾摩沙：回憶在滿大人、海賊與「獵頭番」間的激盪歲月》記載，他們還深入到今桃源區的南鄒族排剪社、美壠社領域，也在荖濃接觸到魯凱族芒仔社、布農族郡社群族人，可見荖濃在當時已是以物易物的「貿易」聚落。六龜里亦然。翌年初，時任打狗領事的郇和也來到荖濃、六龜里，想必是為了探訪部落族群和採集動植物吧；同年底，必麒麟為了蒐集肉桂皮和茶葉也來到六龜里——猜想前者是中低海拔常見的台灣肉桂，後者是喬木型台灣野生山茶。

其中，位於左鎮二寮的崗仔林禮拜堂尤值一提，當地頭人李順義受馬雅各醫師感召，遂有一八七一年捐地建堂之舉。不然村民至旗后教會做禮拜，往往須持火把武裝夜行，走一天一夜才能抵達，再放鴿子回家報平安（摘自台灣基督長老教會「教會歷史」）。

禮拜堂的建立，形同為西方人打開一扇進入平埔族的大門。果然，一八七四年初，美國博物學者史蒂瑞悄悄來到崗仔林，到處打聽誰擁有古老文件，引來頭人（猜想是李順義或其後人）關切，最終以隨身槍枝換得三十件羅馬拼音書寫、涉及權益轉移與抵押性質的西拉雅語地契，即俗稱「番仔契」的「新港文書」。史蒂瑞《福爾摩沙及其住民》一書中有一章節特別描述交換過程，但不知史蒂瑞的槍枝是否仍在李家後人手裡？

我驚訝地發現李順義故居至今猶存，就在岡林教會旁、往二寮途中一棟以桷仔竹承載屋頂的土墈壁古厝；因李家數代任武官，門額懸有嘉慶帝御賜石匾「錫嘏」（賜福、賜壽之意）。

新港文書或可視為早期荷蘭殖民的教化遺跡，亦證明荷治西拉雅平埔族學會用羅馬拼音書寫自己語言。但史蒂瑞得到的新港文書橫跨雍正、乾隆、嘉慶三朝（一七二三至一八〇〇），可見族人在荷蘭人一六六二年撤退後，仍繼續使用「新港文書」長達一百多年。

從拔馬往木柵途中，湯姆生一行人一定會經過崗仔林，馬雅各可能也趁機考察了禮拜堂的興建，接著穿越草山月世界惡地形。但湯姆生並未留下作品，極可能因趕路或缺水無法沖洗玻璃感光片。

在攝影發明不久的年代，湯姆生試圖透過民族誌風格的影像，記錄那個時代各民族的樣貌，是一項新奇的實驗；加上自我期許「每一張照片對我所造訪的國家及其人民都具有特殊意義」，使其福爾摩沙影像作品深具史料價值，並在一百二十多年後，由影像研究學者王雅倫在法國國家圖書館意外發現而曝光，而後編纂成《法國珍藏早期台灣影像》一書，再現台灣。

我的回程並未遵循湯姆生路線，改走沿荖濃溪而行的台27甲，銜接台28線經美濃返高雄。我一直很好奇，湯姆生來到荖濃、六龜，除了注意到河岸有連續險崖高出河床六十多公尺，想必也眺望到今名「十八羅漢山」的四十多座圓錐狀礫岩層山脈吧。

站在溪畔，手沖一杯咖啡，回望十八羅漢山，心生感慨，想到自己總是追尋「少有人走的路」，不禁啞然失笑。到了人生的「甜點」階段，不若探險者有何壯舉待實踐，不若歷史學者有何答案待尋見，更不若人類學者有何主題待研究，卻沒料到，還是在不知不覺間走入了「另種文明」領域。此際赫然發現，也是自身知識的空白地帶，便踽踽獨行，端看自己能走多遠。然而拓展知識邊界的路上，往往令人不知老之將至。

05

高山仰止：思考人生「第二座山」，北大武山紀行

屏東泰武鄉

當我磕磕絆絆回到8K處大武祠遺址，前行山友已取出行動糧大啖，但我仍按舊習先沖咖啡，再佐片麵包。此際兩隻金翼白眉驀然現身，好似賣藝的走唱人在我身旁蹦蹦跳跳，不時露出祈求的眼神望著我，可是期待打賞？見我不為所動，芝麻大小都沒掉，便尋他人討賞去了。

猶記得去加拉巴哥群島，掉了麵包屑，達爾文雀（Darwin's finches）飛來撿食，立被嚮導糾正，讓我好生尷尬。

但某些鳥族可沒金翼白眉那般客氣。我曾在雙連埤午茶，一離桌便見台灣藍鵲俯衝而下啣走餅乾；又有一次在烏干達伊莉莎白女王國家公園早餐，一群織巢鳥竟強行上桌爭食……人鳥互動雖有趣，但野鳥的生存本能就是避開人類，如今索食不懼人，還能稱為野鳥嗎？

❖ 重新定義登山，重新定義自己

我參加的這支登山隊不似他團半夜兩、三點啟程，預計清晨六點天微亮才要從4.2K檜

谷山莊出發，卻驚動了莊主好心勸說，希望我們早些出發，以免攻頂後得摸黑而下，畢竟十二月的高山天候五點半天就黑了，要是再遇雨霧更是險象環生。「北大武山是一座容易滑倒又不允許滑倒的山……」，莊主這句話為北大武下了最佳注解。不過，目前大夥皆已回到大武祠，可望在三、四點下撤山莊。

方才，我憑著僅存的幾口氣，挺上9K大裸岩上的三角點，可惜視野一片霧茫茫，未如期待氣象萬千，更甭說眺望台灣海峽、巴士海峽了。只見途中「刷卡」而過的單攻者好整以暇坐在岩石上，觀察一群山友像孩子們遠足般興高采烈排隊，與標示北大武山高度的牌碑合影。此舉讓我想到泰武國小，每年三、四月都會安排五、六年級生登北大武作為畢旅，登頂後，女孩唱古謠，男孩跳勇士舞，敬告祖靈：孩子們都是勇腳，記得回家的路；臨行，再取一勺泥土返回村落，讓祖靈知道孩子們住在哪裡。

排灣族有拉瓦爾群（Raval）與布曹爾群（Vutsul）兩個語群，前者以大母母山為發祥地，分布茂林區以南場域和三地門鄉；後者以北大武山為發祥地，分布隘寮溪以南，包括瑪家、泰武、來義、春日、獅子、牡丹、滿州等鄉，還跨過中央山脈至台東太麻里、金峰、大武、達仁等鄉。他們相信祖靈每五年會下山，由北往南，自西向東，依序巡視各部落，庇佑族人的農耕狩獵，是故各部落輪流舉行迎接祖靈到來的「五年祭」順序，亦大致反映了各部落的遷徙先後與相互關係。一般咸信他們起源於射鹿溪（南隘寮溪源流）右岸的旗鹽山巴達因社（斷崖下方台地之意，漢語稱高燕社）、射鹿社（地勢險峻之意），背倚北大武山，與舊筏灣、比悠瑪（舊平和）隔溪相望，北與魯凱族舊好茶社隔著南隘寮溪對峙。

一八七四年三月間，美國博物學者史蒂瑞溯萬安溪深入排灣領域探險，據台灣研究者陳政三考證，極可能便是舊筏灣和巴達因兩個古社。近年原住民紛紛興起重建祖居地運動，我曾往舊筏灣，見其石板屋群驚豔不已；北大武舊登山口亦有指標往舊筏灣，即「平和古道」，乃昔日舊泰武部落與舊筏灣部落的社路。

趁機與年輕的單攻者小聊片刻，略知背景是南科工程師，二十七歲，僅爬過六座百岳，皆單攻，勇氣和體力令人折服，不免想起自己年紀相仿時，混混沌沌揮霍著青春。如今，忘了三毛怎麼說的，請容我抓個意思說：既然來不及認真地年輕，只能選擇認真地老去——所謂「第三人生」。

登大山接近終點時，往往得面對油然升起的倦怠感、厭世感。大腦在肌肉尚有餘力時，會進入一種自我保護的疲勞機制，此時須有某種刺激，例如使命感、信仰、念及關心的人事物，才能義無反顧邁向目標。然而等抵達時便明白，肌肉不是無法動彈，只是想偷懶吧。

人生有好幾個階段，登山也是如此。我將登北大武分成四階段：從新登山口（海拔一二〇〇公尺）至舊登山口（海拔一五四七公尺），距離二．八公里，爬升三〇〇公尺；舊登山口至檜谷山莊（海拔二一〇八公尺），距離四．二公里，爬升六〇〇公尺；檜谷山莊至大武祠（海拔三〇二八公尺），距離四．二公里，爬升九四二公尺；大武祠至峰頂三角點（海拔三〇九二公尺），距離一公里，爬升六四公尺。行程總計十二．二公里，落差一九〇六公尺，便知單攻者有多自虐、腳勁有多強了。

最後一公里山肩路看似簡單，上升僅六十四公尺，卻是要命的W型山徑，要走三個假山頭，三上三下，往往有人行至大武祠便止步。可惜了。猶如「行百里者半九十」，人生不也是如此？愈接近目標，愈接近功敗垂成，走了九十里卻未達，與半途而廢又有什麼差別呢？

可見末路之難啊。先說結論，登北大武考驗的不是難度，而是肌耐力和恆毅力。幸好，我天生「異稟」，不是肌耐力喔，而是我的恆毅力。

此時，押隊的副領隊便很重要了。我看著那副領隊小梁關照某位山友，不停為他打氣，最終順利抵達，這也印證了俗諺「頭犁犁早晚走ㄟ到」。我一直覺得登山是一種理解世界、領悟人生的方式，也是一種很好的內觀訓練，例如，當你走得死去活來，山下什麼天大事、職場什麼理不清的糾結、人生什麼困惑愁煩，都失去了意義；此時你只看到前行者的屁股，只在乎步伐與呼吸，只關注眼前的風景，只想與自己對話（進入碎碎念模式），可心思卻愈發清明，腦袋靈光獨耀。

記得先前參加第二十屆「大武山成年禮」活動，與幾位官長同行，聊到人事紛擾，我不知哪來的靈光竟說出「所有的煩惱都來自人際關係」，空氣瞬間凝結，靜默一陣後，大夥變得耳聰目明，開始感受到大自然的韻律，各自走出一條「寂靜山徑」。當然，我說的是「內在寂靜」，外在寂靜則源於悅耳的鳥鳴。

但山友皆知，還有一種登山之難——抑制攻頂的欲望。在某些狀況之下，知難勇退；當年攻頂秀姑巒山，離三角點僅百餘公尺，突然降雪，未帶雪爪，領隊怕下來時出意外，緊急叫停、撤退；此次攻頂受挫，影響我於日後將登山思維應用於日常生活之中。自此，我校正了原本的人生觀，例如坦然接受失敗，便是很重要的觀念。山永遠在那裡，有時候，選擇放棄，毅然撤退，比登頂需要更大的決心和勇氣。

挪威探險家厄凌．卡格在《極地探險家的美好生活祕密》一書中，提到南美洲登山先鋒羅德里戈．喬丹（Rodrigo Jordán），稱其在不同山脈嘗試攻頂三百五十次，成功一百二十次（包括三次從不同路線攀上聖母峰），放棄兩百三十次，並總結道：「這就是為什麼我現在還活著。」這句話始終銘刻在我心中。

因此，大武山成年禮一開始便設定不登頂，而是以大武祠為目的地，希望透過這類高山仰止的行動，敬謹原住民聖域，啟發青年學子廣泛去關懷土地、河川、山林，建立對生態環境與大自然的省思。故說大武山成年禮不只是一種登山活動，更是一項宣示：真正的登山，不是走過，還要認識山、學習山，了解排灣族的文化底蘊。

大武山成年禮每年都會設定課題，第二十屆的課題是尋找生命三要素：陽光、空氣、水；之前已啟動兩次行前訓練，一次是探訪春日鄉士文溪（率芒溪），了解溪流整體生態的重要性；一次是攀登獅子鄉里龍山（海拔一〇六二公尺），接受兩天一夜的負重訓練（男十八公斤，女十五公斤）和環境生態實習。我比較意外的是，成員中女多於男，占了六成。

我曾登里龍山數次，下山途中巧遇抖擻而行的學員時，便令我想起我那個年代的救國團活動。當他們從水源地休息區仰攻時，遇到沖蝕溝山徑，便會明白入山人數管制的重要性；山徑往往被人走出一條溝，下雨時就沖刷出雨溝，導致土地加速掏空流失。

本書所介紹的步道、古道，幾乎都有沖蝕溝現象，僅仰賴千里步道協會的「手作之道」

不足以解決這個問題。最重要的仍是「土地承載量」思維。以加拉巴哥群島為例，島上以排程來控制每座島同一時間的登島人數，以保護小島脆弱的地質與物種。

可沒料到，三月底出發的三天兩夜成年禮，竟遭冷氣團與風雨侵襲，原先預定於大武祠舉行的成年禮儀式，因安全考量，改至5.25K處、距檜谷山莊約九十分鐘路程的大武神木（海拔二四五五公尺）前宣誓，接受排灣族長老何春生祝福。

這個儀式頗具象徵意義，行前每個人會抽取一枚貼了字的板岩項鍊，象徵山神賜名，寓意其中，各自體會；我抽到的字是「冰」，哈，但願我有「冰魂雪魄」。

何長老提到，現在爬北大武走的是「女人路」（意指輕鬆好走的路），早年族人都是走「男人路」——由舊平和部落出發，越過射鹿溪，直攻北大武，落差二三〇〇公尺，地勢陡峭難行。一九〇九年，日本技師野呂寧的測量隊便在族人帶領下循此路線攻上去，直至一九四四年，另闢大眾可行的女人路，並建驛館（檜谷山莊前身）提供住宿；不料光復後，遭拆除到山下蓋學校，一九六七年方由林務局原地重建避難山屋。

標示北大武山峰頂的牌碑，上頭寫著排灣族語「KAVULUNGAN」和魯凱族語「TAGARAWSU」，前者意為「眾山之母」，後者為「東方日出之所」——由此可見日人在山頂設立神社的用意，尊崇神道教，壓抑原住民的神話意識，後遭雷擊，才遷往現址。

大武祠分上下兩層。上層為一九三一年鎮座的神社，僅存神龕；下層是一九四四年為紀念參戰南洋的原住民戰歿者而立的「高砂義勇軍紀念碑」，僅存基座碑文。從日治時期舊照看來，上下層視線通透，可見石碑、石柱、參道、鳥居，沒有任何樹木遮掩，如今卻被刺柏叢所遮蔽。

在此不能不提，推動成年禮二十多年的國立屏東大學校長陳永森博士等人。他們將山岳界和職場上「征服一座山」的心態，轉變成攀爬人生的「第二座山」——布魯克斯就曾在《第二座山》中提出大哉問：「當世俗成就不再滿足你，你要如何為生命找到意義？」

這種轉變，需要重新定義自己的人生價值觀；但重新定義自己，需要極大的勇氣。就像重新定義登山，變成一種向山學習的活動，而非純粹的攻頂行動。

其實，滯留大武祠不攻頂沒什麼不好，而攻頂，又能證明什麼呢？

❖ 旅行的奧義是為了創造未來的回憶

昨天近午我們才由新登山口啟程。以往有車道直達舊登山口，卻因莫拉克颱風而坍掉一大段，只好另闢高繞路線，走來莫不氣喘吁吁，無暇顧及生態觀察，僅有台灣特有種大武蜘蛛抱蛋可述。我曾在阿里山區見過同科同屬不同種的薄葉蜘蛛抱蛋，奮起湖一帶因葉片形狀稱為「山豬耳」，包成粽子即稱「山豬耳粽」。

高繞至原先車道，冷水麻夾道，紫花鳳仙點綴，亦有幾株楓香。再往上，經過日湯真山（海拔一七〇二公尺）岔路口指標，取北大武舊登山口方向，接上另一段崩毀大半的車道——大自然正展現力量回收車道，拼湊回自然的原貌。這讓我有個奇妙領悟，過去人們拚命開路到山裡，想拉近人與山的距離，而今卻形同陌路，愈走愈遠且愈險。實際上，道路只要能抵達目的地就行了，何必為了汽車而破壞山脈拓寬道路呢？

以往多次上日湯真山，有條林徑通往舊登山口，薄霧籠罩時有若仙境；亦見多種野生蘭，如阿里山根節蘭、一葉罈花蘭，還曾與黃喉貂對看一眼。

通過舊登山口，左側山芋群集。我分不清到底是排灣族人的青芋（kulji），還是小山芋（vasa）；前者等缺糧時人們才會去採，要煮八小時以上才能入口；後者常被排灣族人採食，有時在田邊搭起石板窯直接燻烤成芋頭乾保存，做排灣粽「奇拿富」時再臼搗成粉，與山豬肉一起包進假酸漿葉中，外裹月桃葉，綑綁起來蒸煮。不過，這種古早味已少見，大都用小米取代了，令我聯想到湖北菜「粉蒸排骨」，所裹沾之粉乃白米與五香粉拌炒而成。

順帶一提，山芋頭乾謂是排灣和魯凱先民儲存食物的智慧；亦見於印加帝國子民製作馬鈴薯乾，如今經由當代名廚馬汀尼茲（Virgilio Martinez，利馬中央餐廳〔Restaurante Central〕主廚）之手呈現於米其林餐桌，或可給台灣廚師一些啟發。

沿途林相，起先是殼斗科大葉石櫟，亦見紅花八角開花，山桐子結實，烏心石花瓣飄落。但天候說變就變，行至1.5K突起雨霧，接著豆大雨珠來襲，只能放緩腳步。步道乍看安全，其實危機四伏，危崖峭壁大多給樹叢掩蔽了；2K後出現狹葉櫟型植物，夾雜著土肉桂、長葉木薑子等樟科，處處可見卷柏、石葦、鳳尾蕨、台灣瘤足蕨，唯見紫花鳳仙和水鴨腳哆嗦著開花，引人注目，果然是「濃綠萬枝紅一點，動人春色不須多」。

再行兩百公尺，見數人放下大背包，取岔路左上，說二十分鐘便可輕取西大武山（海拔一八九四公尺），不足取，續行至2.5K小憩。打量一棵三叉狀紅豆杉，其中一叉實是杜英，令我想到古時面奏皇上手持朝板，多以紅豆杉製成，除了遮面以示尊崇，還可夾帶小抄提詞。

行經海拔兩千公尺左右，遇峭壁，踏ㄇ型鐵梯而上，左側水苔叢生的峭壁尚有數株一葉蘭，上次成年禮來時，就在我鼻尖處盛開呢。不免遙想一九〇九年，人類學者森丑之助在阿里山採得標本，三年後由植物學家早田文藏發表新種；但那不是台灣特有種，而是原生種，亦分布於大陸及東南亞。

雨勢時大時小，直至3K杜鵑林稍歇。我們沿枕木步道之字上升，小膜蓋蕨和台灣瘤足蕨旺盛生長，右側稜線上鋪著一片苔蘚地毯，底下不知是累積多久的落葉層。上次來時赤足一走，感受青苔腐質層的彈性，待五月花開又是另一番風貌，此次天雨路滑，只能匆匆而過。很快便衝上3.8K「光明頂」（海拔二二〇〇公尺）——喜多麗斷崖，不敢奢望落日晚霞雲海，白茫茫一片，周遭玉山假沙梨茂盛，此刻若從高屏地區仰望，大約也是一座雲霧飄渺的山峰吧。

曾被問及，為何如此清楚沿途的動植物和景觀特色？其實在熱門的山岳步道，皆設有「自導式步道解說木樁」，以北大武為例，上檜谷山莊網站搜尋「參考里程座標」便可得到提示，如12號樁有藍腹鷴、22號樁有黑長尾雉，資訊就在步道解說木樁條碼裡。

一路行來，路況多變，有崩壁、岩坡、溪溝、木棧橋、攔石橋、斷崖、倒木、樹根纏繞、岩壁、瘦稜等，險峻處皆有纜繩網、拉繩、攀繩梯做確保；可在一些開闊處趁機俯瞰瓦魯斯溪穿行群山，最後流至新埤鄉，與力里溪匯為林邊溪出海。

接近檜谷山莊，路側出現台灣天南星、蓬萊天南星，列隊歡迎濕漉漉的一行人。此行因疫情故，眾人在檜林下各自搭帳，不住山莊大通鋪，但莊主一再叮嚀緊閉帳篷拉鍊，以免黃鼠狼、黃喉貂入帳偷食。不過，住山屋也不見得高枕無憂，上回來時，半夜似有鼠輩慌張掠過眾人頭上，可是高山白腹鼠、台灣森鼠或黑腹絨鼠？

晚餐七、八樣菜，是我登山以來最豐盛的一次，還有水果和薑茶。來時，遇見兩位協作背補給疾行，返程又遇協作背瓦斯桶上山，見他們健步如飛，不禁暗自感佩他們用頭帶背起山友的夢想，我喜歡找他們聊天。

入夜後，急冷的空氣讓各種聲音變得異常清晰，白日聽不見的溪流聲也潺潺流入耳道。不知由誰指揮，聽聞白面鼯鼠叫聲此起彼落，可能也有大赤鼯鼠的合音，可是飛鼠的民謠或情歌？

一個人坐擁一頂帳真好，這是我未曾有過的獨處感受。曾聽登山女傑江秀真提過，攀登高山前都要受過獨處訓練，了解一個人如何自處；就像我眼下正怡然自得用頭燈閱讀哈思克《森林祕境：生物學家的自然觀察年誌》、朗讀坂村真民詩集《祈願花開》，不知不覺創造了旅人的時空，沉入檜谷山莊的自然靜謐之中。啊，我已經很久沒有聞過雨後的土地散發的味道了，那是一種野性（wildness）的氣息。

所謂「獨處感受」，按我的體會，便是除了自己和大自然以外什麼也看不到——這段精神上的獨處過程，最接近大自然的啟迪。是故，即使在眾人之中，我往往也會維持這樣的獨處意識。

翌日清晨五點，我在霧氣瀰漫中煮了一杯咖啡，靜待晨光射進來。在一片奇異的靜謐中，不知誰先起頭吟唱，白耳畫眉？黃腹琉璃？冠羽畫眉？山紅頭？或急或緩、或高或低，三三兩兩，似乎在清嗓，準備日出時一展歌喉，預告今日的好天氣。在我想像中，鳥是上帝派來的吟遊詩人，傳達大自然的訊息，但願我能聆賞內涵，窺見大自然的奧妙。

倘若沒能在山林裡聆聽鳥語蟲鳴、品味花草姿態、感受大自然的巧妙，登山於我還有什麼意義呢？

檜谷山莊的水源來自一旁的射鹿溪源流，溪水甘冽，取水煮咖啡時，不免聯想射鹿溪流經的排灣古老部落群如巴達因、射鹿、舊筏灣、舊平和等，可想見射鹿溪海拔落差極大，才會在附近形成瀑布群。此溪注入南隘寮溪後流至三地門與北隘寮溪匯流，再往里港注入荖濃溪，形成高屏溪出海。

六點多才啟程。我們可能是營區最遲出發的團隊吧，但我對摸黑走路當盲劍客實在提不起勁，寧可睡飽些，不登頂也無所謂；況且，登頂處往往是「恐怖之地」，北大武三角點周遭的箭竹林散布「小白花」，簡直成了如廁祕境，臭氣熏天。難以想像，這就是令山友魂牽夢縈的聖山？

從檜谷山莊到大武神木是一連串之字坡，可在4.8K俗稱「風口」（海拔二三四四公尺）的斷崖，展望南大武拔尖山容。但我更高興的是，在巨岩下找到幾株玉山抱莖籟簫和玉山佛甲草。按一旁27號椿注解，底下是瓦魯斯溪源頭，也是南北大武山與日湯真山圍繞的谷地集水區，難怪視野開闊。

接著，忽悠地走在檜木、昆欄樹及鐵杉混合林中，腳下樹根橫行，有時還要趴下鑽過倒木。終於，來到5.4K大武神木，一棵千年紅檜。

續行，蕨類愈來愈茂盛，來到6.3K岩壁出水的水源地（海拔二六五六公尺），推測是射鹿溪源頭，此地特別溼滑，群聚大葉苔、台灣嗩吶草。接著過崩塌地，穿行箭竹叢，上石瀑，跨過幾棵大倒木，驚見一株肉穗野牡丹楚楚動人，天啊，這樣的季節、這樣的高度仍笑臉迎人。旋即步入絆人腳踝的樹根岩坡，可是黑山老妖吐舌布下的地網？

途中有拉繩攀岩，有貼壁側行（踩點僅腳尖寬），有架空鐵架橋過懸崖，有ㄇ型鐵梯橫走直上，幾乎飛簷走壁了；就這樣，上到7.45K的稜頂展望點（海拔三〇一〇公尺）。啊，視野還是白牆，不然可見小琉球、綠島、蘭嶼，此地景觀倏變，已是絕美的台灣鐵杉純林區，亦見台灣馬醉木結實累累。

上氣不接下氣又穿過一片枯黃箭竹叢，終於上到大武祠平台；小憩，仰望雲霧中若隱若現的北大武稜線，鐵杉蒼勁林立，終於要與難纏的W型山徑對決了。最後一公里路，簡言之，上山氣喘如牛生不如死，下山戰戰兢兢咬牙切齒，略述路況：險坡、樹根地網、倒木橫陳、磊磊危稜、ㄇ型鐵梯峭壁，過程猶如越野障礙賽，尤以拉繩垂降七公尺峭壁最為驚險。可知人的潛力未經探索，不會知道足以承受多大挑戰。爬大山，的確會激發人類的一股神祕力量，鍛鍊出更強大的韌性。

揮別金翼白眉，從大武祠直下檜谷山莊，雙腳逐漸不聽使喚，步履蹣跚，登山杖也維持不了平衡感，不時四肢並用、屁股著地陡下，走到後來踉踉蹌蹌，不可避免地滑了一跤，可見下坡和踩點才是北大武真正的考驗。唉，廉頗老矣，尚能山否？我能否以雙腿筋肉驅逐年老的想法呢？

台灣的高山不若國外動輒七、八千公尺，卻也絕不好惹，氣候瞬息萬變，地形破碎，萬一失足，墜落的距離可是相當高的。北大武便曾發生滑杖墜落意外，猜想遇大落差時，將主力放在雙杖所致，一不小心滑杖，人往前傾，滾落力量便勢不可擋；此時寧可暫時收杖，以手就地，重心放低下降。

不過，年紀愈大，面對登山風險的想法愈來愈單純。人終歸一死，差別只是死在哪裡。但我也明白到了這個年紀，出發需要更多的衝動，過程需要更多些毅力，還有，一點運氣。

第三天清晨出檜谷山莊下山，雙腳危危顫顫，才驚覺鐵腿了。搖搖晃晃行至喜多麗斷崖，遇一山友端坐危崖，怡然自得，說他不登頂，清晨曙光乍現便來。此時雲海澎湃洶湧，往左看，南大武山雲浪拍岸；往右看，西大武山與日湯真山彷彿海上仙島，美極了。若說旅行的奧義是為了創造未來的回憶，眼前風景就是了。

致謝

謹向本書中的領隊、嚮導、協作致敬，他們幫助我安然走過各種地形。

同時，我也要稱頌我的神，保守我行過死蔭的幽谷。

旅人之星　MS1070

徒步旅人

深入台灣20條故道，
在走路與獨處中探索島嶼記憶，
與自己對話

徒步旅人：深入台灣20條故道，
在走路與獨處中探索島嶼記憶，與自己對話／
邱一新著；
－初版.－臺北市：馬可孛羅文化出版：
英屬蓋曼群島商家庭傳媒股份有限公司
城邦分公司發行，2023.07
336面；16.8×22公分（旅人之星；MS1070）
ISBN 978-626-7156-90-2（平裝）

863.55　　112007475

輸出印刷　前進彩藝有限公司
一版一刷　2023年7月
一版三刷　2023年9月

定　　價　480元（紙書）
　　　　　336元（電子書）

ISBN　978-626-7156-90-2（平裝）
　　　9786267156919（電子書）

作　　者　邱一新
封面設計　謝佳穎
版型編排　黃暐鵬
總 編 輯　郭寶秀
特約編輯　周奕君
行銷企畫　許弼善
發 行 人　涂玉雲

出　　版

馬可孛羅文化
104台北市民生東路二段141號5樓
電話：886-2-25007696

發　　行

英屬蓋曼群島商家庭傳媒股份有限公司城邦分公司
104台北市中山區民生東路二段141號11樓
客戶服務專線：886-2-25007718；25007719
24小時傳真專線：886-2-25001990；25001991
讀者服務信箱：service@readingclub.com.tw
劃撥帳號：19863813　戶名：書虫股份有限公司

香港發行所

城邦（香港）出版集團有限公司
香港灣仔駱克道193號東超商業中心1樓

馬新發行所

城邦（馬新）出版集團
Cite（M）Sdn.Bhd.（458372U）
41, Jalan Radin Anum,Bandar Baru Seri Petaling,57000
Kuala Lumpur,Malaysia